さよなら、日本

柳原和子
Yanagihara Kazuko

ロッキング・オン

さよなら、日本

目次

1945–70年　東京　007
家の庭——ノスタルジック・ジャパン
1974–84年　カンボジア　055
あの頃 1
雨
国境の笑顔
タイに流入するもう一つの難民たち
1986–94年　放浪　087
あの頃 2
故郷——イスラエル
裏庭——ニカラグア

盟友──キューバ
終末──ウクライナ
孤立──新ユーゴスラビア
崩壊──東・中欧

あの頃 3
1995–96年　イタリア・南米　253
ドーアさんの日本
夕暮れの時間

あの頃 4
1997–2007年　大阪・京都　335
文明の敵

無用の達人
死の国の旋律
さもしい国
ヨンさま
和時計
消えゆきし人、あるいは故郷への挽歌
リゾートに踊る国
さよなら、日本
あとがき
初出一覧

ロッキング・オン

柳原和子
Yanagibara Kazuko

さよなら、日本

姉三村玲子と親友田原悦子に
あなたがたの志と魂に支えられ
今日まで書いてきました。ありがとう。

東京

1945-70年

家の庭——ノスタルジック・ジャパン

一九七〇年初夏。

父柳原悟郎は小さな仏壇におさまってしまった妻隆子の戒名と、長押にかけられた額におさまる葬儀用の写真を交互に眺めながら、長いため息をついた。

隆子は喪服を着ている。母の生前、叔父にせかされ、姉が選んだ写真は正月に撮影した泥大島紬姿だったはずだ。葬儀屋が遺影の一般常識に従って着物を黒く塗り、修整をほどこしたにちがいない。母独特の毅然とした、しかしそれと矛盾するようだが、誰をも引き受けようとする温かさを秘めた表情はたしかに父の記憶とちがわないのだけれど、彼の愛した妻となにかがちがっている。

その違和感は長男芳彰、次女玲子、そして末娘であるわたしにとっても変わりない。

「お母ちゃんはこういう感じではなかった」

自分たちが毎日祈り、いつくしむ母の写真は修整の跡も生々しいこの半身像ではない。

ある日、父は遺影を替える、と決断する。

選ばれたのは一年半ほど前に撮影したばかりのピントがずれたカラー写真だった。古ぼけた家の戸袋によりかかり、ふたり並んで庭を眺める両親の全身像。三角巾をかぶり、グレーの千鳥格子のゆるやかなタイトスカートをはき、少し縮んだ小豆色の手編みのカーデガンをはおっている母。薄茶色の厚手のタイツ、今にも結び目がほどけそうに下腹にたれているエプロン、雑巾片手におなかのそこからうれしそうだ。小さく頭をかしげ、愛くるしくお茶目に笑っている。

父は灰色の人民帽と作業着、生真面目を絵に描いたように唇をへの字にきっちりと結び、レンズをにらみつけている。彼の片手は穂先がちびて黒くなった箒《ほうき》の柄を握っている。

引越しの朝、家中の掃除を終え、雨戸を閉める寸前に撮った写真だった。

撮影したのは芳彰である。

「親父、お袋、撮るよ。ここ、このレンズを見るんだ」

カメラをかまえる兄に応える母の笑い声。

こころなし母が膝を折り、雨戸の戸袋に寄りかかっているのは、父よりも背が高い彼女が夫婦で写真を撮るときにいつからか習慣となった配慮だったのか。それとも病のゆえか。長くかかった転居先の決定、引越しの準備、掃除の疲れか。……おそらくはそのすべてであったにちがいない。

1

一九四五年夏。

敗戦の詔勅《しょうちょく》を、乳飲み児をおぶい、芳彰（四歳）と長女悠紀子（二歳）を両手でしっかりとつかんで母隆子（二十四歳）は長野県佐久市のとある農家の庭先で土下座して聞いた。占領軍が来たら軍人は皆殺し、軍人の家族は辱めをうける……。玉音放送が終わって村人たちがひそひそと囁《ささや》く流言を母は聞き逃さない。帝国軍人の娘として厳しく躾けられて育った母には「生きて虜囚の辱めを受けず」の精神が骨身に刻みこまれている。おんぶひもをほどき、帯締めをほどき、そのひもで三人の子どもたちを自身のからだに縛りつけ、古井戸に飛び込み自害しようと走った。

制止したのはほかならぬ父だった。

朝鮮半島で被弾し、帰国を命じられてのち、父は転々と転勤を命じられる。盛岡、前橋、豊橋……。敗戦前の数年間は長野県佐久市。

そのころは軍人教育機関で働いていた父は、敗北の兆しを世間や母が気づくよりかなり前に予感していた。

士官学校で彼が学んだのは勝ち方だけではない。負け方でもあった。

撤退の時期の見極めである。負けるときは負け尽くす前に撤退し、部下の生命を守る。

玉砕は誇りであり、武器でもあるが、それを命ずるときの見極めはさらにむずかしい。

日本は撤退の時期を見誤った……。

父がわたしに語って聞かせてくれた数少ない「あのころ」の追想である。

「未来はどうなるかわからない。子どもたちの生命を奪ってはいけない」

子どもたちを育て、大学教育を受けさせよう、と父は諭した。

天皇に殉死した明治の元勲乃木希典の遺訓をことあるごとに口にし、教育勅語を暗誦するのはいつも母だった。堅く禁じられていた夜店での買い食い。祭の屋台で焼きそばを食べたのに食べていない、と嘘をつくわたしや、母の財布から小銭を盗んで飴を買ったわたしに、抜き身の包丁をさしだし、鬼気迫る表情でかしこまり、正直を教え込み、潔さを説くのも母だった。

穏やかに家族の明日、生命を大事に、楽しいことこそ一番は父。大きな変化を決断し、天下国家を論じるのは母。決められた日課を疑わず、ひとつひとつを律儀に守り抜く家族第一は父。

幼いころに生母を亡くし、九人兄弟の次男として継母に育てられ、学業の成績がそこそこによかった父は陸軍士官学校に入学し、帝国軍人となった。厳格な軍人家庭の長女として育った母とは朝鮮半島赴任直前に見合いで結婚する。ふたりの結婚はひとめぼれした父によって後々まで浪漫のかぐわしき香りに満ちて語られたが、母は「口減らしのため」、とそっけない。

若くして当時の満州で夫が逝き、一男二女の子どもたちを遺され、苦労した祖母と自分たち弟妹の将来をきりひらくために病みがちの長女に課せられた口減らし婚……とは叔父が冗談のように、しかしまぎれもない本音として繰り返しわたしたちに聞かせた悔恨だった。

敗戦後、長野を離れた両親は父の戦友たちを頼って大阪府大手前に居を移し、屋台の闇商売を始める。鰻屋、帽子屋……。ことごとく失敗した。

一生の安泰を願い、国家の要請のままに疑うこともなく職業軍人となった父が路頭に迷うのは当然だった。

敗戦国、焦土にあって元軍人の肩書きや経歴はいささかの力にもならない。かえって邪魔となる。

同じころ、空襲で焼けた跡地で兄にくっついて遊んでいた長女悠紀子が足に怪我をし、感染症を患う。しかし抗生物質を手に入れられず、四歳で悠紀子は死んだ。

「必ず生まれ変わっておいで」

棺に釘を打ちながら、両親は悠紀子の死顔に語りかけた。

姉悠紀子の、手のひらにおさまるほどの小さな遺骨の包みは両親が生きている間、墓に納められることはなかった。


四人となった一家は大阪をひきはらい、世田谷区下北沢に引越していた祖母を頼って故郷東京にもどる。受け入れる祖母もまた貧困にあえいでいた。叔母を旧華族に嫁がせはしたものの、その送金をあてにするわけにはいかない。天皇のため決死の志を固め陸軍士官学校へと進学した叔父も、志をはたせぬまま復員してきた。一人前に育てなければならない。大学教育を受けさせたい。

両親はかつて転勤、赴任していた土地を訪れては、ささやかな縁をあてにして農家を訪ね、母の嫁入り道具や着物を日々の食料にかえる。

「農家の人があたたかい、やさしい人だなんてわたしは信じない」

当時を回想するときの激しい母の口調。

リュックを背負い、玄関の土間で深々と頭を下げ、時には土下座までいとわず芋を、かぼちゃを、大根を、と希い、連れだって歩く母と父を想う。よほどこころ痛む仕打ちにあったにちがいない。たびたび手をさしのべてくれたのは終戦までの数年をすごした長野の村民たちだった。


一九四九年。

悠紀子の死から四年を経て母が妊娠する。

父に一家の長としての自信をとりもどさせたい。母は実家からの自立を決意する。のちの世田谷区桜ヶ丘。当時は世田谷区世田谷五丁目というそっけない番地だった。

麦畑に囲まれた七十五坪ほどのやはり、麦畑を借り、父は自ら開墾を始めた。付近一帯を所有していた農家とその分家筋の敷地は百五十坪あまり、戦後移り住んだ新住民の借りた百五十坪から百坪の土地に比べて両親が借り受けた七十五坪は狭い借地だった。

そもそもでこぼこの土地だった。盛りあがっている土を掘り、くぼんだ穴に土を盛る。石を運び、積み重ね、土台をあげ、柱を立ちあげ、焼け跡に落ちていた端切れや薄い板を貼り、板を天井に貼り、それがそのまま屋根となった。

掘っ建て小屋である。

間取りは今でいう一ＤＫ。それぞれ四畳半ほどの板の間と台所。台所には土間が連なっている。

引越しは牛車とリヤカー。身重の母と父、兄と姉の家族四人の暮らしが始まる。

板の間の天井から吊り下がる押入れがあった。その下に一畳ほどの空間がある。そこが兄の寝場所だった。板の間を毛布で仕切り、視界をさえぎって母のお産の場を確保する。

兄と姉は母のうめき声におののきながら、毛布の片隅をおそるおそるめくりあげ、のぞいた。

「子どもが見るもんじゃない！」

怒鳴りながら、父はお産婆さんに命ぜられるままに湯を沸かし、湯桶を持って走る。

わたしは四人の家族に見守られ、迎えられた。

「お父ちゃんとお母ちゃんの家族再生の希望を背負ってあんたは生まれてきたのよ」

病に倒れ、不治を告げられてのち落ちこんでいるわたしに姉玲子が語って聞かせてくれた、わたしの誕生の瞬間だった。

井戸は屋外にある。バケツに汲みおき、必要なだけ柄杓ですくう。火力は薪と灯油。炭団の炬燵と練炭火鉢で暖をとり、便所は汲みとりだった。もちろん、風呂はない。

銭湯は千歳船橋駅近くの世田谷温泉に通った。

時には銭湯前で勤め帰りの父を待つ。母と姉は女湯に、わたしは兄と父について男湯に入った。

兄は父に指示されながら自分でからだを洗い、わたしは父に洗ってもらう。

「髪をまず、洗う。石鹸をつけるぞ、いいか？　頭を低くしてすわれ。顔を両手でこすれ。洗ったか？　見せろ、うん、いいな。目をつぶれ、両手で耳を押さえろ。そうだ。お湯を流すぞ。熱いけど、口をしっかり結んでこらえるんだ。熱いぞ、いいか」

命令口調である。

「うん、次は背中だ。立って。後ろ向け。お尻、股、足。前を向け。肩、胸、お腹、足だ」

日本手拭に石鹸をつけてこする父の腕力の強いこと。

「お父ちゃんが洗っている間、お兄ちゃんと湯船につくもってろ」

「……」

「肩までつくもるんだぞ、いくつまで数えるんだ？」

「十まで」

「じゃあ、十までを今日は五回だ」

全身をきっちりと洗い終えた父が湯船に入ってくる。ざっと音をたてて湯がこぼれる。すかさず父の膝にすっぽりとはまりこむ。とたんにやさしくなる父の声。

銭湯の前で母と姉を待つ。隣の駄菓子屋をのぞく。

「駄目よ、甘やかしちゃ」

母がいたら決して買ってはもらえないパイナップル飴をじっと見つめる。

「なにがいいのか?」

ひとりひとつずつの飴三つ。三つで五円だった。ほっぺたをとがらすほどの大きなパイナップル飴をほおばり、次にわたしは父の背中をねだった。

「和子だけ、ずるい!」

わたしの嘘寝を見破る姉の視線を気づかぬふりして、一家は二十分の家路につく。


大きな盥《たらい》や洗面器が壁に打ち付けた釘にかかっていた。ふだんは母の洗濯桶として木肌がつるつるになるほど使いこまれた木製の盥は、冬は子どもたちの風呂桶となり、夏は水遊びの玩具に姿を変え、雨の日には屋根の穴から落ちこぼれる雨水をためる桶となる。

四畳半に布団を敷きつめ、五人がひしめきあって眠る。

父は家族を食べさせるために、さらにいくつもの闇商売に挑戦し、その数だけ、失敗する。

かつての戦友に招かれ、やむなく、結成されたばかりの自衛隊員となった。


給料日前。

父のパチンコ屋、質屋通いの回数がふえる。粉ミルクと缶詰、チョコレートはパチンコの稼ぎであり、衣替えの季節は質屋の出番だった。

食卓から生鮮の食材が消え、付けのきく酒屋が届けてくれる卵、缶詰、乾物の料理が並ぶ。

母が新聞広告の裏を使って計算を始める。鉛筆で記録する数え切れぬほどの小さな数字。父の出張手当、残業手当など一円の単位まで収入を計上し、予算をたて、その日を待つ。

「ごくろうさまでした、ありがとうございます」

給料袋を前に母は居ずまいを正し、手を合わせ、頭を下げる。

「……ふむ」

恥ずかしそうに、しかし神妙な父。


わたしを生んですぐ母は結核を診断され、子どもたちに感染させてはいけないと下北沢の実家に戻った。

一九五三年。わたしは三歳。

小学三年生の姉に連れられ、教室の後ろに敷かれたござにすわりこみ、寝ころび、うさぎと遊んだ。

しばらくして、保育園に預けられることとなる。お昼寝で使う、淡い桃色の生地に幾種類もの動物がプリントされた布で覆われた小さな布団のカバーは、母が縫って届けてくれた。

二十分ほどを歩いて通園する。父が通勤時間を調整し、遠回りして送り迎えを続けた。

雨の日、父の背にしがみつき、もういっぽうの手で必死に父のかばんを父の胸の前で握りしめる。父は片手で傘をさし、片手で背中のわたしを支える。

いくどもすべっては転んだ。泥まみれになる。

保育園の軒先で日本手拭《てぬぐい》をしぼり、背広の泥をふきとりながら園長先生と笑顔をたたえて挨拶をする父がいた。

遊園地への遠足の日、クリちゃんの漫画が描かれた小さなわたしの弁当箱には白いごはんしか入っていなかった。おかずは園で準備する普通の日と同じ、と父が思いこみ忘れてしまったのだ。

姉玲子は連絡係として下北沢に通った。

父から母へ、母から父への手紙の往復はいずれも生活と闘病資金のやりくり、催促と姉は気づいていた。祖母はなにも言わず、ちいさな風呂敷包みを手渡した。

「お父ちゃんの甲斐性がないから！」

視線の片隅にちらちらする祖母のやるせなさゆえの苛立ちが、父への非難を物語っていた。

叔母の応援は豪華だった。ふつうなら手に入らないコンビーフや肉の缶詰、バター、チーズ、保存食品、贅沢な輸入品をお手伝いさんに持たせ、届けてくれた。あどけなさの残る、「みゆきさん」とわたしたちが呼んでいた田舎育ちのお手伝いさんは来るたびに掃除、洗濯、食事のしたくを黙々とすませ帰った。

母の一回目の結核発症は、数ヵ月の実家での療養で終わる。

2

両親は移り住んですぐ、庭に果樹を植えた。

鑑賞のためではない。食糧不足を補うためである。

北側の陽の当たらぬところに無花果。東に富有柿、南に胡桃、白桃、梅……。

硬い桃は砂糖で煮て瓶詰めにする。無花果は夏の夜のしずくをたっぷり吸って茶色に変色し、ひび割れて赤い果肉をさらし始めると蟻と競って早朝にもぎとる。ちぎるとき、無花果は乳色の液体をしたたらせる。白い血に見えた。

胡桃の青虫は野太かった。大人の人差し指ほどもある。桜の毛虫の毛は長くとがっており、初夏の太陽に反射して七色に輝いて見えた。地面をめざしてぞくぞくと降りてくる青虫を、母はとりつかれたように割箸でつまみ、空き缶いっぱいの石油のなかに押しこんだ。

のたうちまわり、もだえ苦しみながら殺されてゆく青虫や毛虫。

そして、秋。

青くまん丸い実がなり、次第に果肉が崩れ、種が姿を現す。水洗いし、天日に干す。

胡桃は蒸しパンの味を複雑にし、硬い柿は野鳥の冬ごはんのため枝先に残し、熟した柿は毎日のおやつとなった。

施肥は父の仕事だった。根もとに大きな穴を掘り、台所の生ゴミを放り投げ、時には家族の糞尿を流し入れ、石炭ストーブや風呂が入った季節を迎えるとその燃えかすや灰を混ぜこみ、風雪にさらし、発酵させ、次に掘った穴の土で蓋をする。

便所の肥溜めから二つのバケツに糞尿を汲み入れ、天秤棒につるし、猿股いっちょ、日本手拭で頭をしばり、裸でえっさえっさとかけごえかけ、リズムをとりながら運ぶ父の汗。臭かった。汚い、と鼻をつまんでわたしは父をはやしたて、憮然として、しかし必死の形相の父にからみつき、逃げまどい、笑った。

こぼれた糞尿に土をかけ、足で踏み固める。仕上げはいつも水浴びだった。井戸端で猿股を脱ぎ、どんなに寒い日も父は丸裸となって井戸水をかぶり、頭の日本手拭をほどき、全身くまなく洗い、きっちりと手拭を絞り、頭の先から足の裏までその手拭で拭き清めた。

鶏を飼った。鶏小屋も父が自らの手で建てた。

二畳近い広さにコンクリートを塗り固め、四隅に細い柱を立て、西と南の隣家沿いをりんご箱の残り板で打ちつけ、庭に面した東側に金網を張り、北側に出入りの扉をつけた。

夜店や路上で買った雛をリンゴ箱に囲い、裸電球で暖め、育て、羽が白くかわり、とさかが見えるようになると鶏小屋に移す。

風邪をひくと卵の黄身を生で飲む特権を与えられる。

卵とパチンコの景品であるコンデンスミルクを箸でかきまぜ、鶏小屋の屋根の上で氷らせる。

アイスクリームはわが家では冬のおやつだった。

ころあいをはかり、鶏は父の手でしめられ、客のもてなし料理となる。


庭は母の仕事場でもあった。体調がいい年には庭が花で埋まる。

春は二本の沈丁花の強く甘い香りで始まる。桜が散ると煉瓦で囲んだ花壇の端っこに植えられた雪柳が真っ白に咲き乱れる。山吹、桜草から色とりどりのチューリップ、さらに黄水仙へ。

竹垣にはわせた蔓薔薇《つる》が大輪の淡い桃色の花をつけ、梅雨には紫陽花が咲きこぼれる。

汗ばむ季節にはグラジオラス、ダリア、向日葵、カンナ、葉鶏頭、サルビアの激しく強烈な色彩が庭を埋めつくす。そして白粉花、コスモス、菊、石蕗……。

紋白蝶、しじみ蝶、紋黄蝶、揚羽蝶が舞い、赤トンボ、塩からトンボが宙を切る。

日本手拭を姉さんかぶりに巻き、日差しをものともしない母。

庭のまんなかに盥を運び、井戸からバケツで水を運び、木製の洗濯板にぬらした服を叩きつけ、固形石鹸をこすり、垢を落とし、シミを除き、二度三度とすすぐ。バケツでの水運びは重労働だ。

シーツの替えは月に一度が精一杯、タオルは家族全員で一枚を使った。

「いい加減に下着を着替えなさい！」

ものぐさなわたしは母にうながされるまで同じ下着を着る。

近所のおばさんがわたしに言った。

「あんたのお母ちゃんみたいに白いものを白く保つように洗濯するのはほんとに大変なんだよ」

六十坪ほどの庭の草むしりもまたひと仕事だった。

太陽が昇る前の早朝、母は草むしりにいそしむ。

絶えまなく動くその指先。薔薇につくアブラムシの群れ、蟻の大群は小さいながらはてしない力を秘めており、恐ろしい。のたうちまわるミミズや玉虫は気色悪く、土は汚い、気持ち悪い。

庭の隅に茗荷や紫蘇、白ネギ、三つ葉が植えてあった。

母の手は絶え間ない水仕事で冬はあかぎれ、ひび割れ、血がにじみ、夏はひびに土がしみこんでいつも薄汚れ、しかもがさがさとささくれだっていた。

そして圧巻はなによりも庭の中央に君臨する桜の大樹だ。

花を見あげ、通り過ぎる近所の人々の感嘆と賞賛の声とため息。誇らしかった。

言葉を失うほど、美しかった。

春の日差しに反射しながら部屋に吹きこむ花びらの乱舞。

3

一九五五年春。

父は青森に転勤した。

都立高校に進学した兄は祖母の家にとどまり、留守宅を人に頼み、母と姉、わたしは夏休みに父を追った。そして土間と囲炉裏のある官舎に住む。風呂も便所も井戸も共同で使う暮らしが始まった。はたはたの塩漬けなども一俵、官舎で共同購入する。

青森県出身の鏡里《かがみさと》が横綱として全盛のころだった。祖母からの小包に「鏡里子」と名札のついた小さなキューピーがあった。叔父夫婦からの贈り物だ。

そして秋の終わり、母が再び喀血《かっけつ》。青森の療養所に入院する。

姉とわたしは迎えに来た祖母に手をひかれ、再び東北本線に乗って東京に戻る。

叔父夫婦のはからいである。家族のために進んで口減らし婚に応じた姉への敬いを彼は忘れない。

楽しいことがたくさん記憶に残っている。

祖母の家で行われた叔父の結婚式。生まれてはじめてウエディングドレス姿の花嫁さんを見た。

祖母の勧めで近所の教会に通い、祈りの詞を暗誦し、帰りに渡される詩篇が印刷された美しいカードを集めた。クリスマスイブには靴下を枕元においてサンタクロースを待った。願ったとおり、リボンのかかった箱が靴下の横においてあった。なんとなく、サンタクロースは叔父、とわかったけれど叔父も叔母も最後まで笑ってごまかした。兄と姉は叔父に英語と麻雀を鍛えられる。休日ごとに、叔父はわたしをモデルに写真の作品制作に挑み、午後は映画館に誘う。アメリカの西部劇や美空ひばりと大川橋蔵主演の東映の時代劇だ。

ふだんは完璧に装う叔父が休日になるとつぎはぎの復員服を着て街を闊歩する。戦地に行くこともなく終戦を迎えた彼の世間への抵抗と気づいたのは、ずいぶん大人になってからだ。

それでも、ひとりが怖かった。闇が怖かった。

さびしかった。

深夜、冷たい布団のなかで時計の針が時を刻む規則正しい音を聞く。

白々と浮かびあがる壁の能面に布団をかぶった。

毎晩のように母と二人、なにかから逃げまどう夢にうなされた。夢はいつも八方をコンクリートで囲まれたシェルターにたどりつくところで終わる。

幸福は手にすると必ず逃げる蜃気楼のようなもの、とおさなごころに感じとった。

待ち焦がれていた家族一緒の暮らしはまたもや母の病でどこかに消えた。

三人の子どもたちを受け入れた祖母もまたつらかったにちがいない。

新婚の嫁への気遣いもあっただろう。

ことさらに厳しいしつけをこころがけたのか、母の留守中に子どもがゆがんでは困る、と案じたのか。わたしには祖母がいつも機嫌が悪いように見えた。なにかにつけて叱られた。髪の毛をひっぱって八畳間をひきずりまわされたこともある。たしかに原因はいつも、わたしにあった。風邪で学校を休み、午後になって熱がひいたので近所の子と物干し場に出てパジャマ姿で遊んだからだ。ずる休みはいけない。寝巻き姿で人の家に行くものではない、延々と叱られた。

祖母は叔父とも衝突を繰り返した。その原因はどこにあったのか、子どもにはわからない。ただ、そこで繰り広げられる親子喧嘩は幼いわたしには恐ろしい諍《いさか》いに映った。

ふだんはあんなにやさしい叔父が暴力をふるうまで諍いが終わらないこともあった。

自分は招かれざる子であり、駄目な子であり、そこにいるだけで迷惑をかけてしまう。自分が原因で平和だった人の暮らしが壊れる絶望を、この時期に痛切に意識したような気がする。

ひたすら母を、待った。


一九五七年秋。結核の新治療薬ストマイが劇的に効いて母が退院する。

両親が東京に帰ってきた。

留守宅を人に貸していたので、約束の期限までわたしたち家族は杉並の小さなアパートに仮住まいとなった。穏やかな日々は続かない。

ある雨の日だ。母はままごとに夢中だったわたしを買い物へと誘った。ビニールのレインコートを頭からかぶり、長靴を履き、傘をさす。コートをたたきつける雨音で耳は聞こえず、フードと傘で視界も狭まっている。

わたしは甲州街道を渡り始める。

「カズコー！」

母の悲痛な叫び声。ドスンとなにかに鈍く当たった。

「なにしてたんだ、お前は！」

父の怒鳴り声で目覚める。白い壁に囲まれた病室で枕元に母が、足元に父がいた。三輪トラックに跳ねられ、頭部を打って救急病院に運ばれたと知った。

頭部の瘤は三日ほどで治ると診断され、自宅に戻る。

そして夜。運転手さんが謝罪に訪れる。

「君はいったい、どういう運転をしていたんだ？」

頭ごなしに怒鳴る父を、布団のなかで泣きながら、わたしは制止した。九州から妹と出稼ぎに出てきた実直そうな青年が小さくなっている。それだけで、かわいそうだった。

翌日、母は念のために、と三宿にあった自衛隊中央病院にわたしを連れていった。

その場で手術が決まった。

手術の前日、地下にある理容室で頭を剃った。母の膝に座り、母の手で押さえ込まれる。バリカンが一筋の毛を剃りあげたとき、わたしは泣き、叫び、母の膝をけった。

二ヵ月間の入院だった。

入院中に祖母が亡くなる。友の家に泊まりに行ってその晩、脳溢血で亡くなった。

「おばあちゃんがあんたの身代わりになってくれた」

退院の日の朝、母はわたしに服を着せながら、伝えた。


結核が治り、元気になった母と一緒に暮らしたのは七歳から十六歳までの八年間である。

わが家族の黄金時代だ。

クリスマスには折り紙やテープ、薄紙を重ねてこさえた牡丹の花を飾り、たくさんのポピュラーソングやクリスマスソングを姉が色とりどりのマジックで模造紙に書き写し、壁一面に貼った。レコードからは母が大好きだったミッチ・ミラー楽団・合唱団やペリー・コモのクリスマスソングが流れる。

家族全員声を合わせ大声で、歌った。

いつからだっただろうか。クリスマスのご馳走は丸ごとチキンのブラウンソース煮込みと決まっていた。鶏の内臓を取り出し、そこにたまねぎとひき肉を詰める。オーブンで表面を焼き、丸ごとの玉ねぎ、ジャガイモ、人参と一緒にブラウンソースでじっくり半日、煮込む。大皿に盛り、花でテーブルを飾った。

父の号令で進む大晦日まで数日をかけての大掃除。例年の行事である。靴箱をひっくりかえし、硝子を磨き、畳をあげて埃をはらう。

母も忙しい。布団の綿を打ち直し、障子を貼りかえる。兄は包丁を砥ぎ、まな板を削る。姉は母を手伝い、生花を活ける。わたしはコップやスプーン、フォークを磨いた。

家族そろってラジオから流れる紅白歌合戦に真剣に聞きいった。

元旦には母も父も着物を着た。たった一枚食料に変わらなかった泥大島紬の着物を着た母は華やいで見えた。新しい下着をつけ、おろしたての服を着て、お節を前に姿勢を正し、父からお年玉をいただく。お屠蘇で乾杯する前に、父はかしこまって演説をする。

「昨年はみな、ご苦労さんだった。子どもたちには家族の未来がかかっている。お母ちゃんのいうことをよくきいて、勉強に励むように」

かまぼこ、きんとん、お煮しめ、昆布巻き、なます、田作り、寒天……。

父は昼間から酒を呑み、家族みんなで夢中に遊んだ。

百人一首、おはじき、トランプ……。勝負は父と兄が競い、いつも母が負けて終わる。

さもしく計算し、こざかしくけちって大きく失う人生は貧しい。お金は大きく使う。医者代、薬代に使うより毎日のごはん代のほうがはるかに身になる。元気になるごはんを食べよう。

母の人生訓だ。

皇太子（現平成天皇）ご成婚は親戚の家でテレビを見た。

週末の『名犬ラッシー』は必ず近所の家で見た。

そんなわが家にいつのまにかテレビや洗濯機が完備していた。

増築は二度にわけて行われている。

まず最初に大学受験を控える兄と高校受験の迫った姉のために、四・五畳と三畳の勉強部屋が増築される。三畳間には姉とわたしのための二段ベッドが造りつけられた。

次の増築で母は桜の樹を切らぬようL字型の設計案を練った。桜の大樹を囲んで広い廊下と客間が誕生した。廊下の屋根は半透明の波型プラスチックである。母はそこを廊下と呼ばず、サンルームと称した。夏は涼しく、冬は燦々と明るく、温かかった。

洋間にはステレオセットとレザーのソファが鎮座し、本棚には日本と世界の文学全集が並ぶ。土間だった台所に床材が貼られ、井戸水をモーターで汲みあげ、蛇口をひねれば水が出るようになる。プロパンガスは料理の火加減を楽にした。母のひと声で広い居間に達磨《だるま》型の鋳物の石炭ストーブが備わった。ストーブにはいつも湯気があがっていた。

やかんのお湯、ポトフ、水にぬらした新聞紙にくるんだ薩摩芋。

達磨ストーブの焚《た》き口にはいつも火かき棒をもった母が控えている。

数年ののち、母は次に米軍払い下げの大きな石油ストーブと巨大な白木のデスクを買った。

石炭は煙突の掃除、燃えかすの始末が大変だ。いくども石炭をかき集めに寒い外に出なければならない。石油のほうが安い。火力の調整も消火も簡単だ。煙突も煤だらけにならない。

一畳ほどの大きな机の前に座るとふしぎにこころが広々とする。その机は受験期を迎える者に使う権利が与えられる。受験生はわが家の天下人である。

午後八時。就寝時間を告げられる。ベッドの上に追いやられ、早々と寝かされる。

午後十時。母が姉に声をかけ、お盆を持って部屋をのぞき、煙突つきの小さな練炭ストーブの傍らに座りこむ。夜食は学ぶ者の特権である。プリンや江戸風お好み焼き。叔母から届いためずらしいアメリカの菓子や果物の缶詰。兄が呼ばれ、三人は楽しそうに語りはじめる。

末娘はいつまでも大人の仲間入りを許されはしない。


増築してなお、庭は粛然と庭であり続けた。

缶蹴り、かくれんぼ、鬼ごっこ、はじめの一歩、ゴム段跳び、縄跳び、石蹴り、ままごと、面子、ビー玉……。増築して少し複雑になったわが家のたたずまいは格好の隠れ場所をわたしたちにもたらした。隣に越してきた利発な美少年はフラフープ、ホッピングと流行の新しい遊具を持ちこみ、音楽の楽しみを伝授してくれたけれど、土と樹と家にまさる遊具はなかった。

冬は農家から杵を借り、餅をついた。

夕暮れが近づくと母は部屋を巡り、ごみを集める。屑入れいっぱいになったごみを庭で燃やす。近所の人を招き、焚き火を囲み、父の帰りを待った。冬は新聞紙を濡らし薩摩芋を包み、炎の渦に放り投げ、秋には栗を焼く。

いつもいつも庭で泥だらけになって遊んだ。

工事現場で拾った板を屋根に仕立て、小屋を建てた。泥をこねてかまどを作り、泥団子で母をもてなした。麦畑の麦で笛を作り、蓮華の花で王冠を編み、薩摩芋の葉で首飾りを作り、とうもろこしの毛を人形の髪とした。馬事公苑で馬に乗った。ボール投げだけで数時間を笑ってすごした。

台風は家を壊す。学校が休みになる。怖いけど、わくわくする。台風情報をラジオで聞きながら、母は生垣を縄で結び、風で吹き飛ぶかもしれないすべての雑器や道具類を果樹にしばりつけ、重石で固定する。硝子戸には紙を貼った。雨戸を閉め、外から板をエックス状に釘で打ちつける。飲み水やろうそくを準備し、数日分の食料を買いおく。

すべて、母の仕事だった。

父はいつでも救援に出動できるよう駐屯地に待機する。

被害によっては一週間、十日と留守が続いた。

4

そして一九六六年一月。

母が近隣の国立病院で卵巣嚢腫と診断される。

三月には兄の結婚式が控えていた。

母は結婚式を終えたのちに手術を受けることとした。

しかし、術中にがん末期、余命三ヵ月を告げられる。腹膜にびっしりと種をまいたように広がっていた腫瘍。医師の勧めでいささかも切除することなく傷を閉じた。父の命令で術後しばらく、わたしたちは医師から告げられた事実を母に伝えなかった。テレビでがんにまつわる番組が始まると、すぐにチャンネルを変える。病状について聞かれれば、部屋を離れ、言を左右にする。

母はわたしたちの隠し事をすぐに見破った。

四ヵ月も過ぎただろうか？　夏の夕焼けを眺めながら、父が帰宅するのを待って母はわたしたち全員をあのサンルームに呼んだ。そして、父に真実を話してほしい、と迫った。

嘘をつきとおせない父。涙をぬぐわず庭を眺める母。母の背中が震えていた。サンルームの天井を赤く染めていた夕陽もいつしか沈み、あたりは群青色に染まってゆく。ひんやりと冷たい風が桜の葉を吹き飛ばし、サンルームは闇に包まれてゆく。

以後、病院を変え、治療をしなおし、母は生きるための治療を続けた。

母の闘病は七〇年代学生の全国学園闘争、ベトナム反戦運動の時代と重なっている。わたしもまたデモや学内・学外集会に入り浸りってゆく。そんなわたしをどう扱っていいのか、母はとまどっていた。素朴な反戦への共感と意志は、さまざまな党派闘争の渦に巻きこまれ「革命戦士」へと成長することこそ正しい道、と導かれてゆく。日を追うごとに視線がきつくなり、表情もかたくなになっていった。革命という言葉が氾濫する左翼的な本、党派の新聞を積みあげ、わたしは次第に周囲との会話を避けるようになり、そうであるがゆえに人から拒まれている、と思いこみ、結果として、人を遠ざけ、閉じこもってゆく。

そのわたしを理解しよう、と母は必死になる。病床にありながらわたし自身もたまにしか読まないような『朝日ジャーナル』や、友人に勧められて買ったものの読みきれずにいたぶあつい『都市の論理』(羽仁五郎著)をわたしの本棚に見つけては「あなたは読んだの? どういうことを言っているのか理解できるの? お母さんに説明してごらん」と対話を迫る。

母の直感は正しい。母はわかっていた。革命、左翼、政治という類の言葉でくくられる生き方とわたしはもっとも遠い存在である、と。

最後まで政治、組織、まして革命という言葉が氾濫する世界にわたしはなじめず、党派に所属することも、彼らの言葉にこころ触れることもなかった。ただ、弱い人に味方する、強き存在に怖気づくことなく一途に立ち向かってゆく人にうたれた。新聞で伝えられるベトナムの戦場の悲惨を伝える写真、言葉には全身が反応した。

国際反戦デー、沖縄解放闘争、敗戦記念日……。

反戦運動にもスケジュールがある。今日はこの課題を考える日だ、今日こそは政府に訴えなければいけない日なのだ。……集会で聞くアジテーションにもわたしのこころと脳髄はいささかもゆさぶられなかったけれど、そうして語りかける人たちのかもしだすなにかに惹かれてゆくのがわかった。

知り合った友の何人かが死んだ。闘いのなかの死もあった。失恋自殺もあった。死してなお、という覚悟の表明もあった。遺書を書いたと語る友もいた。死は純粋の代名詞のように憧れをもって語られていた。死が英雄の行動、勇気、美しき結末としてたたえられた。

母はそうした死を語る友の電話に動揺するわたしに、言った。

「いらない命なら私にくれればいい」

女子大生がスカートしかはかない時代に安物のズボンをはき、ブラウスやパーカーをはおったわたしの爪先はいつもガリ版や立て看板に文字を書く墨汁で黒く染まっていた。早朝から大学の門の前に立ってビラを配る……それが一途で穢《けが》れない生き方、と信じていたわたしがいた。疑わぬ少女はどんどんと、自分でもわからない理解できてもいない言葉で武装し、わからないからこそ余裕を失い、攻撃的になり、党派の新聞、広報ビラから言葉をさがしだし、さらに、武装する。

唐突だが、母はおしゃれだった。独特のおしゃれ感覚をもっている女性だった。

おそらくは銀座で撮られた若き日の母の写真が残っている。構図を読むかぎり、ほぼプロの撮影と想像できる。モガ、モボと称される二〇年代のあのスタイルの服を着て歩く通行人を背に、矢絣《やがすり》の着物でパラソルをさしてさっそうと歩く背の高い母のツンとした気位の高い表情。

数は少なかったけれど、盆暮れには必ず下着と新しい服を母は準備していた。みだしなみ、は母の大切にした言葉だった。高価でなくていい、清潔であれば……。つぎあてを恥ずかしがるな、きちんと洗濯してアイロンがきいた服を着なさい……。母のみだしなみ論だった。

嫁入りのときに持ってきたほとんどの着物は戦後にわたしたちの食料と変わったが、そのセンスは貧しさに奪われることはなく、編み物に生きた。編み物には天賦の才があった。暇さえあれば手を動かし、なにかを編んでいた。のちに編み機が売り出されたときもいちはやくそれを手に入れ、一日中、なにかをこさえていた。

編み物はリサイクルできる。冬を迎え、ストーブが入ると古ぼけたセーターやカーデガンをほどき、ストーブの上でしゅんしゅんと湧く湯気にじっくりと縮れた毛糸をさらし、縮みを伸ばし、別の色に染める。新しい別の毛糸を襟や袖口、身ごろに足せば成長した姉やわたしのからだに合う新しいセーターに生まれ変わる。もっと古くなった毛糸は肩掛けや下着に変わる。セーターをほどくとき、染めあがった毛糸を毛糸球に巻きあげるとき、わたしの両手は糸巻き棒になる。腕の筋肉の強さと忍耐、集中力を求められるひと仕事だった。

針仕事は得意でなかった。でも、デザインが好きだった。母のペンから生まれる服はどれも斬新な色使い、スタイルだった。内職の針仕事をしていた「松本さん」という近所のおばさんと相談し、決してお金で買えない服が次々に誕生した。

姉とおそろいの服はどれも忘れられない。紺地に白の水玉や紺と白のストライプのサンドレスに真っ白なボレロ。母が編んだレース襟のついた黒いビロードのワンピース。

中学に進学したとき、母は紺色の制服を嫌った。標準服と呼ばれる制服が決められる前年のことだ。グレーのフラノ地、金ボタンの落ち着いたスーツを松本さんに頼んで縫ってもらった。

入学式。全員が紺色の標準服を着ていた。周囲の好奇のまなざし、陰口におびえる。人とちがうのはいやだった。数週間後、近所のお姉ちゃんのお下がり、セーラー服に着替えた。

そのわたしがスラックスしか着なくなった。黒しか着なくなった。

一九六八年春。

西荻窪にあった女子大の文理学部では、新左翼のいくつかの党派に所属する学生たちがチャペルの一部や学館を占拠し、それまでの学内問題や反戦運動とまったく異質な、国家転覆を標榜する政治的暴力闘争へと変貌をとげ始めていた。わたしが通っていた、井の頭公園の奥にひっそりとたたずむ小さな短期大学部では学生総会でストライキが否決される。反戦運動には共感するものの革命といった激しい言葉への拒絶感はすさまじいものがあった。デモで数人の学生が逮捕されてたちまちもとのおだやかで静かなキャンパスに戻ってしまった。革命がなんたるかもわからず、暴力闘争を肯定もできず、しかし、なにもせずにはおれないというだけのいわば「思想性のない」わたしと親友田原悦子は黙々と、誰も読まない立て看板とビラを生産し、それらを学内のあちこちに立てかけ、配り続けるしかなかった。

ある日。

誰にも関心を抱かれることもないビラ配りを終えて自宅にもどった。

玄関を開けると、その気配を察したのだろう、それまで聞こえていた両親の声が消えた。玄関と居間を隔てるカーテンを開けると、父はこわばった表情を隠すこともなくちらっとわたしを横目で見てそのままなにも言わず、もくもくと夕食を食べ続け、母はわざとらしいまでのにこやかな笑顔でわたしを見あげた。

「お帰り、今日は早かったね」

母は夜八時を過ぎるとどんな寒風のなかでも街路灯の下に立ってわたしを待ち続ける。

二人はわたしのことを話していたにちがいない、とわたしは身構えた。しかも、それはわたしの行動を非難する内容であるにちがいない。こわばった父の表情がそれを物語っている。

しかし、母だけならまだしも、父がいる。この場から逃げるわけにもいかない。

わたしもちゃぶ台に座り、もくもくとご飯を食べ始めた。

母が立った。いそいそと奥の部屋に行く。引き出しを開ける音。

そして二枚のワンピースを持って戻ってきた。

「これね、あんたに内緒で松本さんに作ってもらったのよ」

一枚は薄緑色の小さな花柄の胸に細かいフリル、ギャザーをたっぷりとったスカート。少女の夢のすべてを集めたような服だった。もう一枚はブルーグレーの光沢のある綿サテン地で、こちらは抽象的な模様が全体に染めあげられている。チャイナカラーでからだの線がきっちりと出るシンプルなデザインである。二枚のワンピースの横に赤い小さな皮のバッグも置かれた。

横目でちらっと見て、そのまま ものも言わず、食事を続けた。無性に腹が立った。

女の子らしくしろってこと？

顔を合わせれば喧嘩ばかりだったのに、突然、笑顔でフリル？

「ねえ、うれしくない？」

「……」

「ねえ、せっかく女子大の大学生になったんだからきれいな服でも着て、テニスクラブにでも入ってね、明るい学生生活満喫したらどうかって思うんだけど……？」

なにを言われても、わたしへの批判にしか聞こえない。

貧しい人がいるんだよ！　日本から戦闘機が飛んで、その戦闘機が発射するナパーム弾でベトナムの子どもたちがたくさん死んで、孤児になってるんだよ！　かわいそうな人が世界にはいっぱいいるんだよ！　反戦運動のどこが悪いの！　なのに、花柄のフリル？　テニス？

母の語りかけを無視し続け、食べ続けるわたしに、父が怒鳴った。

「お母ちゃんに返事をしろ！」

母がどれだけ節約してあの木綿のワンピースを準備したのか？

どれだけわたしを案じ、かつての親子に戻ろうと右往左往したのか？

そのころのわたしは、なにひとつ理解できてはいない。理解しようともしてはいない。

新聞は連日、日本の、東京のどこかで繰り返されている学生と機動隊の衝突、火炎瓶闘争の写真とそれを報ずる記事で埋まっている。

デモに行かせないため、母は家中のお金を隠した。一円玉の貯金箱も戸棚から消えた。それでも大学に行こうとするわたしとの口争いが絶えない。検査や治療のために母が病院に出かけるのを待って起き、大学に行く。帰宅してわたしの姿をそこに見たときの母の安堵した表情。

玄関の土間にべったりと座り込み、コバルト照射で抜け続ける髪に手をかけ、泣きながらバサリと束になって抜けた髪をわたしの前に投げ出し、外出を阻止しようとすることもあった。

「行かないでちょうだい、あんたのからだにもしものことがあれば……」

「自分の目の前でこんなにお母ちゃんが苦しんでいるのに、その手伝いもしないで革命？　反戦？あんたたちにいったい戦争のなにがわかっているというの！」

「あんたたちを育てるためにお父ちゃんがどんなにつらい思いで働いてきてくれたか」

母の泣き声を聞きながら、平然と玄関のドアを後ろ手で閉める。

そして泣き声が聞こえぬところまで、走った。

治療の副作用で日々、面差しがかわってゆく母。

その頭髪も日に日に薄くなってゆく。

ある日曜日、母はそれまで一緒に出かけることなどなかった父とデパートに鬘を買いに出かけた。

数時間ほどもたっただろうか、母は出たときと変わらぬスカーフをかぶって帰宅する。

「鬘は?」

「なにかを隠して生きる生き方なんて、たかが知れている……」

ちゃぶ台の上に、デパートでしか買えないお団子が並んだ。


そして、あの日。

かんかんと日差しが照りつける、真夏の日だった。

大学で外国語を専門に学んで中学の英語教師となった姉玲子は、教職員の団体旅行に参加してヨーロッパに出発した。羽田空港で、わたしも母と一緒に姉を見送った。

翌日、父が出勤し、母が病院に出かけるのを確認し、わたしは起きあがった。電話がかかる。大きな暴力闘争となる、と友は言う。逮捕覚悟しなければね、とさらに言う。大学に行く交通費がない。友の声は切羽詰まっている。今日が駄目ならわたしたちに未来はない、と叫ぶ。

家にいるわけにはいかない。友を見捨てる卑劣な人間のような気がする。機動隊に捕まり二十三泊した、完全黙秘を貫いた、という経歴が英雄をたたえるかのごとくまことしやかに大学でささやかれている。家中を探り、一円でもいい、小銭をかき集めよう。

古くからある小ダンスの引き出しをひとつひとつあける。二段目のひきだしをあけたとき、一通のハトロン紙の茶封筒が目に入った。遺書、と表書きしてある。封印はされていなかった。


いろいろとみなに迷惑をかけました。

芳彰を結婚させ、玲子も教師となり、無事ヨーロッパ旅行に出ました。

わたしの母親としての役割は終えたように思います。

これ以上、わたしが生きていることはみなの迷惑になります。


記憶と印象に頼っている。正確な文ではない。読み終え、もとに戻した。

集会には行かなかった。家中を掃除し、自分の部屋に閉じこもった。

あの大きな机の前に座ったものの、なにも手につかない。頭の中をぐるぐるとめぐる母の遺書の文面。無性に腹が立った。なにに？　わからない。おそらくは遺書にわたしの名前がないことに。

母が自分をおきざりにしていこうとしていることに。

怖ろしさにふるえた。なにに？　ひとりぼっちになることに。

母を思いやるやさしさのかけらも、当時のわたしにはなかった。

昼すぎ、玄関の鍵を開ける音。足音が次第にわたしのほうに近づいてくる。

そっと、襖《ふすま》が開いた。

「今日は留守番していてくれたの？　家中がきれい。どうしたの、いったい？」

背中で感じるうれしそうな笑顔。

「これね、お土産よ。デパートで見つけたの。お姉ちゃんはヨーロッパに行ったし、あんたの夏休みはあんまり楽しくないのもかわいそうだからってね」

そう言いながら、赤いリボンで飾った小さな箱を机に置く。

とげとげしく波立つ感情を必死に抑え、ふりかえる。

「あけてごらんよ」

手渡された小さな箱の包み紙をほどく。赤い皮の小銭入れがはいっていた。

「いらない。いらないよ！　こんなもん」

なにを思ったのか。わたしは母の膝めがけてその小さくてかわいい小銭入れを投げつけていた。

「……？」

母の表情が変わる。立ち上がり、居間に走る足音。

追いかけるようにわたしは母の背中に向かって叫んだ。

「わたしを置いてきぼりにして自分だけどこかに行くんだ!」

ゆっくりとした足取りで母が戻ってきた。

「見たの?」

「見たの? じゃないでしょう! ひどいじゃないか」

涙がとまらない。しゃくりあげ、言葉にならぬ言葉を、やりきれなさをぶつける。

母の悲しみを気づかうわたしはどこにもいない。

ひとしきり感情の波立ちが落ち着くのを待って、母は、ひとことつぶやいた。

「ごめんね、ほんとに、ごめん。でも、お母ちゃんもつらいのよ……」

それっきりだ。

遺書は引き出しから消え、以後、誰も見たことがなかった。


一九六八年冬。

寛解はつかの間、過酷な治療が次々にからだを衰弱させる、それでも家族の意思を背負って母は生きる努力を続けてくれた。缶に傷がついて安価に販売される生産者直売のトマトジュースを大量に購入し、連日、呑み続けた。そんなとき、東京環状八号線建設計画を知る。

地主さんから戦後のどさくさのなかで貸した土地についてこの際、契約をしなおそう、できれば買ってほしい、評価額より安く譲る、と提案される。教育年齢にある姉とわたしを抱える一介の元自衛官、しかもがん患者をかかえる家庭には途方もない高値である。

環状線が通る区域となれば国による土地の評価額もあがる。買えばあなたたちにとっても損ではない……地主さんからの申し出を親切、地主さんもつらいのだろう、と両親は受けとめた。

幾晩も幾晩も、ふたりはひそひそと話し合っていた。

そして母は博打のような案を思いついた。地主の言い値で土地を買う。同時に評価額で売る。差額が生まれる。それを頭金にローンを組み評価額の低い土地に新しい家を買う。だが、地主に払うだけの現金はない。だから実際の金の動きは逆になる。

些少だが、手元に残る現金を闘病費にあてる。

医学において末期であったとしても、家族にとっての母の闘病は永遠に続くはずのものだった。三ヵ月という余命告知を受けた母が四年を生きたのだ。死ぬはずはない。

わたしたちは起死回生の、いくどめかの奇跡を願った。

新居は家族の希望の象徴となる。

方針は決まった。

病床の枕元に電話をひっぱりこみ、母は新聞や知りあいのつてを頼り、些細な情報も集めもらすまい、と不動産情報を漁り、最終的に練馬区大泉学園町周囲に目標をしぼりこんだ。

東京二十三区とは名ばかり、七〇年代後半の大泉学園町はまだ、田舎だったはずだ。しかし、である。その大泉学園がすさんだ空気に包まれていた。現金めあてに農民が農地に芝生や栗などの果樹や梅の木を植え、値があがるのを待つ。

目白通り、環状七号線、青梅街道、川越街道に囲まれた大泉街道は道幅にそぐわぬ大型トラックが走行し、日夜、土埃が舞いあがる。大根畑と雑木林が点在する村が高度経済成長にのって建売住宅の町に変貌しようとしていた。

今は亡き作家開高健が大泉農協を農地売買で全国一の貯蓄高を誇る農協、として紹介している。新興住宅地として農地が住宅地に変わる時代の変化を、開高は農協の貯蓄高全国一の大泉学園に読みとろうとしている。変化が人のこころをどう変えていこうとしているのか、を。

母は東京人だった。二十三区内にとどまることに執念を燃やす。しかも病院に通院できる地域でなければならない。練馬区大泉学園はすべての条件に合った。

6

一九六九年初夏。わが家族は世田谷区桜ヶ丘からこの練馬区大泉学園町に移住した。

不動産屋情報によれば、老舗から新興成金の町への新住民の移動だそうだ。さらに土地にブランド格差をつける。［学園］とか［丘］［台］などという文字がつくと高級感が増す、という。だから、東京近郊の新興住宅地には、［丘］［台］［学園］とつく地名が多い。

建売住宅は建築士と不動産屋が設計図と計算機と机上の空論で生み出した産物である。土地ぎりぎりまで家屋が建ててある。庭は前の家の日陰になったまま、車一台がとめられる程度の広さしかない。門には松、庭の隅にはやはり松と椿が植えてあった。

生きるためでなく見てくれを整えるための木。住宅の販売価格をつりあげるためのアクセサリーとしての木。育てる時間、その苦しみも喜びもないままに買って植えるだけの常緑の木。

ある典型的な家族を想定されている。おそらくは四人家族がイメージされている。一階に八畳間の和室、応接間、リビングキッチン。二階に和室の六畳が二間。

建売住宅は、一見豪華である。

母が購入したのは四軒が一括して売られた建売住宅のうちの一軒だった。印象としてはどことなく似ていながら、ひとつひとつの部分がちがっている。間取りはほぼ変わりないが、左右が入れ替わっていたり、階段の位置がちがっていたり、窓の数、大きさや形がちがっていたりする。屋根の形、瓦の色、玄関、アプローチなどに変化をつけている。ボルネオのジャングルを伐って輸入し、加工した南洋材とモルタル、ピカピカ光る瓦で飾りたてた家……。

子どもの成長と生活の変化、家族の暮らしの拡大にともなって部屋を増築していったあのバラックは、生きるため、必要に迫られ、じっくりと熟成し、育った家族の時間を吸いこんでいた家だった。それと対極にあるのが建売住宅のように、わたしには思えた。売るための家。だから最初から完成している。すみずみまで経済効率で計算され尽くした無駄のない家。隠れん坊のできない家。だから、庭もない。果樹もない。季節がない。

それでも母が最終的にこの家を選んだ理由ははっきりとしていた。大泉街道から歩いて数分ほどかかる奥まったところに建っている。静かだった。値段のわりに間取りが広い。八畳が三部屋、二階に六畳が二部屋。重要なのは周囲に自然があふれていることだ。南側には雑木林が広がっており、西側は栗の植林地だった。庭はないけれど、大きな自然の借景に囲まれている。小鳥のさえずりを聞きながら、ゆったりと散歩もできる。

引っ越しが終わり、すべての家具が予定どおりの場所におさまったとき、へなへなと床の間の前に座りこんで母はつぶやいた。

「床の間や長押のある家に、あたしが住めるなんて——」

うれしそう、という表情ではなかった。一大事業を成し遂げた感慨、としか表現できぬ静かで、しかし強靱な自信というか誇りたかい空気が母をとりかこんでいた。

ほかならぬ母が喜んでいる。それだけで、わたしたちは大きな一歩を踏みだした気分に浸った。

その晩、母と近所を散歩した。

たった一軒の電気店と、そして小児科の診療所の入り口だけに明かりが灯っていた。

とっぷりと暮れた町は暗闇に包まれていた。

星がきらきらとまたたいていた。

7

母の闘病は四年目を迎えていた。

家と庭。

想い出のすべてを母の闘病資金と持ち家にかえ、大泉学園に引っ越して四ヵ月が過ぎた。

子ども全員に大学教育を受けさせる、どんな時代の変化があろうと自分で、自力で食べられる子どもを育てる、国の混乱に左右されない生き方のできる子どもを育てる。敗戦の日の井戸端での両親の誓いだ。四年制大学を卒業する……これは両親とわたしの約束だった。

女子大の短期大学部から文理学部に編入試験を受け、合格。新学期を待っていた。

がんはすでに手の施しようのないほど母の全身を蝕んでいる。自宅にはいるけれど、ほぼ寝たきりとなり、疼痛と食欲不振、しんどさを耐える日々が続いていた。

三月。

明日がいくどめかの入院という朝、父と姉を見送ったわたしは茶碗を洗っていた。床の間と長押のある隣の部屋で母は寝ている。

「かっちゃん、そこの綿入れをとってくれる？」

か細い母の声。

タオルで手を拭きながら箪笥に立てかけてある座卓にかけてあった綿入れを持った。

「着るの？」

「うん、手伝って。起きて、外が見たいわ」

「寒くないかなあ」

「大丈夫よ」

母の嫁入りのときの着物でただ一枚、食料に変わらなかった泥大島紬を縫い変えた綿入れ。うながされるまま、わたしは横たわる母の背の下に右腕をさしこみ、左手で抱きかかえるように母の上半身を支えた。大柄でふくよかだった母が軽々と持ちあがる。痛いほど骨ばっている。

綿入れを肩にかけた。

「そこのタンスの左上の引きだしをあけてごらん？」

うながされるままに引きだしをあける。金色のリボンのかかった細長い箱。

「二十歳のお祝い。卒業のお祝い。あけてごらん」

「……」

銀の鎖についたたった一粒の美しい真珠のネックレスが入っていた。

「タンスの一番下をあけてごらん」

「……」

「なにがおきてもいいように。二十歳。大人の慎み。喪服よ」

ウールの黒地で仕立てられたスーツ。

「……」

「そこ、あけて」

硝子戸をあける。沈丁花がつんと鼻をついて香る。

受験の香りね、とわたしと母はうっすらと笑う。戦後の貧しさからはいあがること、そして兄からわたしまで、およそ十数年間の受験戦争が母の結婚生活だった。

座布団を置く。這いずるようにからだを少しずつずらし、母はそこに座った。

母の背中を支えながら、わたしも母の視線を追った。

「雑木林がね、あるのよ……」

この家を買う決心をわたしたちに伝えたとき、母は言った。

「庭は狭くてこれまでみたいに餅つきなんてできないけど、雑木林がある。窓から見える。広々とした借景があるから、かっちゃんも喜んでくれると思うよ。だから、静かなんだ」

母に都市計画を調べる余裕も知識もない。引っ越してすぐ、関越高速の工事が始まる。工事のけたたましい物音に耐え、舞いあがる埃を吸い込んで、母は床の間のある部屋で寝ていたのだ。

そして、最後に母が眺めた窓からの風景は、工事中の関越高速のコンクリート壁だった。


そして四月十五日。

約一ヵ月半の七転八倒ののち、母は逝った。

母はひとりひとりの家族にひとことずつ言葉を贈った。両手でわたしのあごのあたりをくるみ、そのまま手をずらして額から後頭部までをゆっくりとなでつける、母のかさかさとかわいた手の感触。そして、最後にいくどもいくども手で髪をすく。

「あんたがね、かわいそうで……」

家族のひとりひとりが自分だけに特別の珠玉の言葉をもらった。

その言葉を抱きしめ、それぞれが自分だけの隆子像、母親像を抱きしめ、その後を生きた。

大泉街道の桜並木は遅い桜の花吹雪で母の遺体を迎えてくれた。

生涯でたった一回だけ。

わたしは母からの最後の贈り物となった喪服のスーツを着て、あの真珠のネックレスを身につけた。

ほかならぬ母の葬式に。

葬儀が終わり、四十九日が終わる。わたしは世田谷区桜ヶ丘のあの家と庭を見に行った。七十五坪の土地は二つに仕切られ、狭い、華美なデザインの建売住宅二棟がひしめくように建って、誰かがすでに暮らしていた。でこぼこだったあの庭は盛り土がなされ、平地となり、果樹や桜の大樹は消えてしまっていた。想い出すら、消えてしまった路地。

一九七〇年。二十歳の、……春だった。

カンボジア

1974－84年

学館を占拠していた活動家の何人かは逮捕され、中退して大学から姿を消した。短期大学部で共にすごした友人たちも、ある人は労働者となって働き始め、別のある人は結婚し、親友田原悦子は公務員となって、さらに別の大学の夜間学部に通うようになっていた。

いまさら授業に戻る気はしない。授業でなにを聞いても、つまらなかった。卒業論文だけは書こう。卒業できなくても母は許してくれるにちがいない。

父もまた心棒を失ったように仕事をやめ、連日連夜、浴びるように酒を呑んで帰宅する。まったくわたしにも、わたしの将来にも関心がないようにうかがえた。

家は残ったものの、がらんどうだった。いくらご馳走をつくり、皿数を増やしても味気ない。砂を嚙むような食卓だった。

挫折感と空っぽな感覚を共有できる活動家と恋に落ち、壊し、なんとなくそれまで無縁だった高校の同級生と再会、求愛を受けとめ、婚約した。大学の探検部に所属し、アジアや沖縄を旅をしながら富士山で気球を上げる彼の暮らし方が楽しそうにみえた。

が、楽しいだけで虚ろな気持ちが埋まりはしなかった。

しばらくして、姉は近所のアパートに引っ越していった。

就職はしなかった。

父は相変わらず酔いつぶれていた。朝、昼、晩の食事のしたくと掃除についてやったかどうかを尋ねられるだけの日々。だが、小遣い程度は稼がなければならない。

婚約者の勧めで、彼の仲間が起業した会社の留守番アルバイトとなった。

飯田橋の古いビルの四階に開業したサークル的雰囲気の「会社」は奇異な空気に包まれていた。参加している全員が男性。お茶汲み、掃除は女の仕事。わたしの髪の毛とセーターは数時間で煙草の匂いとヤニに染まった。一般会社ならまだしも、学生運動で警察に捕まったり、大学からドロップアウトし、ロックを口ずさむ彼らの深層にある偏狭な男意識が息苦しい。

昨日まで革命を語っていた彼らがおそろしい勢いで建設業界のしきたりに染まってゆく姿にわたしはひとつひとつこだわった。社会人になることをみずから停止しようとするわたしは社会人として再生してゆこうと必死に走りはじめた彼らにとっていやな奴だったにちがいない。

そのときすでに活字の世界で生きたいと漠然とは思っていたが、メディアの世界がわたしを迎えてくれるとはとうてい思えなかった。そもそもわたしは論理的ではなく、むしろ肉体や感覚で刺激を感じとり、感情にからめてなにかをわかろうとする傾向があった。

たったひとつ、わたしの好奇心をつなぎとめたのは吉田熈生先生の近代文学の授業だった。

吉田先生はすべてにおいて寛容だった。社会学科の学生であるわたしを日本文学科の彼の演習に「盗聴歓迎」、と笑って迎えてくれた。文学を語る先生の傍らで学びなおしたい、と先生の研究室に通った。

吉田先生は非論理的なわたしの資質にいち早く気づき、アカデミズムもまたわたしの住処ではない、と伝えた。毎晩、深夜まで先生とお酒を呑んだ。先生は小説、詩、言葉をつむぐ人を愛し、敬い、そして、学問は生業、すべては仮の姿と信ずる人だった。

「学問より恋か？　読書よりまずは議論か？　授業より今日の危機か？　たしかだ。飯の種こそ真実。庶民柳原和子はそれがいい。僕ならそれだけで優をあげたい」

小林秀雄と中原中也、大岡昇平らの才能と時代を愛し、その時代背景、人間模様を資料によって徹底して精査し、小林秀雄にして「君は僕自身より僕を知っている」と言わしめ、大岡昇平さんに全幅の信頼を受けて研究を積み重ねてきた先生の一言一言がこころにしみる。

「君は形而下的なところでの力を信じるかい？　若いときにはそれは到底、言葉にはまとまらない。若書きはするな。四十過ぎたら、君はなにかを書けるようになる。そこまでふんばれ」

その言葉を宝物のように、わたしは胸に抱きしめた。

婚約を破棄し、別の恋に走り、壊して三年後、わたしは欧州へ放浪の旅にでる。

ロンドンではホテルの地下室で不法滞在すれすれの日本の若者たちと一緒に暮らした。欧州への放浪で無数の日本人と出会い、語らい、それがのちのカンボジアや『「在外」日本人』など一連の作品群へとつながるのだが、そのころはなにも自覚されていない。旅をしながら考え、人と語らいながら考え、それを言葉につむぐ。それを人に読んでもらえたらすばらしいではないか。

それが仕事になる。それはメディアしかない。メディアの現場で働きたい。おぼろげながらそう意識するようになる。

帰国後、栄養学の雑誌を出版している厚生省の外郭団体が編集アルバイトを募集していると友人から聞かされ、面接試験を受けた。その場で採用が決まったが、通うようになってすぐ、わたしの仕事はその団体とは無縁のある男性のアシスタントであるとわかる。彼はかつて食品会社を経営していたが倒産し、すべてを失い、銀行に口座を開けない境遇にある。商売に必要な信用を外郭団体の肩書きに求めていた。外郭団体の一部門を預かる、という名刺を使わせてもらうかわりに、団体職員に利益を還元するという、厚生省元課長だった理事長の口約束で動いているようだった。彼の稀有壮大な夢物語は聞いているだけでたしかに楽しい。波乱万丈の倒産人生も味わい深い次のような人生訓に結晶している。

「人間が一人前になる条件は三つ。倒産と失恋、投獄や」

いつか編集の仕事をさせてもらう、という約束で必死に働いた。人が生きた時間にはいささかの無駄もない。のちにがんを患って役に立つこととなる、玄米食をはじめとする栄養学の知識はこの時代に培われたものだ。

神戸の鮨屋を借り切って、十万円積み上げて穴子を食う！

豪語しながら、新宿場末の居酒屋で飲んで彼の途方もない成功への夢を聞く日々。

気前はいい。明るく、楽天的だ。

だが、倒産の経歴をはねとばすだけの力を彼はもっていなかった。倒産は彼から底力を奪っていた。しかも、万事に詰めが甘い。約束の一ヵ月八万円の給料を一回で払ってもらえない日々。

一年後、彼はわたしと最初に交わした約束を守る日がきたぞ、と告げた。こどもの栄養学の小さな月刊誌を発刊する、という。わたしは素人だから、プロを編集長に招こう、という。

人に読んでもらう原稿が書きたいと思った。書きたいことは無限にある。自信満々だった。

こどもの暮らしを考える特集ページをまかされる。だが、書いても書いてもボツになる。徹夜で書き上げた原稿を編集長はさっと目をとおすだけでなにも言わず、びりりと二つに破り、ゴミ箱に捨て、もうひとりの男性ライターに「君が書け」と回す。

いじめにあっている、と嘆きながら、それでも取材し、書き、ボツになる……をくりかえす。

自信が木っ端微塵に壊れるのに時間はいらなかった。

識者、文化人、有名人のこどもたちへのメッセージをインタビューするページ。世間の誰も知らない雑誌、無名のライターの依頼でありながら、たくさんの高名な人たちが協力してくれた。生きている人は誰も例外なくすばらしい物語と哲学・思想を語ると知る。編集長は喜び、わたしはインタビュー記事をまとめるという仕事の力を学び、その喜びを覚えた。

そんなとき、こどもたちの現状を考える集会でＮＨＫ報道番組班のディレクター清川輝基さんと知り合う。彼はプライムタイムに放映される特別番組制作を手伝ってみないか？　と誘った。

給料の遅配は続いている。将来も危うい。負い目があるせいか、上司はわたしに時間の自由を保障してくれている。雑誌の仕事を続けながら、わたしは渋谷区神南の放送局に通うこととなった。借金とりに日夜追われる上司の夢想も愉快だったが、はるかに楽しかった。社会のため、人のためになる仕事に思えた。給料の遅配に悩んだこともない高い志をもったスタッフが議論を重ね、取材して内容を深めてゆく過程はまぶしく、そこに関われる喜びに酔った。睡眠時間はほぼ二時間、三時間を切ってはいたけれど、時代と社会の最前線に自分がいる、という感動があった。

そうこうしているうちにアルバイト先での給料の遅配はますますひどくなり、資金繰りととりたてに切羽詰ってゆく上司の表情がくぐもってゆくのがわかった。

人の力、人の善意をあてにしていてはどうしようもない。独立しよう、と決めた。

新宿に事務所を借り、友人ふたりと編集製作プロダクションをたちあげた。それまで引き受けていた企業発行の雑誌に加え、国連が定めた世界こども年に合わせて銀行が世界のこどもたちを紹介する小冊子の製作も一括して引き受ける。すべては順調にすべりだした。

何号目だっただろうか？　インドのこどもたちを特集しよう、と計画し、いつもどおり銀行の担当者と打ち合わせが始まった。表紙や巻頭を飾る写真を決めるためだ。

「柳原さん、この写真はまずいかなあ。インドのこどもが皆、裸で裸足っていうわけではないでしょう?　明るい表情の写真でないとインド政府に申し訳ないですよ」

ユニセフから借り受けた写真のこどもはたしかに裸で、裸足、鼻水をたらし、泣きべそをかいていた。こころの奥底でえたいの知れぬなにかがほんの少し疼いた。


現場に行こう、と決めたのは一九七八年暮れ、友人宅での忘年会の席だった。

深夜、すでに何人かが泥酔し、炬燵で寝ころんでいた。口々に、彼らは日本の政治、文化についてそれぞれが感じていることを語っていた。情報と知識を駆使しながら持論を展開し、世界を言葉で読んだとして、所詮は酒の肴、世間の庇護のもと、という自分自身がむなしかった。

広告パンフレットに載せられなかったあの裸のインドのこどもの瞳がこころに浮かんだ。

現場の匂い、米を、水を、薬を、と懇願し、助けてほしいというまっすぐなまなざしを前にしてはたしてその議論はなにになるのか?

苦痛のきわみにある人に生々しく救いを求められる現場でわたしはなにを感じ、考え、そして語ろうとするのか?

語る言葉の底を見極める旅にでよう。

アジアへ。

テレビカメラの向こう側の現場へ。

難民問題ではない、世界情勢でもない。

その現場を抽象的にとらえるのではなく、俯瞰して論評するのでもなく、そこで生きているたったひとりの具体的な誰かと関わり、彼ではない、統計のなかに閉じ込めるでもない、あなたとわたし、利害を共に生きる仲間としての語り口で考えたい、と思った。

わたしを現場、しかも飢餓と疫病の蔓延する戦場へと駆り立てたのは、おそらく人が人である限界をみる、それ以上ののっぴきならない生々しい関わりへの熱渦だった。いや、苦痛のきわみにある人のまなざしに問い詰められ、射すくめられる己の限界をみる、という欲望だったかもしれない。

逃れられぬところとはどこか？　なにか？

語るより、共に生きること。必要とし、必要とされる関係でものごとを捉えようとすること。

タイ・カンボジア国境に行くさまざまな手続きはアルバイトで知り合い、友人として付き合いが続いていたＮＨＫ報道番組班の小野善邦さん、彼の紹介で知り合ったバンコク支局勤務特派員園田矢さん、朝日新聞バンコク支局写真部の松本逸也さんらに助けられた。彼らにはそのときだけでなく、その後も友人としてのアドバイスをいただき続けている。孤独な放浪の海外取材とはいっても、その影には無数の先輩たちの業務ではない、個人としての手助けに頼っている。

現場はやはり、想像を絶する世界だった。

最初の数ヵ月間はボランティア活動を地道に続けた。国境の野戦病院で糞尿の後始末や洗濯、呆然と立ち尽くす子どもの遊び場所を創り出す。毎日通ううちに、ひとりの少年と友人になった。難民キャンプでの七年間、八回に及ぶ短い彼らとの暮らしで、わたしは貴重な視点を獲得する。欧米先進諸国の豊かな世界から駆けつけた善意と共感から援助するわたしや若者群より、援助される難民のほうがはるかにアジアの大地にあって、アジアの歴史の渦の中で人として、また生きぬこうとする力において、ぬきんでたなにかをもっている、という思えばごくあたりまえのことだ。長い戦乱の恐怖と飢えで今この瞬間は衰弱し、横たわってはいるものの、その条件さえ整ったなら彼らはとめどない底力を発揮する人たちだ。

それ以上に、その人たちにありがとう、と言われる、言わせる人間関係の構図を、恥じた。かわいそうなのは誰なのか？　究極のところで罪は誰にあるのか？

人が人として潜在的にもっているそのなにか？　を知りたいと思った。

その後の全作品の底流をなす基本的な疑問がここで自覚されたこととなる。

以後、七年もの長い時間をかけ、たまたま友だちとなったあの少年とその家族と付き合うなかで世界、日本、カンボジア、戦争、生き抜く力……すべてを考えた。

難民問題でもなく、カンボジア問題でもない、世界情勢でもなく、政治力学でもない。

ひとりの少年に世界は、人は、わたしはなにを及ぼしているのか？

憑かれたようにタイに、アメリカに通いつめ、その資金のほとんどを借金でまかなった。カンボジア関連取材で残った借金は四百八十万円あまり。家賃を払えず、消費者金融を常用した。

作品とはなにかもわからぬまま、原稿用紙の使い方を一から学びながら、歩んだ。

「厚いコンクリート壁を突き破ろうとして方法も考えず、技術もなく、援助の仲間もなく、全身でぶつかり、血だらけになっている」との友人評が、もっとも的確にそのころのわたしを言いあらわしている。カンボジアとの関わり、それにまつわる一冊の作品の出版はわたしという無名の女性と世界、そして日本のジャーナリズム＝世間（当時のわたしにはそう見えた）の間にある厳然とした厚い壁、深い溝を教えてくれた。それでも、一冊を仕上げるなかで書き手とは、なにげない日常のできごとを誰にとっても大切な問題、しかもそれを読者に飽きられることなく読ませる洞察と言葉の力をもつ人でなければならず、したがって読者という存在のリアリティを忘れず意識する人でなければならず、なによりもどこにあっても現場と感じ、そこから素材を見出す眼力の求められる仕事、と知る。ただし……。知っただけで、……お手上げだった。

売れない、文章が下手、面白くない。さまざまな理由で七つの出版社に断わられ、ようやく一冊の本『カンボジアの24色のクレヨン』を晶文社という出版社で上梓する。

ここに掲載したのは、その時期に書いた雑誌原稿などのごく一部である。

雨

「自由がほしい――」

青年はポツリとつぶやいた。彼は、一九七五年までプノンペンでフリーのジャーナリストとして働いていた。

ポル・ポト政権下では、農夫として強制労働に従事し、ベトナム軍侵攻後は、なすべき仕事も与えられぬまま、あてどもない日々を送っていたという。タイ・カンボジア国境に到着して以来、三週間の日時が経過した。

突然とでも表現したいような南国の豪雨のなかで、私たちは知りあった。

雨季のアジアは、めまぐるしい天候の変化の連続だ。ぬけるような青空に雷雲がたちこめたかと思うと、次の瞬間は怒濤のような雨水の流れに身をさらすことになる。

二度目の国境訪問とはいえ、私の雨具の準備はいかにも軽装であった。右往左往しながら、豪雨に困り果てていた私を雨やどりに「自宅」へと誘ってくれた青年のことばであった。雨に濡れてしまった私のカメラを、懐かしそうに、大事そうに彼の腰巻（サロン）でふきながら、彼は語りはじめた。

「自由がほしい――。もう一度、もう一度、ボクも写真を撮りたい。生きる自由を写してみたい……」

彼の語尾は、とぎれがちに、消え入りそうであった。

竹とニッパヤシの葉でつくられた彼の「自宅」は、ビニールシートの配給が不足したのであろう。叩きつけるような雨をしのぐことも満足にできない。私たち二人の全身は、天井から漏る雨水にますます濡れていく。

「雨やどりにもならないですね」

青年は恥ずかしそうに、すまなそうに苦笑しながら、相も変わらず私のカメラをいじくりまわしている。どうしようもないやりきれなさを、私は笑いにごまかし、降りしきる雨を見つめているばかりであった。

遠くに見える青空とは裏腹に、私と青年のいる国境の難民村を覆う空は闇夜に近い。痛いほどの雨足の鋭さが、乾期には、大の男たちがスコップで墓穴を掘ることもままならなかった赤土色の地面に、一滴一滴の雨跡を残す。

「あなたの求めている自由って何ですか？」

「……食べること、眠ること、働くこと……そして何よりも生きること……」

そもそも場違いな質問であった。しかし、カンボジア難民が国際世論の脚光を浴びはじめた一九七九年後半から八〇年にかけての、初期の難民報道には「自由」ということばは聞かれなかった。病と飢えを耐えぬく難民のうつろな視線だけがすべてであった。

「自由」ということばの登場が、いったい何を意味するのであろうか？　日本人の私たちは、雨に濡れることを恐れる。雨雲の到来を予感するやいなや雨やどりの場を探しはじめる。カンボジア難民たちは、降りはじめるまで動きだざない。せいぜいが小さなビニールシートをかぶるぐらいだ。むしろ雨に濡れることを喜んでいるようにも見える。ずぶ濡れになっても、南国特有のスコールは一瞬にしてあがり、照りつける太陽が再び訪れることを体験的に知っているからであろうか？　それとも避けることのできない天災への彼らの長い、歴史的なあきらめがそうさせるのだろうか？

「この状態が何年ぐらい続くと思いますか？」

「少なくとも十年間ぐらいは……」

小降りになった雨音を聞きながら、私たちは話を続けた。フィルムの入っていない私のカメラのファインダーをのぞきこみながら、シャッターを押し続ける彼の答えは意外であった。十年は誰にとっても途方もなく長い年月にちがいない。難民村を濁流にまきこんでスコールはあがった。そこここにできた水たまりに、太陽がキラキラと反射する。

しかし、彼ら難民の心は、いぜんとして厚い雨雲に覆われたままにちがいない。

タイ・カンボジア国境上にある難民村は、その後、何度かの戦闘の場となった。青年の十年は続いているのだろうか？　生存は確認されてはいない。砲弾の雨は、いつになってもやむことがない。

国境の笑顔

それはじつに唐突な光景であった。間断なく聞こえる遠い砲声以外は、鳥のはばたきすら音をひそめてしまうような、広く静かな大草原。竹のジャングルに入り、乾いた川を越えると彼らはそこにいた。乾期に枯れ果てた草木の中に彼らの姿は何の違和感もない。

〝カンボジア領内だ。ポル・ポト軍兵士だ〟同行する日本人ジャーナリストのS氏が低くつぶやく。驚いている暇もない。異人の女が、不躾にもカメラをさしむけ撮影をさせろという。若い童顔の兵士たちはとまどいと、はにかみから目をそらせる。ここ何年来、マスコミで報道されていたあの、〝大虐殺〟の文字から想像もつかない、美しい〝笑顔〟だった。控え目に、声を落とし、音もたてず何処からか十人近い彼らが集まってきた。

そして、無防備な私が、危うく踏みそうになった地雷の信管を、黙々とはずす彼らの静かな後ろ姿は、勇士でも何でもない。日常化した戦争を生きつづける人の姿であった。

美しいはにかみ笑いは、国境沿いに重い米袋を運ぶポル・ポト軍の女性や子どもたちにも共通するものだった。

国境を越えてタイ領内に入ると、もうひとつのクメール人の笑顔に出会う。言うまでもなく戦火を逃れ、不法侵入者としてキャンプ生活を強いられている人々のそれである。

悲劇を想像してキャンプを訪れる人々の多くが、この笑顔にホッと胸をなでおろす。子どもたちが、異国の人に向けて呼びかける〝オーケー！バイバイ！〟の歓声と、クメール難民たちの笑顔。ボランティアとしてキャンプに通い続けた最初の一ヵ月間、彼らの笑顔に私は何の疑問も抱かなかった。

時が経つにつれ、私は、彼らの優しすぎる笑顔にいたたまれなさを感じはじめた。彼らの笑顔は、キャンプを管理するタイ兵士、国連の職員、医療団、そして私たちボランティアに向けられている。決してクメール人同士の間では交わされないそれであった。

生きるための〝笑い〟――。抵抗や拒絶はもちろんのこと、批判することも許されない、人間としての権利のかけらも与えられていない彼らは、ひたすら笑うよりも他に術がない。

ここで三週間を過ごしたあと、それに気づいた時、私は、ボランティアとしてキャンプに滞在することをやめた。

国境には、今ひとつの笑顔がある。全世界から訪れたボランティアたちの笑顔だ。

現在、カオイダンキャンプを訪れると、トランシーバーを腰に、キャンプ内を縦横無尽に走り回る白人たちの姿が目につく。医師団、看護婦、ボランティア……キャンプに滞在する異国人たちは、一様に自信にあふれている。彼らは、己の善意を信じて疑わない。

その自信にあふれた彼ら異国人の善意を象徴するできごとがあった。ジョーン・バエズやアメリカの議員、スウェーデンの女優など、西欧の有名人とともに訪れた二百人余りの人々の姿だ。入国のできないカンボジアに残る飢えたる人々に医薬品、食料を届けるというふれこみで、そのデモは行われた。国境の橋の上で、タイ兵士に安全を守られながら、ベトナム兵に国境通過を許可せよ！　との声明を読み上げる。ジョーン・バエズは唄う。百人ぐらいの報道陣は、それぞれに有名人の表情を追う。当然のことに、国境のむこう側は沈黙している。トラックに積まれた物資は宙に浮いた。約一時間の後、解散。タイ軍の用意した氷水を飲みながら、ボランティアを含む多くの彼らは、充実した笑顔をたたえていた。晴ればれとした笑顔である。

しかし、そこには、ただの一人のクメール人もいなかった。

今、カンボジアとタイの国境は揺れている。毎日の戦死者の名前は、記録されてはいない。戦争を起こす者、前線で戦う人、戦火を逃れる人々、それを助ける人、善意を利用する者、さまざまな人間が国境にいる。しかし、彼らの笑顔の底に流れる想いは根本的に異なる。それらの想いは、だが〝私〟の中に同居するものであるのかもしれない。

タイに流入するもう一つの難民たち――知られざるビルマ難民の証言

カンボジア難民取材のため、今年の六月中旬、バンコクを訪れていた私の耳に、気になる情報が二人の友人から伝えられた。一九八〇年、つまり今年になって、カンボジアならぬビルマから、タイ領内にかなりの数にのぼる難民が流入しているという情報である。一人はバンコク駐在の報道関係者であり、今一人はカンボジア難民キャンプでボランティアとして働く英国人青年からの情報であった。両者の情報は、次にあげる四つの点で一致するものであった。

① 一九七九年末から一九八〇年四月にかけて、ビルマ難民が大量にタイ領内へと流入した。

② ほとんどのビルマ難民が、タイ・ビルマ国境沿いに居住するカレン族、シャン族などの少数山岳民族である。

③ 現在までのところ、ビルマ難民流入の報告はタイ政府、ビルマ政府のどちらからも正式にはなされておらず、そのため国際援助はいっさい行われていない。

④ ビルマ難民の居住区は、タイ・ビルマのどちらの政府にも属さないKNU（カレン・ナショナル・ユニオン、カレン民族同盟）という、ビルマ政府に対して民族独立を唱える「反乱分子」による解放区であり、KNUだけが援助物資を難民に送りこんでいる。

かねてから私は、タイ領内にある多くの難民キャンプの中で、ことさらにカンボジア国境にある、サケオ、カオイダン難民収容センター（諸外国高官による難民視察は、そのほとんどがこの二つのキャンプで行われる）に、国際援助物資が集中しているという事実に疑問を抱いていた。

私は早速調査を始めた。公的な資料では、KNUという存在はビルマ政府に反乱している少数分子であると表現され、時期を同じくして発行されていた『ニューズウィーク』誌では、KNUによる「民族革命闘争」という報告がなされていた。しかし〝難民〟という表現は見いだすことができなかった。

私は現地取材を申し入れ、KNUとの接触をはかるため、バンコク市内にあるKNU大使館と連絡をとった。

KNU解放区で取材したビルマ難民の証言を報告する前に、カレン族が今年になって大量にビルマからKNU解放区に難民として流入した歴史的背景について触れねばならない。そのために私は、長い間KNUの取材を重ねてきた写真家・加藤博氏の資料に頼ることにした。

加藤氏によると、KNU（カレン民族同盟）は、ビルマの二大河川のひとつ、サルウィン川の流域からタイ国境にかけて広がる山岳地帯を中心に解放区を統治している組織である。KNUは、コートウレイ政府（KNUの行政府組織、コートウレイとはカレン語で〝花咲く大地〟の意味）によって解放区の行政を自ら行い、カレン民族解放軍（KNLA）という独立した軍隊をもっている。しかし、一切の国際公文書には登場しない、加藤氏の表現によると〝地図にない国〟である。

解放区では、学校を建設し、不十分な設備とはいえ病院も運営されている。教師や医師は、ラングーンなどのビルマ大都市で大学教育を受けたカレン族の若者たちである。

コートウレイ政府の主たる行政資金は、タイ・ビルマ間の密貿易における通行税によってまかなわれている。それは、北はカレニ州近くのパープンから、南はビクトリアポイントにいたるタイ・ビルマ国境線上に散在する大小二十ヵ所以上の貿易基地で行われている。貿易基地を通行するビルマ商人の証言によれば、現在、ビルマ経済は、タイとの密貿易によって得られる日用雑貨や機械の輸入なしには、自国の生産だけではまかなえないほど逼迫した状態が、長い間続いているという。当然のことに、貿易基地を支配するコートウレイ政府の収入もかなりの額となって年ごとに増大している。その状況を証明するかのように、ビルマ国境に近いタイの町メソッドは、ここ二、三年急激なカーブで景気が上昇し、町はバンコクをしのぐほどのにぎやかさであり、商人たちが高価な宝石を売買する光景が、町のあちこちで見られる。

コートウレイ政府の発表によれば、ビルマ国内にいるカレン族の人口は、推定で六百万人、ビルマ族三千万人の五分の一にあたる。ビルマ国内では少数民族とされるが、六百万人という人口は、ポル・ポト政権による革命前のカンボジアの全人口と匹敵する数字である。

カレン族の歴史は、少数民族であるが故の長い迫害、抑圧に対する抵抗の歴史であった。一一世紀から一九世紀にかけてのビルマの王朝時代にも、カレン族はビルマ族によって築城、堀の掘削、道路工事などの強制労働に駆り出され、虐殺されたという史実がある。一九世紀後半、ビルマ全土は英国の植民地となる。英国は「分割して統治する」鉄則に従い、ビルマ族と他の少数民族との分割統治を図った。英国政府は、先祖代々クリスチャンであり勤勉なカレン族を優遇し、彼らを軍隊に入隊させた。この時代の名残であろう、現在でもカレン族の多くが英語を流暢に話すことに驚かされる。

一九四二年、英国に代わって今度は日本軍がビルマを占領した。当時、日本の諜報機関であった鈴木啓司大佐率いる南機関は、ビルマ全土を支配するため、ビルマ族の青年三十人を組織、訓練した。のちに「三十人の志士」と呼ばれることになるこの三十人の青年は、「ビルマ独立義勇軍」を名乗り、日本軍とともに武器をもって各地で英国軍を攻撃した。彼らは、英国に優遇されていたカレン人を英国のスパイであるといいふらし、日本軍にもそう報告した。その結果、増強された「ビルマ独立義勇軍」は日本軍の許可を得て、公然と各地でカレン族に対する大量殺戮、略奪、暴行、投獄を行ったのである。

「ビルマ独立義勇軍」がカレン族の多く居住するイラワジ・デルタに進出した際には、英国統治時代ビルマ政府の閣僚であったソー・ペタの家族をはじめ多くの家族が殺された。一千人を越える子どもを含む老若男女はミヤウンミヤの刑務所に投獄された。

いまカレン族難民たちは、きれいな日本語で軍歌を歌い、〝万歳〟の意味を尋ねてくる。その時、ビルマ族を間にはさむ巧妙な間接統治であったとはいえ、日本軍統治の深い傷跡が、今も色濃くカレン人の心に残っていることを知る。

第二次世界大戦の終了とともに、ビルマは再び英国領となった。カレン族は英国政府に対し、ビルマ族からの分離・独立を求めたが、英国政府はこれを拒絶した。彼らが求め続けているのは、ビルマ族に迫害されず平和に生活し、キリスト教を信仰する自由、カレン語を話し、民族の伝統的な文化を継承していく自由である。英国に拒否されたカレン族の民族独立の願いは、それまでの国際社会に対する合法的な要求から、ビルマ政府に対する革命運動へと変容していくのである。

こうした背景のもとに、それまでビルマ国内でいろいろな組織で闘われてきたカレン族の民族運動は、カレン民族同盟（ＫＮＵ）として再組織された。

一九四八年ビルマは英国より独立。カレン族と並ぶビルマの少数山岳民族のシャン族やカチン族、カレニ族はそれぞれ自治州を与えられたが、カレン族だけは自治州を獲得することができなかった。

一九四九年、平和的に自治領を要求していたＫＮＵは、ビルマ政府軍がカレン族、カチン族、シャン族などの反政府少数民族に対して行ってきた掃討作戦に耐えられず、とうとう武装蜂起をした。それから三十余年、ＫＮＵとビルマ政府による戦闘は連日のように行われている。Ｋ

NU支配地域及び影響のある地域におけるビルマ政府軍による略奪、放火、強制労働、強姦などは、その後〝ピヤ・リ・ピヤ作戦〟のもと、でなかば合法化された。

〝ピヤ・リ・ピヤ作戦〟とは、四本の道を断つという意味である。四本の道とは、第一に食糧、第二に情報、コミュニケーション、第三に民衆と反政府軍の連携、第四に国境貿易から闇市に流れる物資調達のそれぞれの道を示す。この作戦が度重なると、村人は生活の糧を失い、村を捨て難民となってタイ国境までジャングルを歩いてやってくるのである。難民の増加は、一九六二年以降ビルマ政府が行っている〝経済のビルマ化〟(行政・生産・流通過程からすべての少数民族を追放する政策)と、他方、難民たちをビルマ族の迫害から守ろうとするコートウレイ政策誕生の情報とによって、拍車がかけられていると思われる。


六月中旬、私はタイ北部のビルマ国境の町メソッドからモエ川を下るKNU解放地区の難民キャンプを訪れた。急斜面の山々に囲まれたモエ川沿いの解放区は、激しい雨季のスコールに水びたしの状態であった。

難民キャンプとはいっても、カンボジア難民などと異なり、川沿いの急斜面に、十数戸ずつ散在しているだけである。彼らはそれぞれに高床式の小さな小屋を建て、ほぼ自給に近い形で自活している。

私は新旧三ヵ所にある難民キャンプを訪れ、難民一人一人の証言を収集して歩いた。最初に訪れたメシタ村では、折しも六人の青年男女が、牧師による洗礼の儀式の最中であった。カレン族は、ビルマにおける他の少数民族と異なり、古くからキリスト教を信じる人々である。モエ川に腰までつかりながら、全身を水で清める儀式。キャンプ中の人々が集まり、賛美歌を歌い祝福する。

「私たちは、戦いたいのではなく、安らかな生活がほしいだけです」

通訳のアーサー大尉のことばである。彼のことばを裏づけるかのように、人々は極めて静かでおだやかな表情をしている。

最初の証人は、KNUメシタ地区難民担当官のソウ・コーヌ氏である。

〈ソウ・コーヌ氏の証言〉

メシタ地区には、一九七九年秋まで七家族（一家族平均七人）のみが住んでいた。昨年十月から一九八〇年四月にかけて、かなり多くの難民がモエ川のビルマ側岸にたどりつきタイ側へ渡った。それまで居住していた七家族は、すべてカレン族であったが、新たに到着した難民の二五％はシャン族である。現在、KNUから到着した難民には一日につきコンデンスミルク缶二杯の米と少量の塩だけを配給している。メシタ地区では、川沿いの山を開墾してトウモロコシや米を植えていたが、昨年は凶作で、米の備蓄が底をつき始めている。ビルマ政府は、人を殺すし、物を燃やすし、家屋を破壊する。

二人目の証人は、初老のソミサ氏（五十三歳）である。彼は第二次世界大戦中、日本軍に雇われていたという。ガッシリとした体躯の上半身は裸で、ビルマ風腰巻を着ている。

〈ソミサ氏の証言〉

一九七九年末、国境のKNU解放地区に到着。ビルマ領のジャングル山中を徒歩で、着のみ着のまま歩いてきた。家族はない。故郷を離れ、逃亡避難を決意した直接の動機は、昨年十月、彼の住んでいたメウィ地区をビルマ政府軍が攻撃してきたことによる。

ソミサ氏の村に政府軍がやってきた際、強制労働の監督者として三人のリーダーが選ばれた。しかし、村の道路工事が終了したと同時に、任務が終わったとして殺害された。彼の村から、多くの人々が国境をめざして避難を始めたが、何人もの人々が殺され、女性たちは強姦されたり、家が焼かれ、財産は没収されてしまった。

三人目は、ビルマ側からボートに乗ってタイ側の川岸まで訪ねてきてくれた若い女性である。

〈ナウ・チェコさんの証言〉

ナウ・チェコさんは二十五歳の女性。彼女がモエ川沿いの解放区に到着したのは一九七九年十月だった。彼女のビルマでの居住地区は前のソミサ氏と同じメウィ地区である。彼女は、メウィ地区ラトゥボ村から避難した。政府軍がラトゥボ村に来た時、彼女の夫と義弟は、政府軍の荷役人夫として道路工事に駆り出された。重い石を運ぶという強制作業である。彼女の家業は農家であったので、夫や義弟が荷役人夫にとられてしまうと、農作業ができなくなる。彼女と夫、義弟は、強制労働があまりに重労働であり、食糧の自給もできないと考え逃亡を企てた。逃亡の際、政府軍に発見され、夫は捕らえられ生死不明。ナウ・チェコさんは当時一歳の赤子を背に負い義弟と逃げた。しかし途中、政府軍によって背後から撃たれ、赤子は即死、彼女も腕に銃弾を受けた。

メシタ地区で三人の取材を終えた後、私はさらに二百メートル下流に下がったタイ領内の難民キャンプを訪れた。このキャンプは今年の四月に大量の、主としてシャン族の難民がたどりついた地域である。村人たちの顔色は、メシタ地区のように古くからあるキャンプに比べて非常に悪く、栄養状態が悪いのか、みなやせていた。

〈ベィンザ氏の証言〉

三十九歳の男性である。四月にタイ領に到着。ようやく家を建てて生活を始めた。彼の一家は、昨年十月から実に六ヵ月の長い間、国境を目ざして逃亡生活を続けた。彼はシャン族の仏教徒である。

彼はメウィ地区のメツ村の出身。やはり昨年十月に政府軍が来て、村人を捕らえ、ロープで人々の手を後ろ手に縛り並ばされた。やがて政府軍にKNUとの関係を質問され、何人かの村人はどこかに連れていかれた。

彼らは荷役人夫として、足をロープでつながれたまま、重い石などを運ばされた。ベィンザ氏はかなり長い間、強制労働に耐えたが、彼の知り合いが何人か続けて殺されたので恐ろしくなり、すきを見て逃げ出した。報酬は一切与えられなかった。彼の聞いた話では、メツ村では百七十人前後の人口のうち四十人前後が殺された。


〈ウセイ氏の証言〉

四十六歳の男性。今年四月に到着したシャン族の仏教徒。げっそりとやつれた表情で、話をすることもしんどいといった様子であった。

ウセイ氏は他の証人たちと同様、メウィ地区メツ村、ラトゥホ区域、ゼゴサダ集落の出身で、職業はやはり農民であった。昨年十月、村に来た政府軍は、他の地域と同様に荷役人夫として強制労働に従事することを命じた。しかし住民たちは素直に従わなかった。そのために、十人の村人が見せしめとして、後ろ手にしばられたまま一軒の家に詰め込まれ、そのまま家を焼かれてしまった。

ゼゴサダ集落に近いリゴディ集落では、一人の男性が後ろ手に木にしばられたまま何日も放置され餓死した。ウセイ氏が逃亡の途中、ニャサキ村で一人の女性の死体を目撃した。道に放り出された女性の死体は、性器に水筒を詰めこまれていた。

これらの証言収集の後、今一つの新しい難民キャンプ、ティリタ地区に行った。ここでは、今年の四月から六月にかけて、五十人程度の人口だったのが千五十二人にまでふくれあがり、そのほとんどが、マラリアやコレラにおかされていた。


〈ミング・キイ氏の証言〉

彼は四十六歳の男性。彼の小屋は屋根と床だけの四畳半くらいの広さである。家の中には、家族と娘一家を合わせて十二人が生活している。彼はやはりメウィ地区ウィパドゥタ村の出身だ。昨年十月、政府軍が突然やってきて、銃をつきつけ、軍需品や兵士たちの重い荷物を運べと命令した。

何の報酬もなく一週間のうち五日間から六日間、働きつづけた。そのままでは農作業もできず、家族が食べていくことができなくなるので、逃げることを決意したという。妻はひどいマラリアの発作に苦しんでいたが、全身を襲う悪寒を温める毛布もない。


昨年から今年にかけて、なぜメウィ地区からこうした大量の難民が逃亡してきたのか。

何人かの証言を総合すると、一九七九年十月、メウィ地区に侵入したビルマ政府軍によって大規模な掃討作戦が行われた結果、八千人ちかいビルマ少数民族がタイ領にまたがるKNU支配地域に流入したことがわかる。KNUによると、このメウィ事件とは、ピリン駅からパープン市に通ずる英領時代の古い道路を、政府軍が改修するという名目で、周辺に住む少数民族を工事に駆り出したことに始まる大量殺戮事件である。改修工事とは名ばかりで、政府軍の目的は、道路の両側に広がるイラワジ・デルタ地帯のメウィ地区、ウィパドゥタ地区に居住する少数民族の一掃作戦だったと考えられる。

彼らの証言を取材しながら、私はしきりに、初期に取材されたカンボジア難民の証言記録を思い浮かべていた。

少数民族問題に対する問題意識がどうしても希薄になりがちな私たち日本人には、証言の現実性を理解することは困難であるかもしれない。しかし、一九七五年以降カンボジア領から出てきたカンボジア難民の証言と、ビルマ難民の証言内容は殺し方にいたるまで酷似している。

タイとビルマの両国は、どちらもKNUによって統治されている解放区の存在を否定している。八千人以上にものぼるビルマ難民が、ビルマ政府に対する反乱少数民族KNUの支配地域にたどりついた。そして難民たちの命は、唯一、この反乱少数民族KNUからの援助物資によってつなぎとめられている。

ビルマ難民がKNUから配給されている援助物資は、一日にミルク缶二杯の米と少量の塩だけである。カンボジア難民に対する膨大な援助（日本の生活を基準にすればもちろん不十分であるが）に比べれば無いに等しい。ビルマに対して援助を行うことは、ビルマに対する反政府活動につながることを恐れているためか、ビルマ難民の存在は国際舞台に報告されることもない。これまでKNUは一度だけ、国連に難民の存在を報告した。もちろん何の返答もない。彼らの長い少数派としての歴史が、国際政治というものに対する深い不信感とあきらめを沈殿させているためか、二度目の報告、援助要請をすることをしていない。

これからさきビルマ難民がこれ以上増加すると、一日にミルク缶二杯の米と少量の塩という、人間の生存に最低限必要な食料の援助を続けていくことは、KNUの経済状況及び昨年の天候不順も手伝って、実質的に不可能となるだろう。現に、難民の家の屋根に使う、乾燥した広葉樹の葉はすでに底をついている。

最近、伊東外相が訪タイし、ASEAN諸国に対し、ことさらに対カンボジア国境に国際援助（現在UNHCR＝国連難民高等弁務官のカンボジア難民救済資金のうちほぼ半分は二本の醵出金によってまかなわれている）を強調した。つい最近誕生し、現在盛んに街頭カンパ活動を行っている超党派議員（日本共産党を除く）を中心に結成された「カンボジア難民救済センター」など、いくつかの民間救援組織も、カンボジア難民にだけ援助を集中している。

同じタイ領にありながら、一粒の米の国際援助も受けられないもう一つの難民が、現実に存在している事実（ただ、バンコクにある日本ボランティアセンターは六月、彼らに少量の米を送った)。

〝飢えている難民を救え〟と行われている膨大な国際援助が、真に人間主義、人道主義に立脚しているのなら、対カンボジア国境に送られている援助の何分の一の米でよいから、タイの援助なきもうひとつの難民キャンプにまで送るべきではないだろうか。「人道的立場」からの国際援助や日本の民間団体などに見られる援助が、ことさらカンボジア難民と民主カンボジア向けでなければいけない理由があるのであろうか。国際援助の「人道性」を改めて問い直したい。

放浪

1986–94年

『カンボジアの24色のクレヨン』は予想以上の反響をいただいた。カンボジア問題としては政治的決着もつきかけ、遅すぎる出版だったにもかかわらず、信じられぬほどの数の書評がでた。数々の新聞や雑誌の著者インタビューに答えながら、プロのインタビュアーである彼らや彼女たちの仕事の緻密さ、力量に触れ、自分の仕事の甘さを反省した。反響は断続的ではあったが、一年ほどつづく。異例のことだと思う。

作品を書き上げたとき、わたしは出版をきっかけに世間に認められ、たくさんの書く仕事が舞い込む、プロとして認められる、食べる仕事にありつける、と思いこんでいた。

錯覚だった。

仕事にありつけるどころか、新たに次の作品を書かなければ自称ライターとは失業者と変わりない、と思い知る。

だが、書きたいことなどあるようで、ない。

七年間、カンボジアの少年のことしか考えてこなかったのである。

ほかに書きたいテーマがあるのだろうか？　いったいなにを書いてゆくのか？

ほんとうに書き手になろうと願っているのか？

作品の出版でよみがえったはずの自信はまたたくまに消滅する。

メディアの反響は蜃気楼ではなかったのか？

現実であったとしても、晶文社と担当してくれた編集者原浩子さんの力ではなかったのか?

インタビューで虚勢をはって世間から拒まれ、嫌われたのではないか?

所詮、この業界はわたしには向かない。ふつうのわたしにもどりたい、と自室に閉じこもった。

しかし、借金は返さなければならない。

就職しようと履歴書を持ち歩いた。三十四歳の女性。基礎から学びなおしたい、とあちこちの出版社を訪ねた。スタッフとして勉強させてください、と頭を下げた。慇懃に、またはけんもほろろに断わられ、売り込みはことごとく失敗に終わる。あるとき、作家となった友人が知り合いの編集者にかけあってくれて、会った。わたしと同世代の編集者は友人の作家への気がねか、すぐに仕事のチャンスを作ってくれた。ある生活情報誌の「今、スーパーマーケットが面白い!」という特集記事の取材ライターである。

途方にくれる。スーパーマーケットを歩いても、いったいなにがどう面白いのか、わからない。

取材費を使って出張に出たもののなにも書けなかった。

別の週刊誌の編集者から、なんとか稼ぐようにしてあげよう、とアンカーの仕事も頼まれた。

こんどは『最前線を走る女性キャスターたち』という特集だった。

二泊三日という強行軍でのカンボジア取材の話を取材ライターから聞きながら、呆然とした。

あのカンボジアを二泊三日で?

その人をどう書いて、なにを読者に伝えたらいいのか？　見当もつかない。軽蔑の言葉をインタビューで投げかけ、一回でクビを言い渡された。以後、編集者と会うときはお酒の勢いがなければ顔をあわせられぬようになる。近所の精肉店、新聞配達などのアルバイトを始め、家庭教師やクラブの経理と職を転々とする。一日中、働いた。どうして生きたらいいのかわからないけれど、なぜか書く仕事への未練は断ち切れなかった。そしてテープおこし専門のプロダクションの下請け仕事にありつく。

ふたたび雑誌や新聞の座談会、インタビュー録音を文字に起こす内職を始め、次第にその数を増やしてゆく。話し言葉を耳で聞きつづけるなかで、インタビューの面白さをつかんでゆく。朝起きて炬燵に座り、テープおこしを一日続け、夜には近所の焼き鳥屋に入り浸る。当時の暮らしである。

三年間の空白の後、『カンボジアの24色のクレヨン』を発刊してくれた晶文社の編集者原浩子、松原明美さんが新たな仕事をしよう、と声をかけてくれた。晶文社は当時、アメリカのラジオインタビュアーとして高名なスタッズ・ターケルの一連のインタビュー集を日本に紹介し、合わせて『子供！』『家族！』『在日外国人』といった日本版インタビュー集を数々発刊し、好評を博していた。社会の基層で動いている日本の全体像を個人として生きる生活者の語りでつかみとる、という方法もさりながら、なにより話し言葉の愉快さ、切実さが創作された作品では見出しえぬ力、ダイナミズムを発揮し、異彩を放っていた。

その企画の延長で海外に住む日本人の声で日本と世界、そして個人としての生き方を読みたい、と新たな計画がもちあがり、一緒にやろう、と声をかけてくれたのだ。

「ひとりの少年の視線でカンボジアと日本、世界を読んだあとで、こんどは大量の日本人の視線で日本と世界を読むっていうのも面白いじゃない？　あらたなあなたの世界がつかめると思う」

御茶ノ水のＬＥＭＯＮという喫茶店で原浩子さんが語りかけた。

彼女たちがわたしを忘れていなかった、ということがまずなによりうれしかった。

原さん、松原さんをはじめとする晶文社の編集者たちと一緒にもう一度仕事ができる！

旅ができる。人と会って語り、それを言葉にかえる。

テープおこしも得意だ。起こした文字を原稿にする仕事もずいぶんとこなしてきた。

やれる！

自らを叱咤した。

ライターをやめるにしても、二冊目の作品を出版してやめよう、と思った。

やめるにはやめるなりの納得が必要だった。ぎりぎりまでやりきって、やめる。

わたしの流儀である。

最初はわたしともうひとりの女性が東京スタッフとして、全世界に散るフリーライターやカメラマンの集めた百人程度のインタビューを統括するという役目、と言われた。だが、最初の顔合わせの席でわたしは酔いつぶれ、当時、突き進んでいた破壊的な恋愛の顚末を涙ながらに語るという失態を演じてしまった。もうひとりの聡明な編集者は、仕事としては興味深いけれど今は別の企画に取り組もうとして忙しいので、と降りた。……わたしだけが、残った。

カンボジア以後、苦しめられてきた自虐の癖が頭をもたげる。嫌われたのかな？　自己嫌悪と恥ずかしさの一方で、これ幸い、とわたしは感じてもいた。

すべてのインタビューをひとりでやりたい、世界中を旅したい、とわたしは原さんに申し出る。無謀な、と彼女たちは拒まなかった。

「できればすごい！　夢だね！　一緒に夢をみてみようか？」

「うん、一緒に夢を実現してみよう」

ひとつひとつの難問をわたしたちは共に実務的に解決していった。

晶文社の創業者である中村勝哉社長はかつて大学で吉田熙生先生と同期生だった。吉田先生が食べられないころ、中村さんはかかわっていた予備校の教師の口を世話する。そうした縁もあって、中村さんも稀有壮大なわたしたちの夢を一緒にみよう、と応援を約束してくれた。

彼女たちはそれぞれ世界中の知り合いのライター、カメラマン、編集者に連絡をとる。わたしが毎晩通っていた大泉学園の焼き鳥屋「海賊」のマスター夫婦の友人たちがアメリカのソニーやホンダの経営陣と懇意だったし、常連客の映画人たちは芸能方面の知友をさがしだしてくれた。親友田原悦子の夫正明さんが商社に勤務していた関係でビジネス世界への糸口が開けた。もちろん、カンボジアでお世話になった新聞社や放送局の諸先輩、現地で知り合った若者たちも物心両面の協力を続けてくれた。

まずは土地勘のあるアジアに出発した。

日本で連絡をとっていたひとりの在外日本人を訪ね、その人からその国の日本人に関するさまざまな噂話や情報を仕入れ、次々に面白い人に出会うことができた。どの人も、すてきだった。どの人の語る言葉も生き生きと輝いていた。どんな人も生きてきた場所、住んでいる場所の歴史と現実を色濃くその人生に刻み込んでいる、と学んだ。そして全世界四十ヵ国、六十五都市、総勢二百四人の日本人を訪ね歩いてその人たちの言葉を聞き取り、そこからなにかをつかもうとするとてつもない旅が始まった。世界一周切符を買い、それを軸にさまざまなルートを結ぶ切符を買い足し、時折は帰国便で日本に帰る方法で旅をつづける。

足かけ五年の旅。

三十キロケースの大半がカセットテープと電池、三個のテープレコーダーで満杯となった。ホームシックをなぐさめるため、時差をかえりみることもなく夜討ち朝駆けで世界各地から編集部や彼女たちの自宅にコレクトコールした。

五年間に及ぶ旅取材とテープ起こし、リライト、編集製作の日々。

取材費と留守宅の維持経費、帰国時の生活費は印税の前渡と友人たちからの借金でまかなった。

ライターとしてこんどこそ一冊で終わり、なんてことにならぬように、海外旅行先で無為に過ごしてさびしくないように目的と意義を見つけだそう、なんていったって四十ヵ国だぜ、いろいろなエピソードがどこだってあるにちがいない。

原さんと松原さんは紀行文を載せる算段をつけてくれた。『思想の科学』という雑誌だ。

編集委員のひとりである哲学者鶴見俊輔さんは『カンボジアの24色のクレヨン』をとても高く評価してくれた。編集部には若き黒川創さんがいた。原稿料は一回一万円。

旅が終わるまで連載をつづけよう。

そして、始まった。原稿を書き、ファックスで送る。

黒川さんからの国際電話が逗留先、ホテルに入る。手厳しい叱責と評価。

「いつも視線は日本においておくこと。……日本人である視線を保持すること」

黒川創さんが厳しい人でよかった。叱られる喜びを知った。

原稿が、ほんとうにどんどんとよくなる。記録する視点が定まる。

本章では長い連載のうち、一度は社会主義の道を選択したいくつかの国々でのできごとを記した原稿を中心に、書き直しをせず、当時のまま掲載する。

故郷――イスラエル

「あなたはなぜイスラエルに？」

質問はこの言葉で始まった。小柄で初々しい表情の若い女性だった。仮にA嬢とでも呼んでおこう。制服さえ着ていなければ、すぐにでも友だちになれそうな顔をしている。迂闊にもA嬢の視線の片隅の疑惑にわたしは気づかずにいる。いや、自分が疑いの対象となっているなど思いもよらなかった、というべきか。眠気が抜けていない、朦朧によるのか。わたしは午前三時半にエルサレムを発って、テルアビブ空港に到着したばかりだった。長々と並んでいる群衆の後についてしばらく待っていたが、他の人の荷物にはすでに黄色いチェックシートが貼られていることに気づき、トランシーバーを手にした空港職員にまちがって並んでしまったことを告げた。彼は気さくにチェックインカウンターの手前にいくつも並んでいる荷物チェックのデスクへと案内し、目の前の小柄なA嬢に何やら耳打ちして姿を消したのである。

「なぜ一人でイスラエルに？」

「職業は？」

「今回の仕事の内容は？」

質問は次々と投げかけられてくる。

入国時には何のチェックもなかった。かつて日本赤軍の岡本公三ら三人が隠し持っていた銃を乱射して多くの人々が死傷した同じテルアビブ空港で、わたしは出国を待つ大量のロシアからの難民の到着を目の当たりにしていた。空港周辺にはロシア語が溢れていた。東欧崩壊後、六百万人の人口のイスラエルに、旧ソビエトからのユダヤ系難民が百万人加わった、と言われている。ああ、この国はユダヤ人であるならば誰をも迎えるシオニストの国だ、と感動さえおぼえたものだ。それを支えるキブツという農業共同体について、わたしには高等学校の社会で理想への試みとして習った記憶がある。

わたしはイスラエルに住む日本人にインタビュウをしたいという旅の目的について説明した。

「……？　なぜ日本人に話を聞くのか？」

「なぜ、イスラエルの日本人が選ばれたのか？」

「文章を書くのになぜ旅をするのか？」

「旅をして、いったいどんなことを書くのか？」

「イスラエルについて何を書くつもりなのか？」

こんな立ち入った質問に答えなければいけないのだろうか……。まるでこの状態は取調べであり、尋問である。

この国が特別な国、と知らぬわけではない。この国では、銃を肩に、手榴弾を装備した戦闘服姿の若い兵士が、観光客と一緒に町中を平然と談笑しながら歩いていた。いかなる戦時体制下の国であろうと、あの光景にはそうは出会えない。一見平和でのどかに見えて、この国は常に臨戦態勢にある。

横にいた日本人学生旅行者はザックの中をくまなく調べられ、下着の一枚までチェックされている。しかし、わたしの前に立つA嬢はパスポートと約四十都市をめぐって分厚くなった航空券以外、荷物に触れようとはしない。

「あなたは有名なのか？」

「いいえ」

「金持ちなのか？」

「いいえ」

「有名でも金持ちでもないのに、世界一周のビジネス切符を使えるのか？」

「周遊で買えば、世界一周切符がそれほど高い値段ではなく買えるし、いろいろな国に行けるでしょ？」

「七千ドルっていう金額が安いって言うのか？」

「いや、今回の仕事をするうえで計算してみると安い、と言ったまでで、必要な切符だったのだ」

「切符代は誰が出しているのか？」

「自分で買いましたよ」

「自分で？　世界一周のビジネスクラスの切符を自分で？　しかも全部オープンじゃないの？」

「だって、その国その国で予定が変わるでしょう？」

「仕事でしょう」

「仕事と観光よ」

「なぜ、仕事なのにあなたは自分でお金を出しているのか？　会社はどうしてお金を出さないの？　それに予定の決まっていない仕事とはどういうことなのか？」

「そうねえ。難しい質問ね。わたしの方が聞きたいわ」

「なぜ日本人に話を聞くの？」

「さっき答えたわ」

「さっき答えても、もう一度答えてほしい」

「だから、日本人が国際社会を生きていくうえで……」

「なぜ日本人に話を聞くの？」

「……」

「エルサレムでは何というホテルに泊まっていたの？」

「ゾハールホテル……キブツの近くにある」

「イスラエルで何をしたの？」

「……？　だから、この国に住む日本人に会って……」

「でも、あなたはたった一週間しかイスラエルに滞在していないでしょう？」

「そうね」

「それでイスラエルの何がわかるっていうの？」

「でも町の印象とか人々の表情とか、嘆きの壁も見たかったし、いろいろなことを感じたわ」

「だけど、イスラエルのことについて何もわからないでしょう？　感じる？　いったい何がわかるっていうの？　それで何か書こうと思っているの？」

「……」

「何を書くつもりなの？」

「……」

「いったい何を見たの？」

「だから風がどんな香りをしているか、とか、太陽がまぶしい、とか、イスラエル料理は美味しいか、とか……」

——「キブツでは二歳の子どもに、彼がこぼしたバケツの水を自分で掃除しなさい、と注意しても、『なぜ？　僕はあなたの意見に賛成ではない。外で遊ぶよりもこうして水遊びをする方が僕には楽しいんだ。地面なら水は染み込んでしまうけれど、ここでは水溜りができて面白いじゃないか、それに部屋の掃除をなぜあなたから命じられるのか？』って理由や根拠を問われるの。とにかくこの国の人々は情緒でものごとを考えず、論理で納得しなければ駄目なのよ」と笑いながら語ってくれた女性がいた。そんな人々を相手に、わたしは「風の香り」「太陽のまぶしさ」が旅の印象だ、などと答えている。A嬢の視線と語調が次第に鋭くなっていく。

「この荷物はあなたの荷物？」

「そう」

「この荷物だけで世界一周するのか？　少なくない？」

「そう。少しずつ日本に送り返したりしているからね」

「この空港にあなたの知り合いが誰かいる？」

「いないわ。いったい誰のこと？」

「空港かどこかで誰かに手紙とか何か包みとか贈り物とかを渡されなかった？」

「いいえ。誰からも何ももらわなかったわ。あなたは何を聞きたいの？」

「質問しているのは私だ。あなたは答えてくれればいい。この荷物の中には武器とか入ってないか？」

「入ってないわ。開けてみたら？　ここに鍵があるわ」

「いいえ、開けなくてもいい。質問に答えてくれればいい」

「だって疑っているんでしょう？　時間もあまりないからきちんと調べてちょうだい。何も入ってないってことわかってもらいたいから」

「わたしは質問をしているだけです。荷物は開けなくてもいいんです！　あなたは答えればいい。これは何ですか？」

　わたしのいらだちを笑うかのようにA嬢の冷酷さが増していく。

「ワープロです」

「何が記録してあるのか？」

「旅の日記とか、いろいろよ」

「バッテリーを入れて、電源を入れてみせて」

「……」

「これは？」

「カメラだわ。見ればわかるでしょう」

「何を撮影したのか？」

「嘆きの壁の前で日本人と一緒に記念撮影くらいかな」

「このカメラの内部をエックス線で透視してもいいか？」

「どうぞ。でもフィルムが駄目になってしまうわ」

　何か、通常とはちがうな、と気づいたのは荷物も開けぬまま、A嬢の質問が三十分を越えようとしはじめたころからだった。イスラエルの出国検査が一般の空港よりも厳しい、とは聞いていた。だが、他の乗客は徹底した荷物検査と数分の応答で終わっている。

無機的に続く質問。武器のチェックなのか、それとも秘密書類のチェックなのか。A嬢の質問の目的が判然としない。旧共産国や動乱の地ばかり歩いてきていることでこれまでにもずいぶんいろいろな疑いはかけられた。しかし、これほどにまでしつこい取調べにあったことはない。いずれにしても荷物の中を調べてもらえばわかるはずだ。わたしは何も問題になるような物を持ってはいない。しかし、彼女は荷物を開けない、という。はてしなく続く「なぜ？」「どうして？」という問い。用件を聞く、というよりはさぐりを入れるために同じような質問が繰り返されている、と解釈した方がいいらしい。わたしは答えの端々にA嬢への反抗の言葉をすべりこませるようになっていく。それがこの国では大きな問題になる、ということをわたしは知らない。

「もう一度聞く。エルサレムのホテルの名前は？」

「さっき答えたでしょう　ゾハールホテルよ。これがホテルの領収書だわ」

わたしは財布の中から今朝受け取ったばかりの折り畳んだ領収書をとりだした。わたしに指示されることが厭なのだろう。彼女はわたしのさしだした領収書を無視して傍らの男性に応援を頼んだ。領収書と分厚くなった世界一周切符を受けとった男はカウンターの奥にひっこみ、中年の男と共に再び姿を現した。二人の男がA嬢を呼び、そして何やら彼女からの訴えを聞いている。わたしは三人に向かって叫んだ。

「早くしてほしいんだけれど。失礼じゃない？　もう一時間ちかく、その人はただ質問を続けているのよ。同じような質問ばかり。いったい何を調べたいの？」

わたしの訴えは無視された。三人は話し合いを続け、若い方の、若干眼差しにやわらかさのある男が女性に変わる。多少、語調がやわらかくなったものの、質問は、A嬢とまったく同じ問いから再び始まった。

「イスラエルには何のために来たんですか？」

「それはさっき彼女に答えたわ。彼女に聞いてちょうだい」

「彼女ではなく、今質問しているわたしに答えてください」

「だから……」

わたしはA嬢に答えたのと同じ答えを繰り返した。「なぜ？」「どうやって？」――順序まで同じ質問の数々。質問するだけの目的で質問が繰り返されている、と確信が深まる。それはまるで幼い子どもの質問のようだった。わたしは彼らがいやがらせをしているのだ、と思いはじめていた。

「テルアビブまで、どうやって来たのか？」

「乗合タクシーよ」

「どうして知り合いはあなたを送ってこなかったのか？」

「朝早いし、乗合タクシーを夕べのうちに予約したから」

「乗合タクシーはいくらだった？」

「二十ドル」

「乗合タクシーについては誰に教えてもらったのか？」

「友だちだわ」

「友だちって？　イスラエル人か？」

彼らはこのことが聞きたいのだ。言葉に出してはいけない、あの〝彼ら〟について言わせたかったのだ。

「イスラエル人とだけあなたは会ったのか？」

すでに一時間半もの長い間、立ったままで質問攻め。相変わらずスーツケースに触れぬままだ。しかし、質問も尽きたのか、ようやく手荷物バッグを開けろと言う。彼はノートを指差した。

「これは何か？」

「日記帳みたいなものよ」

「見てもいいか？　ノートに日本語でイスラエルで会った人の住所とか名前を書いてないか？」

「書いてないわ。日本人の名刺はここにあるから」

私は自ら進んでノートを手渡した。もちろん、ノートにはイスラエルで出会った人々の名前、聞いた話がメモされている。しかし、日本語のメモが彼らに理解できないことを祈りつつ、そっくり手渡した。男の手で丹念に数冊のノートの頁がめくられていく。わかるはずのない日本語のメモから、彼は何を読もうとしているのだろうか。そして再び、質問。質問を続けることにのみ、彼らが精力を使っていることがよくわかってくる。一問一答形式で続く質問は、それぞれが独立して完結しているのだ。議論など求めてないのだ。機械的に続く男の質問が木霊《こだま》のように遠くなっていく。わたしもそれまでの反抗心を抑え、肝心のことを隠す配慮をするようになっていった。フッと一週間のできごとが蘇ってくる。

入国前、主としてガザ地区において、パレスチナ人によるイスラエル人へのテロの報道が相次いでいた。その報復だろうか。イスラエル兵に捕まって後手に縛られていたパレスチナ人を、一般のイスラエル市民が背後から撃った、というニュースがヨーロッパ全域に流れていた。警戒態勢が厳しくなっている、と伝え聞いた。わたしは、安全を期してイスラエル占領地域にあるキブツ近くのホテルを予約した。パレスチナ側のホテルはイスラエル側のホテルの十分の一ほどの値段であるにもかかわらず、だった。

世界各地で出会ったユダヤ人の友だちは「イスラエルに何かが起きたら、身を挺して戦う用意がある」と語っていた。受難の民である彼らの長い歴史を語った後で、彼らは必ずといっていいほどそう締め括る。もちろん、海外に出たばかりの若者たちは、そうは答えない。近年、イスラエルの若者たちの間で徴兵義務が終わると同時に海外への長旅に出ることが流行している。ニューヨークでの引越し屋や日本の露天商で稼ぎながらの旅である。出国してしばらくの間、彼らはレバノンなどにおける徴兵義務からバーンアウトしたかのように、イスラエルへの反抗心に燃え、非国家的、非宗教的な日々を送るという。

しかし、アメリカや日本での開放された数年が過ぎると、多くの若者たちに異変が起きる。以前よりもはるかにユダヤ教徒としての自覚を深めて帰国し、髭をはやし、黒づくめの正装に身を固め、一切の世俗から切れて、経典研究に没頭する日々を送る戒律の厳しい超正統派となる例も少なくない。

四階建てのゾハールホテルは二、三階が老人ホームになっていた。半年を越える長旅の疲れを癒そう、とわたしは老人たちとおなじように野菜とチーズ、サワークリーム、酢漬けの魚やスモークサーモンといったユダヤの食事に舌鼓を打ち、まどろんでは硝子に反射する光を仰ぎ、窓の外を眺めて数日を過ごした。彼方の岩山を走るバス、乾いた空気、溢れるほどの太陽のまぶしさ。光線が一筋残らず見えるかのような錯覚に陥る。

淡い茶色の大きなブロック状の石を積み重ねた真四角な家並み。デザインは多少異なるが、薄茶色のブロックはすべてイスラエルで採掘された天然石である。どの屋根にもソーラーシステムによる温水給湯装置が設置されている。新しく汚れのない家並み、庭には濃い緑の芝生。岩肌の大地に建設されつつある新しい国イスラエル、の住宅地だった。

薄茶の石で積み上げられた新市街は、独特の風景だった。ヨーロッパでもなく、アメリカでもない。歴史がない。明るすぎる太陽のせいもあるのだろうが、汚辱や苛立ち、嘆き、そして悲惨といった人の負性が醸し出す雑然とした匂いというものが町に沈着していないのだ。

この町には異なる二つの休日がある。金曜日と日曜日を休むパレスチナ人、土曜日と日曜日を休日とするユダヤ人。結果として週末のエルサレムは、不思議な町となってしまう。

金曜日、ホテルの掃除やゴミ集めに来るパレスチナの若者は、昼食をとらない。断食の日である。敬虔なるイスラム教徒の仲間は、金曜日は何もせず、断食解禁の夕暮れを待つ。しかし、ユダヤ人に雇われている若者は休めない。

彼は誰とも言葉を交わそうとはしない。フロントのユダヤ人経営者に何かを命じられるときも、彼は無表情に相手の言葉を呑み込む。一週間ちかい滞在で、わたしはとうとう彼の声を聞くことがなかった。いつの間にかロビーに現れ、部屋を掃除し、誰に気づかれることもなく姿を消す。

利発な視線、人なつこい笑顔。屈強な体格の彼が、ユダヤ人の経営するホテル、そして老人ホームのチャンバーメイドとは。客のほとんどは世界各国から「故郷」を訪れるユダヤ教徒である。巡礼客の一夜の安らぎの後始末をするのがパレスチナ難民の若き彼である。パレスチナ難民キャンプの七〇パーセントを超える失業率を考えれば、職があるだけまし、と言うべきなのか。ここはユダヤ教徒にとっての聖地であり、またパレスチナ人である彼にとっても故郷なのだ。

土曜日、旧市街を歩く。シャバット、ユダヤ教の安息日である。この日は、一流ホテルですらパンを焼かない。

ヤッファ門から旧市街に入る。音がない。人の気配がない。キリスト教会から茶色の僧服を着た司祭がひそやかに出てきた。路地を曲がると、こんどはユダヤ人の町だった。超正統派の黒づくめの髭の男たち。それに続く黒いズボンに白いワイシャツ、キバと呼ばれる丸い皿のような帽子を頭にのせ、のばしたままの揉み上げのカールをした少年たち。美しいワンピースにスカーフを肩にかけた女たち。手にはそれぞれ聖書が抱えられている。ユダヤ教が始まって以来、変えようとしない、いや変わらぬ信仰の時間がその古い町並みを重たいものにしていた。

カメラを向けると、縄跳びや鬼ごっこに興じている幼い少年や少女までが「ノー！」と厳しく拒絶する。何もしてはいけない、安息日なのである。だが、ほんの数十メートル路地を曲がると、凄まじい喧騒。物売りたちの掛け声。シシケバブの鼻をつく匂い。アラブ独特の音楽。スカーフを目深に被った女たちがチーズを売っている。ひやかしの客の饒舌。値踏み交渉を見守る群衆の活気。

音もなく時間を停止したような安息日の隣で、パレスチナ人の生命の源であるバザールが盛り上がっている。聖から俗へ――、それはおたがいを打ち消しあうような激しい変化だった。

だが、そのバザールの賑わいも、数歩歩めば、ある緊張のうえで成り立つものと知る。入り組んだ市場のあちこちに武装したイスラエル兵士が数人ずつ監視しているのであった。

日曜日。パレスチナ人居住区域に二十五年以上も住む建築家井上文勝さんと、イタリア系アメリカ人の音楽家ジャネット夫人の誘いで東エルサレムと死海に遊ぶことにした。車のナンバープレートの色で、一見して井上夫妻がパレスチナ地区住民とわかる。ホテルのある整然としたユダヤ人居住区から東エルサレム地区が近づくと、町の風景が一変する。土と埃と汗と貧しさの匂いが風にこもる。谷底にへばりつくようにブロック壁の小さなバラック。ユダヤ人居住区を独特の世界に仕上げたあの天然石ブロックではない。誰もが知る安っぽいコンクリートブロック。牛飼いの少年が岩肌にチラホラと見え隠れする草むらに羊を追う。人々が路上で戯れている。チャイを啜りながら野外で語らう人々。ベールを被った女たちはアラブの衣装を洋服に変えてはいない。そして、岩山にはユダヤ人への憎悪をこめた悪戯書き。

ジャネットは、古ぼけたフォルクスワーゲンの運転席の背に、アラファトが被り続け、世界の知るところになった白地に黒い縫い取り模様のスカーフをことさら窓際に寄せてかけなおす。あたかも外の人にパレスチナ人であることを示すかのように……。一九八七年に始まったインティファーダ＝一斉蜂起を警戒してのことだ。インティファーダとはイスラエル政府当局の弾圧にめげず、主としてユダヤ人に対して投石を持続する若者たちの戦いを言う。ジャネットが白人であるために、しばしばパレスチナ人にユダヤ人と間違えられて投石される。「パレスチナ支持を表明する証？」と夫妻に問えば、「そんな政治的主張よりもまずは外国人として命を守る方法」と苦笑する。街角には、ジープに乗る武装したイスラエル兵の目。石が飛ぶ。兵士の目が投石者を探しても、人影は消えている。ガザ地区では、東エルサレムよりさらに激しくインティファーダが続けられている、という。

死海への道のりは不思議な旅だった。岩肌の丘の頂上には、新しい入植者のために新たに建てられた薄茶の住宅群が連なる。それらの新しき村建設のために、パレスチナ人はあちこちに追いやられた。入植を予定されている住民の多くはロシアからの移住者と言われている。ところどころの谷底に残ったパレスチナ人の貧民街。ベドウィンたちのテント。見下ろす民と見上げる民——彼らが生まれてきてからこのかた見続ける国土の風景は徹底して異なるにちがいない。血肉を食い尽くされたような駱駝の死骸、乾燥したこの国では蝿すら駱駝の死肉に群がらない。車窓に映る人工的な形の台地は、ミサイル基地と囁かれている。そしてヨルダン国境沿いに広がるバナナなどを植えたキブツ。白茶けた岩肌だらけのこの国でそこだけが、緑に埋もれている。

死海では、休日を楽しむパレスチナ人が浮かんでいた。塩分が濃いためにどんなに太った人間も尻が少し沈むだけでポッカリと浮かんでしまう。泳ごうにも、泳げない。浮いてしまう。……この国では、生まれたときから自然の厳しさに抗えない諦めを骨の髄までたたき込まれてしまう。

生き延びるためには、厳しい現実を忘れ、祈るしかない。

この国では、宗教は空気であり、大地であり、水なのだ。

泳ぎたい人のために、テルアビブからひいてきている、という流水のプールが岸辺に造ってあった。わたしたちは、何組かのパレスチナ人の家族らが集うプールサイドでバーベキュー、としゃれこむことにした。パレスチナの子どもたちが、プールで身をよじるように笑いころげている。ベールを被った女たちは、肌を見せることは許されていない。水浴びに興じる夫や子どもたちを見守っている。

炭が赤く焼けてきたころ、数人の重装備をした兵士が機関銃までセットしてあるジープの轟音をとどろかせ、埃をまいあげて傍らに乗り付けた。一人の兵士が銃口をパレスチナ人に向け、問う。誰が見ても答えのわかりきった質問をたて続けに投げかける。

「お前らは何人だ？」

「お前らは何をしているんだ？」

「イスラエル人だろうな！」

沈黙。子どもたちの唇がワナワナと震える。腹の出た男が、裸で水の中に、まるで木偶の坊となってしまった。父なのだ。恐怖にうちひしがれた表情を妻や子どもに見せたくはなかっただろう。

——誰も答えない。井上さんが俯いたまま言った。

「アメリカ人も日本人もイスラエル人もいろいろさ」

兵士は、しばし銃口をプールの中で震えている子どもたちに照準を合わせる仕種をし、ジープに戻っていった。

ジープはプールを監視し続けている。

バーベキューの煙がいっせいに立ちのぼる。太った母親は羊の挽き肉に玉葱やスパイスをまぜこんだアラブ風ハンバーグを炭火で焼き、野菜と一緒に丸いパンにはさむ。パレスチナ人の家族たちは、何もなかったかのように笑顔と家族の団欒をとりもどしている。この国では——、こんなことを気にしていたら生きていけない、と言わんばかりの笑顔であった。

すべてが日本と対極になるイスラエルに来て、わたしは何度「この国では……」と呟いただろうか。

死海を午前中に引きあげたわたしは、井上さんの仕事仲間である二十五歳の青年ネダール・モサさんの案内で、エルサレムからベツレヘム方向に十二キロ走ったところにあるパレスチナ難民のキャンプ、テベイシャ・キャンプを訪れた。岩山の急斜面にへばりつくように建てられたブロックの小屋が石投げ防止用の鉄条網に囲まれている。このキャンプには、パレスチナ側の統計で千七百六十五家族、七千九百五十二人がひしめきあうように暮らしている。多くが一九四八年、イスラエル建国の年にテルアビブ近郊から連行されてこのキャンプに移住させられた人々だ。鉄条網の外では、武装イスラエル兵が投石をよけようとして斜面を転げ落ちてしまった乗用車を取り囲み、応援を待っている。

鉄条網を越えると、あちこちの窓から人なつこい笑顔のパレスチナの子どもたちが飛び出てくる。子どもたちに好きな科目を問えば、ヘブライ語と英語が義務のこの国で、一人残らず「アラビア語が大好き」の答。

子どもたちを追って何人もの若者や女たちが飛び出してくる。「家に遊びにおいでよ」と誘いの声があちこちから飛ぶ。

二つの家庭を訪れた。家具らしきものは何もない。世界の難民たちの暮らしの中で、これだけ清潔に家の中を掃除している民族も珍しい——と妙なところで感心する。

マリアム・アブガルースさんの家族は三世代、十一人。イスラエル建国の時、マリアムさんの両親は、テルアビブ近郊のザハリアから難民として移住させられ、このキャンプで生まれた。すでに四十二歳となった彼女には孫もいる。亡くなった両親から数えれば、合計四世代が鉄条網の中で暮らしてきた、ということになる。二十一年前に結婚した夫は、キャンプの中で軽作業をして働いている。彼女の一家も、これまでに何度も謂れなき罪で投獄されてきた。六七年に夫が八年の刑を言い渡され、六九年にマリアムさんが二年、そして十九歳の長男イサムは、これまでに三度も連行されている。最初が八九年に八ヵ月、二度目は同じ八九年の暮れから一年間、三度目は一九九二年に一ヵ月間。

連行は突然、前ぶれもなく行われる、とイサムは言う。

たとえば、夕方キャンプを散歩している。イスラエル兵士が銃をかまえて歩み寄る。

「何をしているんだ？」

「歩いているんだ」

「一緒に下の路地まで来い」

三人の友人と石を投げた、というのが理由だった。二度目はたしかにキャンプの仲間全員で石を投げた。

囚人として、パレスチナ人はテントの収容所に入れられる。収容所では、話をすることが禁じられた。ノカブ収容所では、夜九時ごろになるとマスクをした二、三百人の兵士たちがテントを訪れ、何の理由もなく囚人のパレスチナ人を叩いて歩いた。湾岸戦争のときはバトニア収容所で彼は一日中、寒風にふきさらされながら屋外に立たされていた、と言う。

民族の争いのもとで、わたしはいつも「何の理由もないのに」という訴えに戸惑う。夕暮れのキャンプの急な坂を歩く。坂の傾斜のひどさで、わたしは身体の平衡感覚を保つのがやっとだった。あれだけ広い土地がありながら、どうしてこんな急な坂道にひしめきあうように人間が鉄条網の中におしこめられているのか？

エルサレムへの帰り道、東エルサレムのパレスチナ人居住区にイスラエル国旗を掲げて入植した右派の人の家を見せてもらった。さながら建国の特攻隊とでも呼ぼうか。途中、何度も、ジープに乗ったイスラエル兵たちに睨みつけられた。陽はとっぷりと暮れた。パレスチナの裏町の小さな露店でモサと一緒にパレスチナの日常食、シャワンマを食べた。そこにも数人の武装したイスラエル兵がやってきて、モサに尋問を始めた。

「こんなに暗くなって何をしているのか?」

アラブ人居住区にあるレストランでシャワンマを食べているわたしたちを前にしての、尋問である。ヘブライ語でモサは答える。言葉だけではなく、彼はイスラエル国籍とヨルダン国籍の二つを持っていると言う。ヨルダンでも、イスラエルであっても、パレスチナに生き残れる方法を手に入れたのだ。しかし、彼の恋人と子どもはスイスに亡命してパレスチナには帰ってこない、という。

——一つの苦難の民族が「故郷」を建設するために、膨大な人々が「故郷」から追い出され、屈伏を要求される。

空港での取調べはすでに二時間を越えている。担当する係官も三人目となった。若い男は、奇妙に私の気持ちを理解してしまったからである。こんどは役づきの中年の男だった。三たび、わたしは長々として、答えなどいらない、いやがらせのための同じ質問に答え続けなければならなかった。「あなたは、なぜイスラエルに来たのか?」から始まる長い長い問いに……。

そしてとうとう、飛行機が空港を出る時刻の約二十分前になって、中年の男はわたしにスーツケースを開けろ、と命じた。スーツケースの下着の一枚までバラバラにした後、わたしのカンボジアに関する著作を見つけだした。わたしは、それが自分の著作である、と伝えた。日本人の学生が呼ばれた。

「この本の文字を読んでみてくれ」

「ヤ・ナ・ギ・ハ・ラ・カ・ズ・コ」

本の中には、ポル・ポト時代の虐殺を描いたカンボジア難民の子どもの絵がカラーで印刷されている。中年の係官はニヤリ、と笑った。

「あなたは、イスラエルで政治の話をしただろう？」

「しなかったわ。風の匂いとかイスラエルでの暮らしの楽しさ、とかについて日本人と話をしただけよ」

「いや、政治の話をしたはずだ。――あなたはカンボジアについて書いた人なんだからね」

その一言を最後にバラバラにされた荷物の前に、わたしは放免となった。じつに、空港到着後三時間ちかくが経過していた。一面に散らされた荷物を小さくたたみ直し、トランクに詰めながら、涙が出た。パレスチナ難民を訪れたわたしに対する彼らの尋問は、この国では正しい。しかもわたしはその事実を語ろう、とはしない。軽装で世界一周切符を持っている女一人……。情報活動とみなされてもしかたがない。しかし、この国では……、過去、冤罪はいくらでもつくり上げられただろう、という理不尽な口惜しさに耐えきれなかった。

この国では……。

わたしの胸中に、かつて体験したことのない感情がたぎった。一切の抗弁を許されない尋問に、憎悪がかきたてられたことは事実だった。

二人目の尋問者である若い男の係官は、特権を使って税関などすべてノーチェックで通過させてくれた。すでに出発時刻をまわりかけていたのである。エンジンを吹かし、扉を閉めかかっている飛行機の入り口まで、小走りにわたしを先導しながら、彼は言った。

「すまない。これも僕らの仕事なんだ」

「祖国を建国しようというユダヤ人の気持ちがわかるから、わたしはこの国に夢を抱いて訪れたのよ。でもこれではとても好きになれない」

「ただ……」

「ただ……?」

「この国では、もっとも警戒されるのが、ユダヤ人の気持ちがわかる、イスラエルの建国の意志は正しい――と自らを語るユダヤ人以外の人々、と言えるのかもしれない」

これはまた、一切の妥協を許さずパレスチナの独立を望むイスラム原理主義の過激テログループ、ハマスのPLOに対する思いでもあるだろう。ハマスはユダヤ人と政治的妥協をしつつあるPLOを決して認めようとはしない。ハマスは、徹底したユダヤ人攻撃を続ける一方で、難民キャンプの住民の生活の工場活動を具体的に行ってきた。ガザでは約三分の一の住民がハマスを支持しているという。

歴史を、無垢に戻すことなど不可能なのだ。

PLOのアラファト議長とイスラエルのラビン首相がクリントン大統領を中にしてワシントンで握手をしている映像を見ながら、わたしはイスラエルの地に生きる人々を思った。

パレスチナ知識人グループによって創刊された『アル＝ファジル・アル＝アラビ』という新聞がある。影の創刊者はPLOと言われ、これまでイスラエル政府当局による数々の屈辱、弾圧、拘留命令、家宅捜索について非を唱えてきた新聞である。その意味は「アラブの夜明け」という。

そしてかつて百年以上も前の一八六八年、約三百人のユダヤ人のシオニストを読者としてウィーンで発行されたヘブライ語の雑誌があった。創刊号で創刊者スモレスキンは次のように書いている。

「われらは固く信じている。……あらゆる人たちと同じように、われらの魂を外国人の手から救いたいという、われらの気持ちを恥じなくてもすむようなわれらの王国の復興の日がいつか必ず訪れる」

（アモス・オズ『イスラエルに生きる人々』晶文社刊）

この雑誌の誌名が、やはり『夜明け』だったのである。

えだった。

裏庭――ニカラグア

「アメリカ？　いったいアメリカってどこの国をさしているの？　カナダからアルゼンチンの氷河までのすべてをアメリカって呼ぶんだよ？」

しこたま日本酒を飲み、日本で夜半を迎えた若きサンディニスタの視線は宙に揺れていた。「あなたにとってアメリカとはどういう存在なのだろうか？」というわたしの問いに対する答えだった。

ニカラグアをめざし、アマゾンを抜けたわたしは、パナマで一泊した。ブラジルからニカラグアに入国する直行便がなかったためである。

日本人誘拐事件が起きて以来、パナマの治安が悪い、ととりざたされていた。一泊の滞在では、わたしの側の緊張と警戒心を解くまでにその国の人々の生活感覚をつかみとることができない。旅の疲れもたまっている。商社発行のビジネスマン向けガイドにしたがい、宿泊は日本の青木建設が経営する超高級ホテルにした。

空港を出ると、街にはスイス銀行の大きな広告が目立つ。ドルキャッシュしか受けつけてくれないペルーやブラジルと異なり――中南米では日本円は見向きもされない――、パナマのホテルでは身分証明の代わりにアメリカンエクスプレスやヴィザカードの提示を求められる。

プールサイドで過ごした一日は、まったく優雅な一日となった。アマゾンは、奥の深い現代文明批判をわたしに叩き込んでくれた。森と河の暮らしは滅びかけていたわたしの生命力を甦らせてくれもした。しかし、どこかで緊張していたにちがいない。久しぶりに、わたしは豊かな水量の熱いシャワーを浴び、空調のきいた広いベッドルームに足を伸ばし、薬で消毒されたプールで泳ぎ、デッキチェアーに座ってピスコサワーを飲んだ。壊れた扉の部屋の、あのねっとりとした比重の重いアマゾン河から汲みあげる水シャワーでは決して味わえない爽快な気分に浸っていた。

国際電信協定に入っていないブラジルでは、安心してコレクトコールをかけられなかった。パナマではアメリカのＡＴ＆Ｔのサービスが合衆国国内と同じように網羅されている。思う存分、日本への電話をかけ、仲間の危篤を知り、しばし友との雑談にくつろいだ。音楽はアメリカンポップスのチャンネルを選び、アメリカのＣＮＮニュースを見た。アマゾンで、わたしが見聞きしてきた今日までの体験が「世界の動き」の埒外であるような戸惑いを覚えつつ、二ヵ月間無縁だった、アメリカを中心とした「世界の動き」を身近に感じた。

アメリカの宿泊客には、アメリカの航空会社のクーポンとカードで国内旅行と変わらない気楽さがただよう。

街の広告には英語が氾濫し、路地を歩く子どもたちですら簡単な英語を話す。まったくパナマはアメリカ国内のヒスパニック社会よりもアメリカの印象が強い。

わたしは快適だった。それが実感だった。アメリカ的なる生活感覚は、日本人のわたしにこれほどにも染みついていたのだ。

しかし――。「アメリカ」は高かった。一泊で諸々四百ドルが消えた。それまでの一日の旅費のおよそ五倍のドルが一晩でまたたくまに消えてしまった。


翌日、ニカラグアの首都マナグアに向けグアテマラ航空に乗った。

出発前に旅程を考えていて、いったいメキシコ、キューバ、そしてフロリダ半島のマイアミのどこからニカラグアに入ればいいのか悩んだ。驚いたことに革命以後十年あまりニカラグアのサンディニスタ政権を支えてきたキューバの影がほとんど消えている。マイアミ便の方がはるかに数が多い。東欧ソビエトの崩壊以後、石油の輸入が極端に減って定期線が飛ばなくなっているのも理由だが、一九九〇年選挙でビオレタ・デ・チャモロがサンディニスタ政権を破って大統領となって以来、アメリカ合衆国との国交が復活したからである。

マナグアに到着したわたしは自分の目を疑った。バングラディッシュ、エチオピア、内戦最中のカンボジア……と貧しさに喘ぐアジア・アフリカ諸国を回り、少々のことでは驚かなくなっているわたしだったはずだ。仮にも首都と呼ばれる地域で、マナグアほど何もないところはないのではないだろうか。とくに開発途上と呼ばれている国々は、首都にすべての機能が集中している。近代的な建物が林立するほどではなくても、植民地時代の欧風の建物が並ぶ。それらを取り囲むように、周辺にはスラムや掘っ建て小屋がひしめき合う。道路には車と群衆が溢れ、それらを縫うようにロバやラクダ、馬車、牛車といった伝統的乗り物がうごめいている。しかし、通常ならどんなに貧しい国でも空港から都心までの道路沿いに、その国のすべての富を集めたように貧困を隠しているものだ。

マナグアの空港から大統領官邸までの道路の周辺には、掘っ建て小屋しかなかった。道路を走る車の数もまばらで、人影も少ない。人々の表情も、陰鬱で俯《うつむ》きかげん——。ラテン諸国には、何処にも太陽の明るさと反するような独特の沈んだ暗さがある。しかし、他のラテン諸国ではエネルギッシュな開放感もまた同時に感じられるのに、マナグアにはそれがない。

大統領官邸のすぐ横にダンボールを壁材にしている小屋が並ぶ国はエチオピアとこの国だけだ。エチオピアは一夜しのぎの売春宿であったが、マナグアでは一般の住居である。

マナグアには、大統領官邸と外国人向けのインターコンチネンタルホテル以外に三階以上の建物がない。一九七二年の地震で破壊したとは聞いていたが、本当に何も、ない。のちに町を歩いて、ソモサ一族を初めとする富豪たちの高級住宅——サンディニスタのリーダー、オルテガの豪邸もその一角にある——が近郊の丘に集中していると知るが、第一印象は生気の失われた廃墟、といったものだった。

「一九七九年の革命後の十年間、サンディニスタの人々はいったい何をやってきたのだろうか

――」ホテルに入ったわたしは独りそう呟いた。

スペイン人が到来して以後、ニカラグアは三世紀にわたる長い植民地時代に耐えた。そしてようやく果たして独立。しかし、アメリカ人の冒険家ウィリアム・ウォーカーに侵略される。以後アメリカの合衆国の執拗な干渉が繰り返される。一九二〇年代終わり、アウグスト・セサル・サンディーノがアメリカに抵抗する民族運動のリーダーとしてこの時期に登場した。五年半にもおよぶ戦いの末、アメリカは撤兵するが、その後約半世紀もの間ソモサ一族に代表される一部の特権階級に国の冨と権力が集中していた。

そんななかでサンディーノを思想的な支柱とするサンディニスタ革命が起こった。闘争はキューバ革命のゲバラから学ぶ山中のゲリラ闘争に始まった。一九七九年、革命は劇的な勝利をおさめる。キューバに次いで二つ目の、アメリカに支配されない中米の国が誕生した。

元々ナショナリズムとアナルコ・サンディカリズムの色濃いサンディニスタである。いわゆるソビエト型の上からの革命とは常に一線を画して下からの革命を押し進めていると聞いた。富を民衆に分配し、カソリックの人々の深い信仰を否定せずにアメリカに支配されないニカラグアらしいニカラグアを生み出そうとして、苦しくはあるが民衆の支持を得て一定程度成功をおさめている――とも聞いていた。七〇年代に青春期を送ったわたしには、キューバの革命と並んでサンディニスタ革命が理想革命に映ったものだ。

革命後も、アメリカ合衆国に後押しをされたコントラ（スペイン語では反革命の意）との内戦が続いた。そしてコントラを後押しするアメリカ合衆国の経済封鎖。スーパーマーケットから一切の食料、日用品が消える。外国人はトイレットペーパーや食料をパナマやコスタリカに買い出しに行ったが、土着の民衆にはその資金すらなかった。

一九九〇年、民衆は親米のチャモロ政権を選んだ。

無理はない、と思う。何一つない、このマナグアの街の惨状を見て歩けばそう思うのが自然ではないか。理想や革命よりも、まずは明日の米粒ではないか――、と。

街を歩いてみる。ホテル前のタクシーはしきりにドルをねだる。しかも法外な値段をふっかけてくる。道路でひろったタクシーも、ドルをほしがる。ドルではない、コルドバで支払いたいと言うとそれなら倍払ってくれ、と険しい視線で怒鳴る。モーターボートを引いて、オープンカーの新車が走り抜けていく。政権交代後にアメリカから帰った亡命者たちである。次の選挙には、人気ロックグループのローリング・ストーンズの歌手ミック・ジャガーの元妻が帰国し、数百億ドルをかけて元夫の応援を得て大統領選挙に出馬するという。マイアミに亡命していたニカラグア人が続々と帰国を始めている。彼らの豊かな身なり、明るい笑顔を目の当たりにするにつけ、観光業に従事する多くの人々は私のような外国人に「十年間の耐乏はいったい何のためだったのか？」とサンディニスタへの恨みを呟くようになっている。しかも、アメリカ合衆国で資金と技術を獲得してきた人々が能力を買われ、次々と政府の重要なポストにつきはじめている。彼らには亡命時代の十年で培ったアメリカ合衆国との強いコネもパイプもある。

いずれ経済復興の大きな柱として優遇されていくだろう。

アメリカ合衆国との政府間との合意が成立し、日本の援助も再開した。石油の輸入が始まったために電気の供給が格段に増え、街が明るくなった。アメリカナイズされた彼らのビジネス手腕と合理性は、多くの西側外国人商人たちに歓迎されている。

「仕事がやりやすくなった。彼らは自由貿易がわかっている」——アメリカでの亡命体験がアメリカ寄りを選択したこの国における彼らの特権を約束している。

ますます、革命派の肩身はせまくなった。

あのサンディニスタ時代に比べれば、たしかに店には豊富な日用品が溢れている。すべてアメリカが経済封鎖を解いたお陰である。お金さえ出せばなんでも買えるようになったのだ。サンディニスタ政権時代には、外国人向けに数軒しかなかったレストランやバーが現在は十軒を越えた。

「やはり、ユナイテッド・ステイツ・オブ・アメリカさ……」——その言外のニュアンスは別として、民衆の呟きにそんな言葉が混じるようになった。

だが、とわたしは再び立ち止まり、そして歩く。日本で会ったサンディニスタの青年部国際部長、エンリケ・ピラルテの話を思い出す。

エンリケ・ピラルテは二十七歳。口髭がよく似合う中肉中背の、温和な笑顔についひきこまれそうな人なつこい眼差し、議論好きなラテンの青年である。

一九七九年の革命時には十四歳だった。リベラル派の拠点だった大学都市レオンで、医師の父、そして社会学者の母という典型的な知的中産階級の家に生まれている。家族は彼を含めて兄二人、姉と妹の七人だった。

　エンリケが革命闘争に加わったのは十二のときだった。兄二人と姉はすでに学生運動に加わっていたが、エンリケと妹は両親の猛烈な反対にあって参加するのが遅くなった。兄たちは革命勝利後に戦線を離れ、一人は徴兵を嫌ってマイアミに渡りマイクロフィルムの技術者となり、もう一人はオックスフォード大学に留学し、合衆国で経済学を学び、現在はニカラグアの小さな雑誌の編集をしている。

　今もサンディニスタの活動家である家族はエンリケだけである。

マイアミにいる兄とは革命以後、一度も会っていない。帰国できないからではなく、徴兵を受け入れない、という兄の意思によるものだという。

　エンリケは今も幼い日のレオンの街の光景を忘れない。職業にもつけぬまま流民となった農民たち、すえたような汗と糞尿の混じったスラムの臭い。貧しさの臭いはその光景とともに記憶を離れはしない。ソモサ派の兵士たちによる暴力。大学都市レオンの学生たちは「若者は犯罪者」という政治宣伝のもとに次々にソモサ派の兵士によって連行されていった。今日キャンプにいたはずの友だちが、翌日は牢獄の中にいるという毎日だった。

十二歳の少年には革命とか変革がいったいどういう意味なのか理解はできはしない。エンリケはしごく単純に、貧困や暴力への怒りから中学生のデモに加わっていた。

「七九年の勝利は僕たち若者を熱狂させたね。僕たちは何かやれる、という自信をもったんだ」

革命後、エンリケはサンディニスタが組織した若者たちの識字キャンペーンに参加し、ヒノテガ州の小さな農村に行った。文字が書ける学生は六ヵ月間、農村に入って識字教育にたずさわるという運動である。それがエンリケが正式に青年部の活動家になったきっかけだった。都会っこだったエンリケは、その時に初めて農民たちの現実にふれた。

「ヒノテガはニカラグアの中でも極貧の地域ではない。でも、そのときに農村の貧しさを知った。そして貧困は難しい問題ではない。努力をすれば解決できる問題だ、って感じたんだね」

革命は政府を打倒するのが目的なのではなく、社会の不正を正していく過程なのだ、とその時に実感し、その後も活動家としてやっていくことを決意した。

エンリケはニカラグアの歴史を学び、率先してさまざまな変革のプロジェクトに参加していた。

「もちろん今のような激務だって知ってたら、サンディニスタになんか加わらなかったと思うけどね（笑い）」

「変革って言葉で言うけれど、これは毎日の暮らしの中にある現実の問題と触れて、自分のやるべきことを納得してはじめて意識できることとさ。つまり、変革っていうのは自分が何ができて、何者でありうるのかを発見するプロセスと言えるかもしれない」

サンディニスタ政権は上からの革命を嫌って、ソモサ一族の財産や一部の富豪が所有していた工場だけを国有化した。それまでのニカラグアの近代的な工場のほとんどがソモサ一族を初めとする少数の人々の所有であり、そのほとんどが輸出製品であったために、個人で分配できなかったからである。一方、革命前は二〇パーセントの豪農が国土の六〇パーセントを所有していたために、七〇パーセントの農民が土地無し農民としての暮らしを強いられていた。革命政権のプロジェクトの大半はこういった農村問題の解決に費やされた。

一方でコントラとの内戦。

そして総選挙。経済復興とアメリカ合衆国との国交復興を訴えるチャモロ婦人率いる党派ウノに破れた。チャモロは、かつてのニカラグアの新聞王の未亡人である。チャモロ大統領は、一九七八年に夫をソモサ一派に暗殺され、一時はサンディニスタに加わったものの、次第にマルクス主義に近寄っていくサンディニスタから離れる。離党して以来、終始サンディニスタによる新聞検閲を批判していた。

選挙前の予想では、サンディニスタが四五パーセント、ウノ支持が三五パーセントというアメリカ合衆国の世論調査の結果があった。しかし、結果はサンディニスタの得票数が四一パーセントだった。浮動票はなぜウノに回ったのだろうか？

「経済と平和——民衆が選択したのはこの二つだったと思う。たしかにサンディニスタは非常に意識の高いメンバーで成り立っている。アメリカ合衆国の介入を防衛するためにすべての生活を捧げてきた。しかし、民衆はサンディニスタ政権が続けばアメリカ合衆国との戦争が続く、経済の復興はありえない、というウノのキャンペーンを選択したんだ。政治の方向っていうのはね、意識的な一部の人が決めて実行していくのではなく、普通の人々の日常的な呟きの中にこそその方向を知る糸口がある、ということを忘れてはいけないってことさ。民衆が何を否定し、何を選んだかってことを、今僕たちは真剣に考えているところさ」

しかし、せっかくの農地改革も、内戦という混乱続きの中で行われたために制度として定着してはいなかった。所有権の登録もできなかったために、再び地主のものとして没収されつつある。

「選挙に負けるなんて考えたこともなかったから土地所有の登録をするのは後回しになっていたんだ。これはサンディニスタの過ちだったよね。今、大地主が再び生まれ、土地無しの農民が生まれつつある。その混乱の収拾がつかなくなっている。だけど……、民衆はサンディニスタを支持するって信じてたんだ――」

中米はアメリカ合衆国の裏庭だ――という表現を聞いたのはペルー駐在の日本商社マンからだった。サンディニスタであることに誇りを持っているエンリケは、ニカラグア民衆が、再びアメリカ合衆国の裏庭に戻っても、今日のパンを選択するということが理解できなかったのだ。

そしてわたしは冒頭に記した質問をした。

——あなたにとってアメリカとはどんな存在ですか？

しばし沈黙をし、そして彼は遠くを見つめながら、語った。

「アメリカ合衆国はいつも自分のレンズを通してしかものごとを見ないよね。彼らにとっての世界の現実とは、いつも彼らのレンズに合わせて歪んでいる。僕たちはマルクス主義者ではない。サンディニスタなんだ。北アメリカと対立しようと考えているわけではないんだ。中米の革命っていうのは、大衆の自然な欲求なんだってことをもっと深く理解してほしい。ソ連が崩壊して、合衆国の干渉が緩むっていう見方もできるけれど、もう一つにはまったく逆に彼らの足を引っ張る存在がなくなって何でもできる、歯止めのない暴力に向かっていくことだって考えられる。この二つは相反するようでいて、じつは諸刃の刃としてさまざまな形をとって僕たちを襲ってくるだろう」

「将来は大統領になりたい？」とわたしは続けて聞いた。エンリケは心底、不思議そうに答えた。

「何で大統領なんかになりたいって思うの？　国家っていうのは一人の人間で変えられるものじゃないんだぜ。今必要なのは、民衆の意識作りさ。リーダー争いをするよりも、人々が心のそこから変革が必要だって感じることの方が大切なんだ。どんなリーダーだって民衆との連携なくして長続きしなかっただろう？」

そう言って彼はヒットラーの時代を説明した。

話しはじめて六時間余り、時計は夜明けをさしていた。酔顔に笑みをたたえ、話し疲れた彼は、黒人系の血が濃い、やはり活動家として知り合って結婚した妻の写真に見入っている。

「ニカラグアはいいところさ。満員電車に乗っても、日本人みたいに黙って混雑を耐えるなんてしない。お喋りが始まるよ。ニカラグアでは誰だって街で出会ってすぐに友だちになる。声をかけてその晩には夕食を一緒に食べている」


メキシコに滞在しているとき、ニカラグア革命を推進した中心勢力であった解放神学派がローマ法王庁と和解した、というニュースが小さく流れていた。

わたしはマナグアで出会った日本のODA関係者の次の言葉をエンリケに伝えたい、と思っている。

「アメリカとの政府間協定で、日本政府はアメリカ製品を使えって言うんですけれど、ニカラグアの人は何とかアメリカ製品ではなく日本製品を使ってくれってきかないんですよ。メイドインUSAを極端に嫌うんですわ」

チャモロ政権になって、大学の授業料が大幅に値上がりした。大統領官邸前で、そんな教育政策に抵抗する学生たちが軍隊とぶつかっている暴動のどよめきがホテルの部屋まで聞こえてきた。

ユニセフ統計によれば、革命前のニカラグアの識字率は五〇パーセント前後だった。エンリケらの識字普及運動の結果、今は七五パーセントにまで伸びている。（革命直後の八〇年には九〇パーセントまで伸びたが、貧困によって再び子どもたちの就労率が増え、成人の識字率は落ち込んだ）一九六〇年には千人中百四十人だった乳児死亡率は六十三人に減った。同じラテンアメリカの最貧国のハイチはいまだに識字率は四〇パーセント、乳児死亡率は百十八人にものぼっている。

裏庭とは決して呼ばせない彼らの十年という時間を、やはりわたしは——感じている。

盟友——キューバ

1

リオデジャネイロの環境サミットに、全世界百七十ヵ国の首脳が集った。フィデル・カストロ・ルツ（注・キューバの人々は今もカストロ議長のことをファーストネームで呼ぶ。以下彼についてはそれにならってフィデルを用いる）の演説は、他の首脳のそれを圧倒する万雷の拍手を得た、と聞いた。

「消えなければいけないのは飢餓であり、人類ではない」

――フィデルは、美しく、哀しい韻を踏んで謳いあげた。スペイン語では［HAMBRE／飢餓］と［HOMBRE／人間］は一文字ちがいだったのだ。そして彼は「環境破壊の加害者は植民地政策と、その後の帝国主義政策をとってきた北半球に住む人々の贅沢な消費社会である」と環境破壊の原因を南半球の立場から分析し、「利己主義をやめよう」「覇権主義をやめよう」「無神経、無責任、欺きをやめよう」――と訴えた。

十分足らずの演説は、次の言葉で締めくくられた。

「ずっと以前にやっておくべきことを、明日やろうというのでは遅すぎる。ありがとう」

演説の草稿となった環境問題に関する論文をキューバ共産党の機関紙『グランマ』に探した。日本語で約百枚の原稿である（月刊『宝石』九三年一月号に抜粋所収）。そこには環境問題の責任を北半球の先進諸国がいかに負うべきなのかが歴史的に説いてあった。開発途上国で進んでいるIMFや世界銀行による［人道援助］という名目の開発が、じつはそれまで以上の貧困を生み出し、北半球の国々との格差を広げ、環境破壊につながる原因にもなっている、とも書いてあった。最後に、アメリカ合衆国の経済封鎖によって石油の輸入が途絶えたため、環境破壊をともなうこれまでの工業化路線をやめ、独自の農業を基盤にしたエコロジー国家をめざそう、というキューバの取り組みが報告されていた。中国からの大量の自転車の導入による車社会の廃絶、各自が庭に菜園を作る、化学肥料を改めてゴミ、家畜、人の排泄物を利用した伝統的な肥料を利用する――石油が途絶え、旧ソビエトの援助による原子力発電所建設が中途で挫折したためのやむをえない延命策をたくみに環境問題に結びつけた演説、とも考えられる。しかし、環境問題とエネルギー不足の中でいかに生きるかといった問いに対する一つの本質的な方向がそこに語られているように、わたしには思えた。

サミットを取材したある特派員の言葉がさらにわたしの心を打った。

「何といっても彼はぬきさしならぬ中南米の英雄なんだ。会場にいてそう思ったね。拍手がちがった。中南米のすべての国が、経済という一点でやむをえずアメリカに頭をたれながら、しかし心の奥底で彼を思っている。キューバが頑張ってくれている、ってね」

かつてキューバに取材した彼は、さらに続ける。

「革命という言葉はあの国では過去ではなく現在だった。しかし、革命後三十三年たった今、キューバの民衆は理想と飢餓のどちらを選択するか、という分かれ目にいる」

十月。日本に帰国したわたしはアメリカ合衆国がキューバへの経済封鎖のさらなる強化を目的としたトリセリ法（注・キューバに立ち寄った貿易船は、以後六ヵ月間アメリカ合衆国への立ち寄りを禁止する、といった経済封鎖を全世界の国々に求める法律で、トリセリ上院議員の提案によることからこの名で呼ばれている）を採択したことを知った。

そして十二月。国連総会はトリセリ法によるアメリカのキューバ封鎖を批判する決議をした。ほぼ満場一致の決議だったという。決議に反対したのはアメリカ合衆国とイスラエル、そしてルーマニアだけだった。

カンボジアへの派兵、イラク攻撃やソマリア派兵は安保理事会の決定だった。しかし、アメリカが拒否権を持つ安保理事会の決定でないこの決議は、一切の拘束力を持たない。

十三年前にカンボジア国境を最初に訪れて以来、ずっと喉にひっかかっていた棘、国際政治に対して抱き続けていた疑問にようやく答えを得るのではないか、といった直感のようなものがわたしをつきうごかした。

そして——やはり、訪ねよう、と決めた。

キューバである。

メキシコシティからメキシカン航空でハバナへ向かう。以前は飛んでいたキューバ航空ハバナ便がすべて欠航している。燃料がないためだという。総勢十数人の乗客だった。わたしの隣席はグラシエラ・バスケス・ディアス。ニューヨークに住むメキシコ人、国連の科学技術部門の女性職員である。メキシコの新聞にサッと目を通した後、彼女は語りかけてきた。

「キューバは初めて？」

家畜に餌を与えるかのように、プラスチックの皿に盛られた機内食が配られる。凍った豚肉、パスタのクリーム和え、傷みはじめているメロン、バタークリーム菓子、コーヒー、パン——徹夜の旅の疲れか、わたしには手が出ない。それらのメニュウを、彼女はものすごい勢いで食べながらの会話である。

「キューバはね、今本当に孤立させられている。だけどね、わたしのような仕事をしている人間にはキューバはとても大きな夢なの。あまり知られてないけれど、キューバのバイオテクノロジーのプラントを必ず見たほうがいいわ。キューバは医療の面でも新しい薬やワクチンを発見しているの。あの国の科学における成功は、これからの開発途上国にどれだけプラスになるか、はかりしれないものがある」

食べおわると、一方的に話をやめ、再び新聞を読みはじめる。彼女の見事な食欲に呆気にとられながら、わたしは再び『コロンブス』(岩波新書・増田義郎著)を読みすすめていった。五百年前、コロンブスはキューバをジパンゴと信じて上陸した、と書いてある。

キューバは、一歩まちがえば日本の歴史だったということだ。

しばらくするといつのまにか席を立っていたグラシエラが戻ってきた。

「ダニエル・オルテガが乗っているわ。あなた、知ってる？　彼に会ってみたら？」

ゲリラ闘争の末に革命を果たし、その後もアメリカ合衆国に後押しされたコントラとの内戦を戦い抜いた中米の指導者、ダニエル・オルテガとはどのような人か、という素朴な興味があった。サンディニスタ革命の牽引者である。小国とはいえ、選挙に負けたとはいえ、ニカラグアの前大統領である。わたしはてっきり彼がファーストクラスにいるもの、と前方をのぞいた。グラシエラは「後ろの座席よ」と小声で言う。ふりかえってもVIPらしき集団は見えない。

「警備の人と二人で、後ろの方に座っているでしょ？　顔、知らないの？」

それなら、とグラシエラが紹介の労をとってくれることになった。客は前方に集められているので、中ほどの座席から後方には誰も座っていなかった。乗客の一番後ろに、通路をはさんで二人の男が座っていた。一人はスペイン系の風格のある大きな白人の男、そしてもう一人は黒いよれよれの木綿シャツとジーパンを着た、農民の風貌をもったインディオ系のニカラグア人。彼は、埋もれるように座席にはまりこみ、右肘をついて顔を傾け、座席にはめこんである小さなテレビ画面に映る『バットマン』を眺めている。しかし彼はイヤホンをつけてはいない。見ているようで、見ていないのだ。

わたしはてっきり、オルテガは別の席にいるものと思い込んだ。しかし、グラシエラが挨拶したのは黒い木綿シャツを着込んだ素朴で虚ろな表情の男の方だった。

「ダニエル・オルテガ、彼女は日本人ですがあなたに紹介したい……」

姿勢を変えることもなく『バットマン』から視線だけを動かし、じっとわたしを見つめるダニエル。彼の集中力が活動を始めたのだろう。視線に生気がよみがえる。光る。自らの何かを物語りはしないが、底知れぬ奥深さを感じさせる黒い瞳。そのとき、わたしは思わず静謐《せいひつ》――という言葉を噛みしめた。静かに、沈み込んではいるが、力強い吸引力を持つ独特の雰囲気が彼の周囲にただよいはじめた。

握手を交わし、ニカラグアに行ったばかりだということ、サンディニスタ青年同盟のエンリケ・ペラルケに日本で出会い、飲み、話し合ったこと、などを話す。スペイン系の男が、通訳をする。短い会話は次の言葉で終わった。

「時間があったらホテルに電話を入れる……」

再び彼の視線は力を失い、光を失い、焦点を定めることもなく『バットマン』の画面に戻っていった。

彼のキューバ訪問は、選挙でチャモロ政権に敗北して以来初めてだという。数日後、公式の記者会見の席で再び彼を見た。ジーパンにチェックの綿シャツ、黒の革ブーツという軽いいでたちでの登場である。会場には[con daniel!]（ダニエルと共に！）とプリントされたTシャツを着たニカラグア人や金日成バッジをつけた朝鮮人、ベトナムや西欧の共産党系新聞記者や放送局の特派員、カメラマンらが集まっていた。旧ソビエト、東欧の各国からの特派員らしき人はいない。

——カストロ議長とどのような会見をなさったのですか？

「フィデル・カストロ議長と国際情勢や中米の状況、キューバの現況について、そしてニカラグアとキューバの関係について語り合いました。

現在、キューバには九百人のニカラグア人留学生がいます。彼らはすでに数年間もキューバで勉強してきました。この留学生制度は、私の政権時代にキューバとニカラグアの政府間で決めた協定によるものです。彼ら九百人の将来について話し合った結果、今後はニカラグア政府がその責任を持つことになりました」

——現在の中米情勢についてどうお考えですか？

「現在、我々が考えなければいけないのはキューバへの経済封鎖です。キューバへの包囲は、昨年十月のトリセリ法成立によってさらに厳しくなっています。

考えなければいけないことは、キューバが行われている包囲は、南の人々全体に対して行われているのと同じなのだ、ということです。この包囲は、北の国々が南半球の国々に対してとる常套手段です。北の国々は、いろいろな国際機関（注・たとえばＩＭＦや世界銀行といった開発機関）を使って、我々ラテンアメリカの国々を包囲しています。そして失業や飢餓、不況が深刻なものとなっていっています。現在までのところ、こういった国際機関を使ったネオリベラリズムは、南の国々の貧困をなくすための革命の代案にはなっていません。逆に不安定を誘う要因になっているとすら言えるでしょう」

総選挙で敗北が決まった日、オルテガは民衆の前で隠すこともせず涙ぐみ、それを拭ったという。フィデルを動とするなら、オルテガは静の革命家と言えるかもしれない。

――キューバはニカラグアの総選挙はまだ早すぎる、と反対していました。結果はキューバの予想通り敗北に終わったわけですが、あなたの政治家としての深く長い経験から見て、もう一度（注・サンディニスタが敗北した）選挙前に戻ることができたとしたら、あの時と同じように総選挙を実施しますか？

「同じ決断をするでしょう。我々サンディニスタは複数政党制、混合経済を提案してきました。これは七七年憲法で決めていたことです。わたしは憲法に従います。キューバとニカラグアはそれぞれバチスタ、ソモサといった独裁政権を倒して大きな改革を経て独立した国です。しかし、この二国は別の道を歩んできたのです」

ある女性記者がすっくと立ちあがった。誰もが聞きたかったことを、彼女は聞いた。

――フィデルは今もベルデ・オリーボ（注・戦闘服）を着ています。あなたはジーンズを着ています。あなたはベルデ・オリーボをもう着ない、ということでしょうか？

かつてわたしが見た写真で、彼はベルデ・オリーボを着ていた。ハバナでの機内で、わたしがサンディニスタの元首脳というイメージにそぐわない印象を受けたのも彼のラフな装いのためだったような気もする。ニカラグア人である女性記者の質問には、ある隠喩がこめられているのではないか？

「あなたは、戦いをやめてアメリカを受け入れるのか？」

――という言外の問い――。

「ベルデ・オリーボが意味することについて、あなたの仰ることはわたしの考えとちがいます。ベルデ・オリーボの意味するものは、レーガンがわが国に対して適用した政策の一つだったと思います。ベルデ・オリーボを私が着ると、レーガンは『彼は軍国主義者だ』と非難しました。そしてわたしが背広を着れば『なぜ彼はあんなに贅沢な服を着るのか？』と非難したのです。レーガンやブッシュにとってみれば、要するにわたしがベルデ・オリーボを着ても、背広を着てもよくないことだったのです。ただし、わたし個人はすでにベルデ・オリーボに固執してはいません。その必要がないからです。というのは、我々にとってのベルデ・オリーボはキューバ革命における意味とはちがっているからです。フィデルもシェラ・マエストラ山脈に篭もり、ベルデ・オリーボの軍隊を相手に戦うために自らもベルデ・オリーボを必要としていました。ニカラグアの我々も山野でソモサ派の軍隊と戦ったときは、たしかにベルデ・オリーボは必要でした。しかし、我々は村に出て行くときには背広やシャツを着て歩きました。民衆は敵ではありません。

政権をとったとき、わたしはたまたまベルデ・オリーボを着ていただけなのです。ただしベルデ・オリーボを着るかどうかというのは本質的な問題ではありません。大切なのは服ではなく、アメリカ合衆国政権が常に、自立を果たそうとする民衆を相手にどういう態度をとったのかということではありませんか？　なぜなら、ラテンアメリカの民衆はこれまで自らアメリカ合衆国の敵となろうとしたことはありません。アメリカ合衆国の政権の側がラテンアメリカを敵に仕立てあげてきただけなのです。ベルデ・オリーボを着せられてしまっているということです」

――クリントン政権に変わってラテンアメリカの情勢は変わっていくでしょうか？

「とうとうアメリカ合衆国がラテンアメリカの平和と民主主義に貢献できるチャンスがきたということです。八〇年代、キューバを含むラテンアメリカ諸国の側はさまざまな紛争を話し合いによって解決しようと努力してきました。しかしレーガンは我々の意志を受け止めなかった。そしてブッシュ政権になった。彼はラテンアメリカの革命を負かすことはできない、民衆を敵にまわすことはアメリカの威信を傷つける、と気づいたのでしょう。エルサルバドルやニカラグアでの戦争を諦めざるをえなくなったのです。

しかし、キューバに対しては相変わらず強硬な政策を続けています。まずクリントン政権は、キューバへの封印を解くことです。なぜならキューバへの締めつけは、キューバ国民に対する締めつけであるとともにラテンアメリカ全体に対する締めつけにもなってしまうからです。キューバへの封鎖は、ラテンアメリカ全体の不安定要因になってしまっています。アメリカ合衆国の共和党がこれまでどのようなイデオロギーでキューバ政策を進めようとしても、キューバの問題はキューバ人自身で解決していくことだったのです。いや、すでに解決されているのではないでしょうか。クリントン政権がキューバへの封鎖を解けば、ラテンアメリカの緊張は緩和されるし、アメリカ合衆国は自分の国の経済不況解決に集中して取り組むことができるようになるはずです。

キューバはこのような苛酷な経済封鎖の中にあっても社会福祉を保証し、食糧を確保してきました。たしかに現在のキューバは経済、政治の戦争の中で、彼ら自身が目指してきた経済政策を実行できずにいます。ラテンアメリカの国々は社会的な発展のモデルを生み出す道を閉ざされてしまったのです。しかし、現在は志半ばではあっても、キューバは国際世論を背景にして必ず自由になると思います。そうなったときにこそ、キューバは革命のかかげた政策をより進展させていくことができるでしょう。

それと強調しなければいけないのは、キューバがこの厳しい包囲の中にあって、自ら経済低迷の解決をめざして変革を遂げていることではないでしょうか。第一に外貨の受入れ、あるいは外国系企業との合弁事業に門戸を解放したこと。これまでの党中心の選挙制度を住民レベル、大衆レベルに置きかえつつあること（注・キューバは一党のままではあるが二月に総選挙を実施する）。

一連のこうした変革は、非常に根本的な姿勢を秘めていると言えるでしょう。危機の中にあっても、キューバは他のラテンアメリカ諸国には持ちえないすばらしいものを持っています。それはラテンアメリカの国々の連帯です。

わたしはキューバは厳しい現実に耐え、やがて非常事態以前の状態にまで必ず回復するものと考えます。そして再び発展への道を歩んでいくはずです。わたしはキューバを信じているのです」

――あるときは口ごもり、あるときは言葉を呑み込み、そしてまたあるときには聞き取りにくい、くぐもった声で激しく一気に語る。言葉は激しても、漆黒の瞳は静かな深みを失わない。鍛えられた精神の厚み――会見場での彼に抱いたわたしの印象だった。

かつてニカラグアはキューバに救われた。もちろん一切は冷酷なる政府によって謀られていると考えるべきであるかもしれない。しかし事実として、重病人が出ればキューバはいつも飛行機を差し向け、治療にあたった。留学生を引き受け、コントラとの戦いの渦中には医師と物資を運んだ。

危機にありながら決して「援助を」と求めず、アメリカ合衆国に妥協することなく、ひたすら非常事態を耐え抜こうとする盟友キューバ――。

ダニエル・オルテガは、留学生費用とラテンアメリカの民衆の連帯という小さな、しかし大統領の地位を去った現在の彼には、政治的にも重い負担となるだろう土産を届けにきたのだった。

飛行機はキューバ上空に入った。

遠くに見える海岸が、河口から流れ出た表土で赤土色に濁っている。平原のあちこちにポツポツと見える集落。その中に赤茶色に錆びた工場が点在している。煙突からは煙が出ていない。旧ソビエトへの経済依存率が八割にも届こうとしていたキューバ。旧ソビエトの崩壊、そして、アメリカ合衆国のトリセリ法成立。国の生産機能は最盛時の七割に減っている、と資料は伝えていた。

冷たい戦争――。兵糧攻めである。血は流れない。銃弾の恐怖に泣き叫ぶ民がいるわけでもない。家屋が破壊されるわけでもない。ただ、暮らしの中から食料が消え、電気を必要とする一切の工業生産物が失われていく。マイアミに亡命したキューバ人たちの亡命キューバ放送が、さまざまなスキャンダルを報じ、「偉大なるアメリカ」を喧伝し、さらなる亡命を促す。一月一日革命記念日を前にして、ハバナから五十七人の亡命者を乗せたキューバ航空機がマイアミに降りたった。機長とその家族を中心に八ヵ月をかけた亡命計画だったという。蟻地獄のように内側から生きる力が衰え、餓えの憤懣《ふんまん》は必ず指導体制へと向かっていくだろう。

たった百四十キロカリブ海を隔てた隣国がその日をじっと待っている。

ダニエル・オルテガは飛行機のタラップで静かに微笑み、手をさしのべて頷き、わたしに先を譲った。出迎えのキューバ政府関係者に囲まれてバスに乗り込む彼の表情を窓越しに、わたしは追った。
他の何物も入り込む余地のない、鋭い緊張が彼の視線を支配しはじめていた。
あの底力の秘めた深く静かな微笑みをもう一度見ることは、なかった。
知られざる戦場キューバ――。一九九三年一月十一日、わたしは到着した。

2

『老人と海』でノーベル文学賞を受賞したとき、作家アーネスト・ヘミングウェイは非公式に「これはキューバに与えられた賞です」と語ったという。ヘミングウェイは、ハバナ近郊のコヒマルに屋敷をかまえる前、今もそのたたずまいを残すオールドハバナのオテル・アンボス・ムンドスの五階を定宿とし、昼はカフェ、エル・プレンテに入り浸り、夜はバー、ラ・ボデギータやフロリディータを転々と飲み歩いていた。

ロサンジェルスから十四時間をかけてハバナに到着したわたしは、キューバ外務省の予約してくれていたかつてのアメリカン・マフィアの巣窟、オテル・カプリにチェックインした。そして、ホテルを訪ねてきた外務省の役人エウゲニオ・アルメイダ・ボスケから、これから十日間をともに行動する運転手のアルマンド・バスケス・アルメナレスと、通訳のパブロ・バスケス・アルミラを紹介される。

一般に社会主義国で外国人が取材するとき、政府の監視人がつくと言われている。他ならぬ運転手やアルメイダが監視人――と人は言う。外務省の車を使って、監視人やキューバ人の通訳つきの取材で、果たして誰が本当のことを語るだろうか？――と友人の進言もあった。社会主義国だけではなく、軍事国家、全体主義的な傾向の強い開発途上国のどこにもこの疑問はあてはまる。だが、ひとまず「わたしたちは見せる国と住む国の二つを持ってはいない。一つの国しか見せられないし、住んではない。キューバです」と語るアルメイダを信じることにしよう。わたしはキューバを暴きに来たのではない。

アルメイダは、五十二歳。一九五八年、十数人乗りの小さな船グランマ号に乗ってメキシコからキューバに上陸した八十二人の若き髭面の革命家の一人、現在の共産党の序列ナンバー四にある高官ファン・アルメイダの弟である。キューバの黒人特有のスリムな体、精悍な表情にひときわきつい視線が印象的だ。じっと睨まれると、なにかこちらが悪いことをしたような気になってしまう。

彼は外交官として旧ソビエトに二年、スウェーデンに六年、内戦の時期のアンゴラに二年、ザンビアとボツワナに合わせて三年ほど駐在した経験を持っている。

アルメイダの英語はカントリーをコントリと発音する耳慣れぬ代物だ。しかも、いつも何かを強調したいためか、一つの文章に形容詞と副詞がずらずら並ぶ。一方、わたしのそれは中学生程度。お互いに自分の意志を伝えるだけで精一杯である。言葉による直接の交流は、挨拶と

「あなたに会えて光栄だ」「あなたのためになれて嬉しい」「あなたは本当に素晴らしい友人だ」「ありがとう」といったものだけとなる。これでは会話に飽きるし、時とし疑心暗鬼になってしまうものだ。そこでパブロに通訳として働いてもらうこととなった。

しかし、「あなたに会えて光栄だ」といった英語の言葉と裏腹に、アルメイダにはしばしば官吏の威厳とやらが見え隠れする。なにかを頼むと、「パルフェクト！　わたしがすべてやっておく」とわたしには答えるが、その直後に必ずパブロやアルマンド、あるときには女性たちにその仕事を言いつけている。周囲の人々は黙ってその指示に従う。つまりは目立つところで恰好いい奴をやりたい、各国どこにもよくいるあのタイプなのだ。

到着して早々、わたしとアルメイダは取材の予定と費用について、最初はパブロ抜きで「コントリ」英語と中学生英語を使って相談した。わたしは取材をさせてもらった人に現場で手渡ししたい、とアメリカでボールペンや百円ガスライターを調達していた。どうしたらいいか、と彼に相談すると「外国人にもらうのはキューバ人の誇りを損ねる。僕が適当に必要な人に渡そう」と言う。だが、あっという間に彼の仲間である外務省の国際報道局のスタッフにすべて配っている。インタビュウさせてもらった人に、というわたしの流儀を理解してはもらえないようだ。おかげで、その後再びわたしは取材のお礼の品を外国人用マーケットで調達しなければいけない羽目となる。ま、「あなたに会えて嬉しい」式の会話に頼る交流から生まれるよくある誤解ではあったのかもしれない。

さらに——。

「普通の人たちとなるべく同じ時間を過ごしたい。車がないなら自転車で取材する」というわたしに、彼は「パルフェクト！」と言う。だが……。

彼曰く「キューバを知りたいなら世界最大のナイトショー劇場トロピカーナに行かなければいけない、バラデロのリゾート地を楽しまなければいけない」——遊び人でもあるらしい。いや、キューバを訪れる日本人の取材陣のほとんどがたどるコースなのかもしれない。しかし、それらを四人分で計算するとまたたくまに遊びの時間だけで六百ドルを越えてしまう。その楽しみの費用をわたしは持っていない。

日本人というだけで、どこの国の人々もふんだんに取材費を持っていると思い込んでいる。その固定観念をつくりあげたのは日本の大きな新聞社や放送局、出版社の方々だが、その後を歩くわたしは辛い。キューバ外務省の見積もりでは、わたし自身の必要経費の他に、車代、ガソリン代、運転手と彼、そして通訳と私の四人分の三食の食費を支払わなければならない。日本や欧米に比べれば非常に安い値段ではあるが、それでもわたしが予定していた予算の三倍である。

「キューバでは貧乏旅行は許されないの？」——とわたし。キューバ人が泊まっているような安いホテルに替わりたい、と申し出ると、このホテルが一番安全だ、となぜか譲らない。自分の準備していた取材費用との差があまりにも大きい驚きで呆然とするわたしを前に「僕とあなたは英語で十分じゃないか。通訳を雇わなければ安く済む」と提案してはくれるのだが、ホテルや食べ物、余暇の出費を切り詰めて、できるだけ人と話し、丁寧な取材をしたい、というわたしには「コントリ」英語では、半分も理解できないだろう。「それなら僕と運転手の食費は外務省で出すように交渉してあげよう」「支配人に交渉して安い部屋に替えてもらってあげよう」と計らってくれることになった。

途中から同席したパブロまでもわたしの窮状を察し、ホテルを替わったら？　とアルメイダに交渉する。アルメイダは頑として譲らない。とうとうパブロまでが「僕にとってもアルバイトみたいなものだから……。支払いについては彼らのいないところで個人的に話しましょう」――なぜ、このホテルでなければ駄目なのか、なぜ、働く人はすべて公務員という国で外国人相手にアルバイトが成立するのか――。勝手に裏を読みとって人間関係を壊す愚を避けなければいけない。まずは好意と信じてしまうこと――海外取材で言葉の交流が十分ではないとき、わたしが自らに課している姿勢だった。親切な人々、とわたしは素直に理解した。

彼らにとっては、取材費のないわたしのような風来坊は、つまらない相手だっただろうと思う。政府が外貨獲得のために観光事業を始めて以来、それまでは自由に入れたホテルやレストランが外国人だけの世界となった。しかもそこはドルだけが通用する世界である。一般のキューバ人がドルを持っていると、厳しい罰則を受ける。しかし、外国人と一緒であれば、キューバ人もそういった世界に自由に出入りできる。わたしは彼らにとって飽き飽きするような日常にしか興味がなく、彼らは、外国人なみの優雅な一日を過ごすという特権を行使できない。貧乏旅行の気ままな取材は先進資本主義国の贅沢、とそのときわたしは実感する。

ある日、わたしはヘミングウェイにならってハバナを歩き、彼ら三人に感謝をこめてラム酒、キューバ風に呼ぶならロンを奢ることにした。

オールドハバナをめざす。

カリブ海に臨んで広がる都市ハバナ。一五一八年、スペイン人は本国の城郭都市アビラをまねて都市を造成し、サンクリストバルと名付けた。しかしスペイン人に惨殺され、絶滅したインディオたちが呼んだ地名アバヴァネスクが時とともに口伝てに広がり、いつのまにかハバナという地名で呼ばれるようになる。ハバナから十数キロ離れたところには、今も虐殺の街という地名が残っている。

「永遠に、力強く……この島に沿ってしかも非情に流れ続けている……」——とフィデル・カストロの評したガルフ・ストリームの流れるメキシコ湾。海岸道路沿いに護岸のコンクリート壁が海と街とを隔てている。壁は夕暮れとともに恋人たちの戯れの場所となる。抱き合う二人が残照を背景にシルエットで浮かびあがる。ガルフ・ストリームの運ぶ風に少女の髪がゆれる。成熟した混血少女の肉体が、刻々と深みをます藍色の空と海に溶けこんでゆく。闇が訪れ、かすかな街明かりに浮かぶモロ要塞をはるかに望みつつ、約五百年慣習として鳴らし続けてきた九時の砲声を聞く。要塞の石門が開く、というときの音である。かつてのスペイン植民地時代、要塞は朝と夜の二度しかその扉が開かなかった。要塞の内側に通う人々は朝と夜の砲声を合図に門を出入りした。

十六世紀の路地と近代的なマイアミが混在する街並み。映画館ではオリバー・ストーン監督のハリウッド映画『ＪＦＫ』を上映していた。三十六人の駐在員のほとんどがＣＩＡのメンバーと噂されるアメリカ通商代表部のあるビルに向かって、海辺に大きな看板が立っている。そこには「我々は決してアメリカ合衆国を怖がらない！」というスローガン。

ハバナ湾を見下ろすように巨大な白亜のイエス像が立っている。バチスタ夫人が政権末期に建立したものだが、除幕式の日にハリケーンで頭部がもげてしまった。修復してもう一度式典を、という日は一九五九年一月一日。髭の若者たちがハバナに入城した日だったという。革命とは、さまざまに象徴的な逸話を生むものらしい。加えて言えば、アメリカのホテル王ヒルトンもハバナにホテルを建てた。しかし、そのホテルが完成した当日、やはり髭の若者が訪れた。その日からヒルトン・ホテルはオテル・リブレ（自由ホテル）と名が変わり、革命政府の拠点になった。オテル・リブレはわたしの泊まるオテル・カプリの斜め前に今もその威容を誇っている。これらの逸話が、海外から来る観光客に面白おかしく語られるのだろう。この国の革命はおおいなる観光資源となっている。

モロ要塞の付近には十六世紀の街並みがそのまま残っていた。アメリカ合衆国の脱退したユネスコは、街並み保存のプロジェクトを進めてきた。そのため、旧市街には車を入れることができない。十六世紀をそのまま満喫してもらおう、という粋なはからいでもあるらしい。車に乗ったアルメイダらと別れ、まずはやはりヘミングウェイの愛したモヒートを飲もう、とパブロと二人で旧市街に入る。

静かなたたずまいの石畳を歩くと、美しい陶器の壺が並ぶ店がある。壺には薬や茶がはいっている。木製のカウンターには天秤が置かれ、その傍らで茶を飲みながら老婆が店員と語らっている。ありし日々、人々は語らいを求めてこの店に集まった。薬と茶と語らい――病をなおすものがなんであるのか、かつての人はよくわかっていたではないか。

華奢な裸の子どもが「ガム？」と手を出す。通訳のパブロが追いはらう。

「この二、三年です。こういう子どもたちを街で見かけるようになったのは……」

ラ・ボデギータ・デル・メディオ（注・路地裏にある小さなレストランの意味）に入る。通りに面した小さなバーの壁には、これまでこの店を訪れたたくさんの有名人の写真が貼ってある。生産コンテストで優秀と認められた組合に与えられるキューバ国旗の横に、ヘミングウェイの自筆で「僕のモヒートはボデギータで／僕のダイキリはフロリディータで」と書いた板が貼ってある。

ラム酒の銘柄ハバナクラブ三年物にキューバの砂糖を溶かし込み、レモンをたっぷりしぼって、ミネラルウォーターで薄める。そこにミントの葉を入れる。あつぼったく丈夫そうにできた、素っ気ないグラスに口をつけようとした。「あ、駄目ね。モヒートはミントの葉が形をなくすまでこうして潰して飲む……ね」

香りだけでない。葉の雫の一滴までカクテルするようにプラスティック棒でコップの底のミントの葉を叩き潰す。叩きながら、飲む。

ほろ酔い気分のわたしたちは屋上のテーブルに腰掛け、豚の丸焼き、黒豆のスープ、赤飯、芋や揚げバナナといった田舎料理を食べた。

グリーンのコンタクトを入れ、鼻髭をはやしたパブロ。

パブロは、三十八歳。数少ないキューバ人の日本語通訳である。彼は観光旅行に来た日本人女性と結婚しており、アントニオ猪木議員がキューバで進めているリゾート開発のキューバ側スタッフでもある。パブロは高校生のときに日本語を学ぼう、と考えた。当時ハバナではたくさんの日本映画が上映されており、彼は日本に憧れた。キューバの大学入学の資格は厳しく、九〇点以上でなければ大学への進学が許されない、「八九・九点だった」というパブロは語学専門学校に入学した。できたばかりの日本語学科には三十人の学生がいたが、卒業したのは十五人だけ。現在も仕事に日本語を使っているのはそのうち七人だけだという。ほとんどが日本の商社などで働いている。

「僕は日本とメキシコに行って、やっぱりキューバがいいって考えるようになりました。キューバにはメキシコみたいに物乞いがいません。スラムもありません。うちのミキちゃんが日本で病気になったとき、お金を払えるかどうか心配でした。でも、キューバではお金の心配なく医者に行けます……」

ギターを抱えた男たちがトリオで音楽を奏でてくれる。

「グアンタナメーラ（グアンタナモ娘）」という歌だった。スペインの植民地時代、若くして独立運動に加わり革命党を創立し、敵弾に倒れたキューバ革命の指導者ホセ・マルティの詩である。生きている人間の肖像を宣伝しない、という法律によりキューバではフィデルの肖像画や写真は個人の部屋にしか見られない。キューバ革命の象徴として街角で見るのはチェ・ゲバラとともにこのホセ・マルティの肖像である。

ほんとに可愛いグアンタナモの娘たちよ
俺はヤシの木の繁るところでうまれたまっとうな男さ
俺が死ぬ前に　魂の叫びを空に放ちたい
俺が死んだって　裏切り者のように闇に葬らないでほしい
俺は誇り高きまっとうな男　太陽に顔を向けて死んでいきたいんだ
田舎の可愛いグアンタナモの娘たちよ

「キューバのグアンタナモ州には今もカリブ海で一番巨大なアメリカ軍の基地があるって知っ

てますか？　この歌は、ホセ・マルティがスペインに抗して書いた詩を使って、その基地に抵抗しようと作曲されたんです」

革命後、キューバ政府はかつての沖縄と同じように基地返還を要求した。しかし、基地は当然のごとくそこにあり続けた。革命政府が旧ソビエトと接近し、アメリカ合衆国の意にそわないがゆえに無視されているのである。本当の意味で無視されればまだいい。言うことを聞くまでは経済封鎖をする、と脅し、それを実行し、さらに締めつけが強まっている。「お前たちの自由にはさせない、お前たちの運命を俺が握っていることを認めるまでは」――つまりのところ、アメリカ合衆国はそう啖呵をきっているのだ。キューバ革命は体内に爆弾を呑み込んだまま出発したといえる。

美しいメロディだった。たぶん、日本人の誰もが、ああ、とうなずく有名な曲である。中南米全域にこの歌はまたたくまに広がり、口ずさまれる歌となった。

――店内にいる混血の娘たちが大声で合唱し、大きく丸いお尻を左右にふる。やがてこらえきれず踵でリズムをとり、爪先で踊りだす。

中年の男が共産党機関紙『グランマ』を売りに来る。

「女房が青年部の集会で忙しくてね」というアルメイダ。途中、公用車で子どもを小学校に迎えに行き、子連れでフロリディータに合流する。

フロリディータ――元の店内はラ・ピーニャ・デ・プラタ（銀の松）という美しい名であった。一八九八年、スペインに対して独立闘争を戦っていたキューバに、アメリカが最初に軍事介入したとき、フロリダ娘という現在の名前に変わった。

この店が開店した一八二〇年は、また氷の時代の始まりでもあった。キューバへの最初の氷は一八一〇年にボストンから届いている。ヘミングウェイの愛したダイキリとは、シャーベット状の砂糖入りラム酒と考えればよい。

ヘミングウェイは、毎日のように魔法瓶を持ってバーのカウンターの左端に座り、砂糖抜きのダイキリ・ワイルドを詰めて帰っていった。

彼が来ると必ず座った椅子には今も誰も座ることは許されない。その左の壁にはヘミングウェイの胸像がかかっており、「ノーベル文学賞受賞者にしてわれらの友人アーネスト・ヘミングウェイに」という文字盤が貼ってある。

広々とした空間に高い天井。何千人もの人が座ったであろう木のカウンター。わたしはまず、ダイキリを注文する。年老いたバーテンがシェーカーを軽やかに振って、妙技を披露してくれた。細かく砕いた氷にロンと砂糖が微妙に絡まる。グラスに真っ白な雪が積もったように見える。

三人のキューバ男たちはハバナクラブ七年物のロン・ストレートである。キューバのロンは、プエルトリコやドミニカのそれとちがって合成アルコールを使わず、自然にまかせて造っていると聞く。「近年、二十五年物のハバナクラブが登場した」とパブロが言う。一本百二十五ドルもするが、なかなか手にはいらない。政府関係の賓客への土産になっているんじゃないか、と聞く。ちなみに七年物のハバナクラブは五ドル五十セントである。

さて、アルメイダである。

彼はいつもなにかに苛立っているように、ひっきりなしに煙草を吸っている。

この男は言わばマッチョなのだろう。男らしくあろうとする男なのだ。わたしが車を乗り降りするたびに助手席を降りてドアを開け、取材に走りまわるわたしの荷物をうやうやしく持ってくれる――。

「僕は女に指示されるのは嫌いだけどあなたは僕たちのリーダーだからね。あなたは僕が知る日本人の中で一番の日本人だ。あなたの言うとおり、僕はなんでもするつもりだ」

だが、取材先で女性と出会えば、誰にも同じように褒めたたえ、蝶よ花よと持ち上げている。ラテン男の典型なのだ。女を喜ばせるコツは、天性のものらしい。

酒は強いのか弱いのか……。杯を重ねるにしたがってアルメイダの視線は妖しくなり、饒舌《じょうぜつ》になっていく。

アルメイダは四回、運転手のアルマンドは五回の結婚をしている。しかもアルメイダの現在の妻は二十七歳。彼の兄もまた、二〇代の若い女性と何度目かの結婚をしている。聞くところによればゲバラは四回の結婚。フィデルも最初の妻と離婚して以来何人もの女性と愛人関係にあった。それとなくアルメイダに女性観を聞いた。

アルメイダ曰く——。

「キューバでは女性も経済力がある。だから四、五回の結婚は普通なんだ。未婚だって安心して子どもを育てられる。だから愛に忠実なのさ。女は母親になると女じゃなくなる。それがいやなんだね。カズコ、一人旅なんて不自然だ。あなたも帰るまでに一度でいいからキューバの男性と愛し合ってほしい。最高の国だってわかってもらえると思うよ」

隣で彼の子どもが無心にハンバーガーとコカ・コーラを頬張っている。「給料の高い方が家事をやればいい」というのが、彼の家族論である。ときに子どもを抱きしめ、頬にキスをし、語り、ロンを味わい、再び子どもを膝に抱く。

わたしも彼らにならって七年物のロンに進んだ。

「僕は五番目の結婚相手にあなたのような日本人を選ぶよ」

「六番目がすぐ登場しそうで怖いから遠慮しておく——」とわたし。

彼の目はいよいよねばっこいほどの妖気を放ち、異様に輝きだしていた。だが、見つめられると「ゴメンナサイ」という心境になってしまうのはなぜだろうか。

彼の話は、必ず革命につながる。艶笑話もいつのまにか革命の話に変わっていった。「役目柄、あまり僕が話しすぎるのはよくないんだけれどね」と何度もことわりながら、それでも根っからの議論好きらしい。

「キューバの革命は、社会主義者である前にキューバ人たれ、キューバのことを考えよ、というのが基本だってことだ。僕たちの革命は三つのルールを持っている。まず革命家は言葉で考えるのではなく行動で示せってこと。二番目は現実から理論を生み出せってこと。そして三番目は、常に最高最大のものをさがすってことだ。しかも、これらを敵が喜んでいる中から発見し、考えていくのがキューバ的なる考え方っていえるだろうね」

曰く――。

「キューバの共産主義はマルクス、エンゲルスではない。マルティ、チェ、フィデル自身、初期には共産主義を語らなかっただろう？　彼ら自身がモデルだったってことさ。キューバ人は過去の言葉ではなく、現実のリーダーに学ぶんだ。よきリーダーの条件？　よく食べ、眠り、疲れ、そして喜び、悲しむ人っていうことだろうね。まず家族が食べること、そして家族が着るもの、眠る場所を考えなければいけない。人間らしくあるってことさ。政策や革命はその条件が揃った後にようやく考えるべきことなんだ。僕たちの敵アメリカ合衆国を見てごらん。あんな技術と経済力を持っているのに彼らはキューバを攻められないだろう？　キューバがいったい何を求めて、何をやろうとして生きているのかを知っているからなんだ。ニカラグアやペルー、チリは倒れてもキューバは倒れない。僕たちは現実の人生を楽しく生きて、そのうえで三つのルールを守り、革命を続けていっているんだ。アメリカ合衆国が『キューバには人権がない』と喜べば、僕たちはその批判を受けて改善していく。今、アメリカ合衆国は僕たちが飢えていくのを喜んでいる。そこから学べってことさ。ホセ・マルティは愛人と仲間と敵の三者に薔薇の花を贈れ、という。敵が喜ぶことの中から彼は何かをつかもうとしたんだ。アメリカ合衆国が喜べばそれだけキューバは何かを考えるってこと、だから僕はレーガンとブッシュに薔薇の花を贈りたいね。彼らの喜びはキューバの喜びだってことさ」

――曰く。

「カズコ、あなたがいい原稿を書く、それが僕の仕事の成績になる。パブロ、君の役目は大切だ。君がいい通訳をしたかどうかで、僕の評価が決まってしまうんだからね」

ギターとマラカスのトリオが歌いだした。三人とも六十歳を越えているだろうか。わたしは「キューバで一番ロマンティックな恋の歌」とリクエストした。パブロがどう通訳したのかわからない。三人の選んだ歌は「チェ・ゲバラにささぐ歌」だった。甘く流れるようなメロディだ。写真で見たチェ・ゲバラのシャイで甘く悪戯っこのような目を思いおこす。この国では革命歌までが恋歌となる。

わたしはすっかりロンと革命の虜になってしまったようだ。

「旧ソビエトについてどう思っているの?」

「ソビエトが援助してくれていたことに感謝している、それだけさ」

歌が終わったとき、寡黙な運転手アルマンドがわたしの耳元で囁いた。

「私はアンゴラに義勇軍として三年、従軍した。アンゴラの独立に共感したから志願したんだ。しかし、今アンゴラもエチオピアもキューバと別の道を歩きはじめている」

彼の言葉は、トリオが次に歌ったあの歌「グアンタナメーラ」にかき消されていった。キューバの人々は「グアンタナメーラ」の替え歌をチャチャチャのリズムにのせてフロリディータの常連パパ・ヘミングウェイに捧げたという。

七年物のロンは、なめらかに舌先に溶け、体の隅々までやわらかくほぐしてゆく。わたしたち四人は「グアンタナメーラ」を口ずさみながらフロリディータをあとにした。

3

アルメイダが値切ってくれたオテル・カプリの部屋は八階だった。約十ドルをけちったために、わたしは平等を標榜する社会主義国家にあるまじき？冷酷な格差を味わわされることとなる。最初に決まっていた十五階の部屋は、海外からの観光客用に清潔で、設備も整備されていた。だが八階は、絨毯も壁も崩れおちんばかりに古く、シャワー設備も壊れ、バスルームの壁に無粋に突き出ている水道管の水もチョロチョロとしか流れない。たまにお湯が出ても左右の水流の水温が極端にちがって混じりあわない。やむをえず水シャワーに戻る。お湯など望むべくも……あ、いや、これは後になって計画経済の厳しい掟、と判明した。フィデル・カストロ議長の故郷であるスペインのカナリア諸島から訪れた「キューバ革命を支持する人々の訪問団」

が泊まった数日間は、たっぷりと水とお湯が出た。この国は合理的な収支計算にもとづく分配の法則で配給量を決めているにちがいない。うむ——？

わたし一人のために八階全体に一日中給湯するのは、たしかに間尺《ましゃく》に合わない。しかも彼らにしてみれば、わたしは革命を支持するかどうかも定かでない。政治的効果は極めて低い、と彼らは判断しているにちがいない（その判断は極めて正しい）——が。なにしろ、この国は重要な外国人訪問者のすべてを調べ、効果的利用法なるマニュアルを作る、と教えてくれた人もいるほどなのだから。

十ドルの値切りをなによりも後悔したのは毎夜のゴキブリとの戦いだった。キューバのゴキブリは三十三年間、人間に苛められていなかったのだろうか？　じつに人なつこい。人にすり寄ってくる習性がある!?　……？　追っても払ってもわたしの枕元に這い上がってくる。好物なのだろう。夜中にバスルームを開けると、練り歯磨きのチュウブの蓋に群がっている。化粧バッグを徘徊し、カメラを包んだネルをねぐらと定めたゴキブリの親子？もいた。床に広げたスーツケースにしまってあるわたしの洋服の住み心地がいいらしい。毎朝毎晩、わたしは洋服をはたき、歯磨きをビニールの袋に詰め、壁とベッドを離して彼らの進路を絶つ労働に従事しなければならなかった。

おかげでわたしは、洋服の間に居すわった二匹のゴキブリを検疫を受けもせず、メキシコシティにまで運んでしまった。

だが――。

すさまじい騒音をたてるものの旧ソビエト製クーラーはいつでも動くし、停電もしない。半ロールしか与えられないがトイレットペーパーは常備してある。泡だちは悪いがバスルームには二個の石鹸が絶えない。クリーニング用のポリ袋も靴磨き用の紙ナプキンもある。市内電話は無料、モーニングコールを忘れられることもない。他のラテンアメリカ諸国、いやアメリカ合衆国のようにお金を誤魔化される心配は皆無である。部屋のテレビは毎朝、キューバ革命がいかに乳児死亡率を減らしたか、病院を造ってきたか、教育水準を上げて識字教育を徹底してきたか、という成果を宣伝するものの、メキシコのニュースも流すし、英語で観光客用のリゾート地案内や音楽などの特別番組、『ジョン・レノン』のドキュメントなどアメリカ映画や英語字幕の入ったブラジル映画も見せてくれる。

外務省の車は旧ソビエトのボルガ八八年製。極端にガソリンを食いはするが、故障もなく、ベテランの運転手つきで瞬時に、どこにでも走ってくれる。道路は広く、舗装は戦車も走れるほど完璧だ。交通渋滞はない。だから、空気はオゾンに満ちている。

六十ドルで支給された取材許可証があれば、何かあっても外務省が助けてくれる（とアルメイダは言っていた）。トラブルになることはない。

外国人向けレストランやホテルではロン（ラム酒の愛称）やビール、肉、伊勢海老、シーフード、フルーツにアイスクリームと豪華絢爛。値段も日本の半分。野菜が極端に少なく、たまのトマトも青いままではあるが、シェフは盛りつけを工夫して変化をつけている。卵が日に日に小さくなる、ベーコンも脂肪ばかり、パンにバターの風味と艶がなくなる、ミルクは粉ミルクといった多少の不満が否めないが、毎朝、わたしはホテルの朝食を満喫した。

男性であれば、ホテル前に一日人待ち顔で立つ、ミニスカートに厚化粧のグラマーなヒネテーラ（注・観光客の同伴役を務める女性、もちろん法律的には違反）を同伴して南国のひときを楽しめるだろうし、女性だってヒネテーロにつかの間の恋を夢見ることも不可能ではない。ディスコでは朝まで生バンドのアメリカンロックを踊り、豊満ではじけそうな肉体の混血娘たちの世界一のショーに陶酔する。

つい最近、キューバの死活をかけて外資との合併で建設したバラデロのリゾートホテルに行けば、カリブの海と太陽、トロピカルな料理、そして豪華な寝室。スポーツフィッシングで汗を流したり、プールサイドでトップレスになり、のんびりと安らぐこともできる。夜は、旧デュポン家の邸宅を改造したレストランで舌鼓を打つ。

十ドルをけちらなければ、外国人であるかぎり、リッチで清潔なホテルはいくらでもある。とにかくオテル・カプリも十五階にはゴキブリはいないわけで、海外から来た外国人観光客は、キューバが非常事態の国とほとんど気づかずに帰っていくこととなる。

十六世紀のスペインとアフリカの土の臭い、物量の都マイアミの快楽と邪悪、そして社会主義革命による正義と進歩の確信の日々が微妙な配合でブレンドされた国キューバ。中でも時間という研磨剤で磨かれた麗しき熱帯の都ハバナは圧巻である。観光客の誰に聞いても「ハバナが好き、必ずまた来る」と答える。

しかし時を待たずして、わたしはこの地におけるこうした外国人のワンダーランドが、一般のキューバ人は決して入れない場所であり、じつは彼らが外資獲得、という国家目標のために我慢に我慢を重ねながら維持していた世界、と知るのである。

じつに申し訳ない旅を、わたしはしたものだった。

キューバには三世まで入れると七百八人の日系人がいる。多くは沖縄、広島、熊本、新潟の出身者だが、一世はすでに四十九人しか残っていない。わたしは数少ないハバナ在住の日系人一世の一人、内藤五郎さんを訪ねた。

内藤さんは八十四歳、広島県の出身である。今から六十五年前の昭和初期に、叔父の呼び寄せ移民としてこの地に来た。彼は現在、カネティーヨ地区で白内障を患う妻のルイサ・ロペス・ベレスさんと一人息子マリオ・ナイトウ・ロペスさん、そして妻の妹、その娘夫婦と子どもという七人の大世帯で一軒の家に暮らしている。この家はルイサさんの実家であったために革命後も没収されなかった。内藤さんはすでに五十年ちかくをこの地域で過ごしてきたことになる。

革命前のカスティーヨ地域は、市場で働く日雇い人夫らの集まるスラムであった。内藤さんの家の隣には、伍長時代のバチスタ（注・フィデルの革命前の親米政権の大統領で、腐敗の象徴として語り継がれている）が最初の妻を娶るまで友人と二人で下宿した粗末なアパートがそのまま残っている。庶民的な街らしく、深夜までたくさんの子どもたちが遊んでいた。近所同士でお喋りする大きな声があちこちから聞こえてくる。

路地に面した木戸を開けると、内藤さんの家は鰻の寝床のように奥へ長い。四畳半から六畳ほどの寝室が四室、玄関口の居間、台所、バスルームがコンクリート敷の小さな廊下に面してずらりと一列に並んでいる。元々は三つの寝室しかなかったが、玄関口のスペースをベニヤで仕切り、一方を姪一家の寝室、もう一方を居間として使っている。その奥に、やはりコンクリート敷の中庭がある。

窓はなく、廊下脇の中庭からの採光に頼っているため、部屋は暗い。わたしと話す間、明かりが必要だ、と内藤さんは通りに面した木戸を開けた。外国人が珍しいのだろう。近所の子どもたちが何度も覗きに来る。

内藤さんは、多くの日本人と同じように青年の島で農民としてピーマンの栽培をてがけた。この島は学生時代のフィデルがモンガダ兵営を襲撃して投獄され「歴史は私に勝利を与えるだろう」と自ら弁護して裁判に勝ったという逸話で有名である。革命後、北朝鮮やニカラグア、エチオピア、アンゴラなどの留学生が集う島となったためにこの名前がついた。島では現在も、日本人移民が農業を営んでいる。

都会が好きな内藤さんは、バネスという地方都市に移り、造園業を始める。だが、バネスにも留まらず内藤さんはさらに首都をめざし、ハバナに移る。彼は活気溢れるカスティーヨの中央市場にたどりついた。

内藤さんは市場で水や瓜の売り子となった。しばらくして資金が溜まると、彼は市場でコーヒーショップとバーを開店した。ルイサさんと出会ったのはこのころである。彼女は現在の家で学習塾を開いていたという。

商売が軌道にのりはじめたころ、太平洋戦争となる。敵国人として、三百四十一人の日系一世と九人の二世が青年の島にある監獄に収容された。面会は妻と親子兄弟しか許されない。ルイサさんは、妻と名乗りハバナから一昼夜かけて一度だけ、青年の島に行った。面会は監視人が見張っている所でたったの十五分。三年間の収容所生活で、内藤さんが面会できたのは五人だけだった。

一九四五年、日本の敗戦。収容所を出た内藤さんはハバナに戻った。ハバナ駅に降りたとき、故郷広島が原爆によって壊滅したというニュースを知った。

帰る故郷がなくなったのである。

そして、ルイサさんと結婚。ルイサさんの実家である現在の家を買いとった。以前と同じように市場でコーヒーショップとバーを営んだ。そして一九五九年の革命である。

革命後三年たったある日、店は国家のものとして革命政権に没収された。正確に言えば国に売った、ということだろう。千四百ドル（注・キューバ政府側の公式の交換レートでは一ドルは一ペソ。闇値ははるかにドルが高くなる）という買値が申し渡された。家は、持ち家であったために没収されず、それまでどおり住むことが認められた。

革命後、キューバ政府はハバナ郊外に巨大な労働者住宅を建てたが、内藤さんのように数世代同居という例も多い。ハバナの離婚率が高いのはこうした住宅事情のせい、と断言する若者もいる。

革命政権は旧ソビエト崩壊まで工業化路線をとっていた。教育費が無料なので、政権の意向をくんで若者たちは医師や技術者、教師、芸術家となった。農村の老人の生活保障も進んだ。多くの若者が農村を離れ、都市に集中したのである。

わたしが車窓にとらえたハバナ郊外のアラマル住宅地は高層アパートが何十棟と建ち並び、さながら高島平や光ヶ丘、千里のような巨大な団地である。この団地は一九七〇年に完成し、約三万人が住んでいる。一ＤＫから三ＤＫの家が並んでいるのだが、その配分は各単産における就業成績によって決められる。勤務評定は、単産指導者の申請にもとづいて国家によってなされる。これらの住宅は、給料の一割を二十五年間支払えば持ち家になるというシステムになっている。

アラマル団地は社会主義国の新興集合住宅地の公式どおり、サテライト町として計画されており、映画館や工場といった生産から居住、娯楽までのすべてが整っている。

ハバナに通う人々はバス代が一回十センターボ（注・一センターボは、ペソの十分の一。この国の四〇パーセントを占める労働者の最低給料は二百ペソから三百ペソ）、指定席をとるには四十センターボを払えばよい。

革命後の福祉政策は徹底していた。教育費、医療費、冠婚葬祭費はすべて無料。生活の必需品や公共料金は無料に近い値段に下がった。ガスは一人九十センターボ、電話は一ヵ月九ペソ、水道は一人三立方メートルまで無料だった。文化、スポーツ設備の拡充が国中で進められた。結果として、GNPが先進七ヵ国の十分の一に満たないにもかかわらず、キューバの一人当たりの医師と小学校教師の数は、先進七ヵ国を上回った。識字率は百パーセントに届く勢いであり、乳児死亡率は千人中十・七人、平均寿命は七十五歳。これらの数字はラテンアメリカの中では群を抜いており、アメリカ合衆国とほぼ同じか、上回っている（注・日本の乳児死亡率は千人中四人程度。統計には出ていないが、キューバも日本も堕胎の数が多いと巷間で語られつづけている。このことは、日本の資本主義、キューバの社会主義における女性の問題を考えるうえで記憶しておかなければならない）。

さて、内藤五郎さんの革命後の暮らしはどうなっただろうか。

革命政権が樹立して以後、内藤さんは日本から来たマグロ漁の技術指導者八十人が進める漁業開発事業のリーダーという公務員職についた。キューバの日系人の多くは、日本と現政権の架け橋として外交や通訳、コーディネーターの任を果たしている。

ルイサさんは野菜の配給所の売り子となった。戦後に生まれた長男のマリオさんは、現在は文化省に勤め、科学や物理などの教科書の編集を担当している。マリオさんは幼いときから映画が大好きで、ありとあらゆる映画を見ており、キューバで開かれる映画コンクールの選者になったり、仕事とは別にキューバの雑誌などに定期的に映画批評も書いている。彼が見る映画は、ハリウッドから西欧、東欧、アジアを問わない。見てはいけない映画、というような規制、統制はなかった、と言う。

キューバと旧ソビエトの関係が深まっていくにつれて、マグロ漁の技術指導の現場にもソビエト人の指導者が増えていった。内藤さんは自らリタイアを決める一九七六年、七十歳になるまで、十四年間働き続けた。

内藤さんのようにリタイアした老人には、働いていた最盛期の給料の半額が生涯年金として毎月支給される。現在、内藤さんは百十ペソ、ルイサさんは七十ペソを国から受け取っている。四十歳のマリオさんの給料は月三百三十ペソである。

旧ソビエトの崩壊は、キューバの人々の暮らしを直撃した。一時は数万人を超えた旧ソビエト人の姿がハバナの街からすっかり消えてしまった。

内藤さんの生活も例外ではない。まず最初に停電が多くなり、石油ランプを使う回数が増えた。以前は二十七ペソ分の電気を毎月使っていた。しかし、二年前から電気の使用量に制限がついた。規定以上の電気を使ったことが判明すると、第一回目は三日の停電、二回目が発覚すると一ヵ月の停電というペナルティが課せられる。使用制限の上限は月十七ペソである。内藤さんの家庭では、冷蔵庫と電灯、そして息子さんのビデオ以外、極力電気を使わないようにしているが、どうしても一ヵ月二十ペソを越えてしまう。だが、この程度の違反は政府も見て見ぬふりをしているようだ。現在のところ、内藤さんはペナルティの処分を受けてはいない。

何よりも困るのは食料の配給が極端に減ったことだ。配給といっても代金を支払うのだが、一人当たりの分量が決められているということだ。米は一ヵ月一人六ポンド、豆が一ヵ月一人三ポンド、卵は一週間に一人二個、肉は大豆の混ざったひき肉が時々、牛乳は七歳以下の子どものみに時々一リットル。内藤さんは過去二年間、牛肉とカボチャを見ていない。豚肉は一年前に食べたのが最後。石鹼は一歳以下の子どものみ一ヵ月一個、トイレットペーパーは、それまでも不足気味ではあったものの、二年前から一切配給に回ってこなくなった。キューバの名産である煙草は不定期ではあるが、数週間に一箱。ラム酒はほとんど配給では手にはいらず、たまにエチルアルコールとしか呼べない代物を瓶持参で買わなければならない。衣類にいたっては、店に行っても在庫がない。内藤さんは二年以上も新しい下着や服を買っていない。お金はあったとしても買うものがないのである。

毎年、正月は革命記念日でもあり、かなりの物資が配給になる。以前は一人一ポンドの豚肉が配給されたが、今年は一家族に豚肉の缶詰一個、牛肉の缶詰二個、米とトマトペーストだけだった。

さらに不安をかきたてたのは、マリオさんの就労時間の短縮である。以前はどこの会社でも昼食が支給されていた。現在は昼食がカットされ、最盛期の三分の一に減った。また公共バスの運転事情が悪くなっているために、午後三時には帰宅してくる。

旧ソビエトに依存していた紙がなくなったからである。教科書だけでなく、街の本屋にも新しい本が並ばない。ちなみに、革命後のキューバでは出版総数が非常に多く、国際出版協会とは関係を断っていたために版権料を無視して世界各国の本が安く、手にはいっていた。

紙の不足は、新聞や雑誌にも影響をおよぼした。共産党の機関紙『グランマ』の他、労働組合、青年同盟、軍、そして十四の州がそれぞれ日刊新聞を発行していた。州発行の新聞は週刊発行となり、大きさもタブロイド判へと縮小された。唯一の月刊雑誌となった『ボヘミア』誌もページが減り、季刊誌となっている。発行部数が減ったために、キオスクで新聞や雑誌を買おう、と並ぶ群衆が街角のあちこちで見られる。

政府側の情報量が極端に減ったのをあざ笑うかのように、亡命キューバ人によるマイアミからの短波放送や海賊版のアンテナを使って密かに受信するCNNだけは、絶え間なく豊かな量の情報を送ってくる。

マリオさんにかぎらずあちこちの工場でも、電力不足と食事の支給が難しくなり、ガソリン不足による交通事情も考慮して労働時間は極端に減っている。また、いくつかの工場では空き地に野菜を栽培したり、労働者が農村へボランティアに行きはじめた。フィデルは自ら抜き打ちで各地を精力的にまわっている、という。各地で、フィデルに会って話したという人々に会う。農村に戻ろう、というフィデルの呼びかけで故郷に帰っていく若者がいる。

ルイサさんの白内障の薬や内藤さん自身の糖尿病の薬も遠からず底をつくだろう。わたしが訪問したベトナム・ヒロイコ幼稚園では、以前薬品が完備していたという棚に、空の瓶が並んでいた。しかし、別の日に訪れたウィリアム・ソレル小児病院では、薬は供給されていた。重病人を扱う地域ごとの病院に薬を集中して供給していると考えられる。乳児死亡率が千人中十人という先進国北米なみの高医療国家の生活から薬が消えてしまった。指令があって四十分後には全国の子どもたちに予防接種が瞬時に完了するというシステムが完成して以来、百パーセントに近いと言われる子どもたちの予防接種はいつまで確保できるのか。

内藤さんはこの一年で約七キロも体重が減った。食料のために中庭で鶏と兎を飼いはじめている。

わたしも何十年ぶりかで新聞紙をトイレットペーパーとして使う体験をさせていただいた。新聞紙は日本大使館や商社から回ってくる日本の新聞だった。

何もはいっていない冷蔵庫から、コップに半分のジュースをとり出し、「どうぞ、これしかないけど」とわたしに手渡す。内藤さんは大事そうにしまってあった書類の束から、かつてハバナの日本庭園完成式典の席でフィデルと並んでとった写真を見せながら呟いた。

「ドミニカから日系人の移民が来てね、トイレットペーパーを土産に持ってきてくれましたよ。

ハムやチーズ、そして洗濯石鹸やコーヒー。――彼らだって貧しいでしょうに、私は幸福だってつくづく感謝しましたよ」
「外国人と関係のある人しか物資が手に入りません。闇に手を出せば別でしょうけどね。皆必死で外国人マーケットに入る手だてをさがしてますよ。だってあなた、外国人マーケットと仕切り一枚隔てただけのキューバ人用マーケットには何もないんですから」

ある配給所を訪ねた。店の棚には紙袋に入った食料が数えるほどしか並んでいない。店の前のブーゲンビリアの木陰に老女たちが五人並んで立っていた。デイスさん（五十九歳）は砂糖と豆の配給を待ってもう一時間も立ったままだという。彼女は十二月から二ヵ月も肉を口にしていない。正月に鶏肉が半分、支給されただけだ。

配給があっても、配給所では働いている人が優先され、老人や主婦は後回しになる。一日三時間から四時間を配給所で待つ日々。だが、働いている人にしても国家的な事業以外は食料の配給に同じような制限を受けている。プライベイトな車の使用も難しい。ガソリンがないからである。ガソリンは外交官、外国人観光客、運輸部門の公用車、各単産、政府関係の車に限って配給されている。労働者も中国から輸入した五十万台の自転車を数時間こいで職場に行く。
「自転車に注意」という交通標識が数百メートルおきに立っている国はキューバくらいなものではないだろうか。自転車のない人は数時間、バスを待つ。

ある人は、決して名前を書かないで、と前置きして次のように呟いた。

「軍人たちはふんだんに食べているわ。このままじゃ生きていけない。アメリカの封鎖っていうけれど、毎日毎日何も食べられなければどうしようもない。フィデルは何を考えているのかしら。いったいいつまで耐えればいいの？　一刻も早くなんとかしてほしい」

その日は、午後に煙草が入荷するというニュースがあった。マリアさん（六十歳）は八十九歳の父親が煙草がないと苛々して、毎日大変な騒ぎだ、と嘆く。煙草の配給の日は、三時間から四時間の行列を覚悟しなければならない。

だが……。

彼女たちは、それでも口々に言う。

「フィデルも頑張っているのよ。彼は二十四時間働いている。だからアメリカの封鎖が終わるまでは頑張るしかないじゃないの。昔に戻るのだけはいやだからねえ」

「キューバ人はキューバを守るために死にます」

このとき、アルメイダは傍らにはいなかった。彼らの本音だろう、と思う。

キューバの政府は何を考えているのか？　かつての他の社会主義国と比較して非常に少ない道路脇の看板や、工場の壁に書かれたスローガンをいくつか並べてみよう。
・キューバの革命と社会主義のおかげで今日がある
・日々、あなたはキューバ人になっていく

・今こそ革命を語るときだ
・ゲバラのようになろう
・我々は未来を信じる／我々は歴史を信じる
・我々は永遠にキューバに住む／この土地は百パーセントキューバ人のものだ
・大きな声で「革命！」と叫ぼう
・何でも作れるし、何でも手にいれることができる――今こそこういう国にしよう
・信じよう！　キューバを！
・キューバなれこそ！　キューバとともに

一九五九年革命直後の第二ハバナ宣言以来、フィデルの演説は「祖国か死か！　我々は勝利する！」という言葉で締めくくられていた。

旧ソビエト崩壊後、二年前からこのあとに「社会主義か死か！」という問いかけとも突きつけとも言えぬ決意表明がさらに加わったのである。

終末——ウクライナ

お金のある日本のＰＫＯを考えるときに、すこし話題の種にでもしてもらえたら、と今回はキューバの医療活動を通じた援助を報告する。いろいろな政治の問題についてはいずれ報告する機会があると思う。だが、豊かな日本人とちがって、キューバ人自身の暮らしが逼迫している、薬も食料も満足でない、その現実を前提にして今回の報告は読んでほしい。

キューバがチェルノブイリの子どもたち一万人とブラジルの放射能汚染の患者三十六人の治療を無料で引き受ける、と発表したのはチェルノブイリ事故から五年たった一九九一年春だった。あれから二年あまり、キューバで治療を受けた子どもたちは一万七百人にものぼり、今後さらに一万人を治療するつもりだ、と聞いた。革命後、それまで千人中六十人だった乳児死亡率を十人にまで減らしてきた医療活動の実績を輸出しよう、とキューバは考えたのである。

キューバの首都ハバナから約三十キロの海岸にタララという町がある。植民地時代にスペイン人に虐殺され、今は一人も残っていない原住民が、遠いところにいる仲間を呼ぶときに使っていた暗号のような「ターラーラー」というひびきからこの名前がついたという。

かつてタララは大富豪やアメリカ人たちの別荘地だった。大きな赤瓦の屋根、真っ白いしっくい壁の豪華な家が海辺に並んでいる。しかし三十三年前のフィデルらによる革命以後、豪華な別荘は国有となり、タララの別荘地はキューバの子どもたちの全国組織ピオネールのキャンプ場となった。今では子どもたちなら誰もがこの別荘地を使える。

タララで、わたしはウクライナ共和国から来ているたくさんの子どもたちに出会った。チェルノブイリ原子力発電所事故の後遺症で、全身の力が抜け、微熱が続き、だるくすぐに疲れてしまうために普通の体育の授業も受けられない、という青白い顔色をした子どもたち。甲状腺肥大のために喉がはれている子どもたち。事故で放射能を被曝したり、その後の治療など何らかの理由で髪が一本残らず抜けてしまったり、皮膚の色素がなくなってしまった子どもたち。

タララの海岸を歩いていたわたしは、大声をあげて水遊びをしているウクライナの子どもたちの中に、一人の少年を見つけた。母親に抱かれたまま泳ぐまねごとをして波間に浮いているその少年は、とりわけひ弱そうにみえた。

アレクサンドル・シェフスク、十一歳である。親しい人はサーシャと呼ぶ。彼は一ヵ月前に幼稚園の保母をしている母親に連れられてタララにやってきたばかりだ。

サーシャはチェルノブイリから約六百キロメートル離れたビンニッツァというところから来た。そんなに遠いところに原子力発電所事故の影響が？　とわたしは疑った。サーシャは生まれたときからとてもひ弱だった。加えて大気汚染による喘息。誕生日ごとに彼は病気がちになったという。そして五歳のときにチェルノブイリ事故。それまでも弱かったサーシャの衰弱はさらに進んだ。顔色は真っ白になり、言葉を話す力、笑う力すら消えていくほどだった。

そんなサーシャを診察してほしい、と去年の八月、近所の医者がウクライナの首都キエフで原発事故の後遺症に苦しむ子供たちを診察しているキューバの医師に連絡してくれた。「すぐにいらっしゃい」との返事。サーシャとお母さんは八時間も電車に乗ってキエフをめざした。

原因はわからない。ただはっきりしているのは、サーシャのからだの免疫力が極端に下がってしまっているということだ。免疫力が下がると、病気に対する抵抗力が落ちてしまう。放射能を浴びると人間の免疫力はどんどんと弱くなっていく。

もっとくわしい検査と徹底した治療をした方がいい——キューバの医者は、サーシャにいずれ順番がきたらキューバに行って治療を始めよう、と言った。

キューバに行っていい治療を受けたい、と順番を待っているウクライナの子どもたちは無数にいる。しかも、ソビエト連邦崩壊後、キューバにもウクライナにも石油がなくなった。飛行機が飛ばせない。他国の飛行機を借りるお金もない。

サーシャは四ヵ月待った。アイルランドの団体やウクライナの会社がお金を出してくれることになった。

ようやくキューバに行ける日、サーシャは自分の力で歩くことすらできなくなっていた。

タララに着いたサーシャは、なによりもカリブの美しい海と青空、あふれるような太陽におどろいた。真っ赤なブーゲンビリアが咲きみだれている。サーシャはまず、タララの入院病棟に入った。サーシャにはその他に一軒の家が与えられた。週末は、そこでお母さんの手作り料理を食べて過ごす。

散歩をし、泳ぎ、治療を受け、薬を飲む。退屈になるとお母さんが本を読んで聞かせてくれた。――こころなしかサーシャは元気をとりもどした、とお母さんは言う。

「だって、自分で歩けるのよ」――と。

水遊びに疲れたサーシャを囲んで、子どもたちが砂浜で鬼ごっこをしている。子どもたちの皮膚は、陽にやけてうっすらと健康的な黄金色に染まっていた。

そんな子どもたちをヤシの木陰で見守る母親や父親――。夕陽も彼らを静かに見守っていた。

タララ近郊にあるウィリアム・ソレル病院では白血病に苦しむモスクワから来た九歳のリヤナ・リクアルダに会った。ベッドに寝たきりのリヤナは「治療ばかりのキューバなんて嫌い。病院はいや。はやく外で遊びたい」――と呟く。

白血病の治療には、骨髄移植が最善の方法、と考えられている。元気な人の骨髄から髄液をとりだし、移植する方法である。危険な治療なので、本人が希望した場合にのみ許されている治療方法だ。ただし大きな問題がある。骨髄移植には莫大なお金が必要だということだ。アメリカでは二十五万ドルかかる手術である。また、キューバやウクライナなどが属していた旧ソビエト連邦は、アメリカや日本、ヨーロッパなどの国々が作っている骨髄移植のネットワークからはずされていた。移植に協力してもいい、骨髄を提供しよう、とする世界中の人々のリストが手に入らない。患者のからだが拒絶反応を示さない骨髄はきわめてさがしにくく、少ない。にもかかわらず、これまでにキューバが引き受けた白血病患者は百十六人。うち骨髄移植手術を受けた子どもたちは十六人にものぼっている。もちろんすべてが成功例ばかりではない。医療の問題だけでなく、本人の体力、術後の栄養などさまざまな問題がからんでいたと思う。キューバはこの治療をすべて無料で引き受けてきた。

それから三ヵ月後の四月、ウクライナ共和国の首都キエフを訪れた。キューバで出会ったサーシャやリヤナのその後が心配だったからだ。四月二十日から開かれるチェルノブイリ事故七周年の記念行事に参加できればいい、とも考えた。キエフはドニエプル河沿いにひろがる人口二百万人の古く静かな都市だ。

四月というのに、キエフはまだコートが必要なほど寒かった。でも、やはり春。れんぎょうのつぼみがふくらみ、木々の芽が日に日に大きくなっていくのがわかる。

キエフについたその日、わたしはビンニッツアのサーシャの家に電話をかけた。しかし誰も電話に出ない。隣の家にも電話をかけた。「サーシャはキューバから帰ってきてないわ。いつ帰ってくるか誰もわからない」とそっけない返事。

やっぱり……。

重い病気でない子どもたちは二、三ヵ月の療養が済むとウクライナに帰ってくる。もし、サーシャの様態がよくなっていれば帰っているはずだった。

それなら、とキューバで治療を受けた子どもたち、とくに放射能汚染がひどかったチェルノブイリ原子力発電所で働いていた人たちの町プリピャチ市（チェルノブイリから約数キロメートルの地域にある）出身の人たちに話を聞いてみよう、と訪ねた。プリピャチ市は、事故直後に住民をキエフなど安全な地域に移動させたため、現在は汚染地域として廃墟になってしまっている。

サーシャと同じアレキサンドルという五歳の子どもがいるトレパック家をまず訪ねた。事故当時、アレキサンドルの父親はチェルノブイリ原子力発電所の保安課に勤務していた。母親のタマラはプリピャチ市の文化会館のコーラスの先生だった。

タマラは休むこともなく数時間、事故の日から現在までの長く苦しい日々について話してくれた。

「四月二十六日のことは忘れません。とても暑い夜でした。夫は夜勤で原子力発電所に行ってました。長男のチムールとわたしは窓をあけたまま眠っていたのです。なんだか全身が重苦しくなって真夜中に目をさましました。ちょうど事故の時間だったような気がします。とても静かでした。夜があけると夫が発電所から帰ってきました。でも、発電所に勤めている人は秘密を守ることが義務になっているので、夫はなにも言いません。

長男のチムールは十歳でしたからいつものように学校に行きました。彼は学校で事故のことを知らされました。授業はいつもどおり行われたようですが、決して窓を開けるな、と先生に言われたようです。放射能のための薬ももらったと言ってます。

私はいつもと同じように文化会館に歌を教えに行きました。そこではじめて会館の責任者から事故について詳しい話を聞いたのです。『消防士が火を消している。今日中に火を消せない場合はどこかに避難させられるだろう』と言います。腰が抜けたようにわたしはへなへなとすわりこみ、しばらくはなにもできませんでした。日ごろ受けていた緊急時の避難体制訓練なんてなにも役に立たないものですね。わたしは立っていることさえできなかったんですから。

十二時に『二時から緊急避難する』というニュースを聞きました。

家に戻り、チムールと夫の水着や着替え、いざというときに必要なお金や書類をまとめてバスを待ちました。避難といっても三日くらい、と思ったんです。ニュースはほんの少しの間ピクニックにでも行く気分で、と言ってましたから――。

バスはなかなか来ません。わたしたちは炎天下で二時間もバスを待たされたのです。そのとき、放射能を全身に浴びたにちがいません。四万人ちかいプリピャチ市の市民を運ぶためのバスです。町中がバスであふれました。五台のバスを警察の車がはさみこむのを一つの単位にして、バスの列は果てし無く続きました。バスはどういうわけか原子力発電所の傍らを通って街の外に出るルートをとったのです。お別れの儀式ということでしょうか。あれ以後、プリピャチには戻っていません。なにもかも置いたまま、故郷から放り出されたのです。

夫はその日から発電所周辺地域の放射能を測定する役にかわりました。

五月になると、チムールは黒海沿岸のピオネールキャンプに連れていかれました。チムールはキャンプで風邪をひき、高熱が続いたそうです。薬をもらったそうですが、吐いて何も受け付けなかったといいます。そばかすだらけの子どもだったのに、キャンプから帰ったときには真っ白の顔になっていました。放射能でからだの色素が消えたのでしょう。

事故のとき、わたしは二番目の子どもを妊娠していました。が、放射能を浴びていたら子どもに影響がある、危険だ、と聞いて堕胎手術を受けることにしました」

タマラの証言を聞くわたしの横で、チムールはアメリカの新興宗教団体の伝道師が一週間前に配った聖書を読み、アレキサンドルはしきりにわたしのカメラをいじくりまわしている。

「チェルノブイリ事故の被害者のために国がキエフにアパートを用意してくれました。事故から一年たってアレキサンドルをみごもりました。同じころ、わたしの甲状腺が腫れはじめました。不安でした。大丈夫、と思い込もうとしました。でも心配したとおり、アレキサンドルは七ヶ月で生まれたのです。チェルノブイリの母親たちは早産や障害をもった子どもを産む例が多いことを知ってますか？　アレキサンドルは生まれたときから病気がちでした。ウクライナの医者に診断してもらったら、「免疫力がとても低い」と言われました。

チェルノブイリの子どもたちの多くは、ガンとか甲状腺肥大の病気がなくても体力がなく、疲れやすい。集中力がなく言葉や心の発達に遅れが目立つそうです。免疫力が低いからです。

そのために、学校の授業も特別に五分短く、そして体育をやらないという特別のプログラムに変わっています。

さらに苦しかったのは家族の問題です。夫は事故後、お酒を飲むようになりました。事故前には一滴も飲まなかった人だったんですけれど、アルコールは放射能をからだの外に流しだす、という事故後まことしやかに広まっていた噂を信じたんです。元々お酒に弱かった人が大量のお酒をひっきりなしに飲みました。不安もあったと思います。なにしろ、彼は放射能がどれだけひろがったのか、仕事で知っているんですからね。とうとうアルコール中毒になってしまい、療養施設にも入りました。チェルノブイリでの仕事もやめ、失業してからはもっとひどくなってしまった。病気の子どもをかかえ、自分も甲状腺が腫れて不安でいっぱいなのに、夫のアルコール中毒まで面倒をみる気力がなくなってしまったのです。わたしたちは二年前に離婚しました。

九一年十一月、見知らぬ人から電話がかかりました。プリピャチ出身の子どもたちはキューバで特別の治療を受けられる、というのです。五日後に飛行機が出るから、と言われました。キューバには十ヵ月いました。最初、入院したころは親子一緒の狭いベッドで苦しかったですけど、アレキサンドルはみるまに元気になっていきました。みちがえるほどいたずらっこになり、ウクライナに帰ってから一度も病気をしていません。わたしもキューバで二度、甲状腺の手術を受けました。わたしの方は、その後あまり調子がよくはありません。緊張したり、興奮すると手がしびれてくるのです。甲状腺手術の後遺症でしょう。ガンになるのでは、と心配で夜も眠れない毎日なんです」

タマラはタララで一人の障害をもつキューバ人の青年通訳と友だちになった。彼の家に招待されておどろいた、という。家の中にはなにもない。

「貧しい、とは聞いてましたけれど……。ウクライナでもわたしは貧しい方ですけれど、家具もそこそこにあるでしょう。キューバはその三倍くらい貧しい暮らしをしています。家具もなく、ろくな食べ物を食べていない」

それでも、何人かの、とくに年寄りの医者たちはとてもあたたかく、すぐれていた、という。

次に会ったのはゾズーラ・アレキサンドルだ。彼女もプリピャチ市の出身、元共産党員の夫は今も原子力発電所で働いている。わたしがゾズーラを訪ねたのは、ウクライナの「両親の日」だった。日本でいえばお彼岸の日。亡くなった家族を墓に訪ねる日だ。ゾズーラの家にはつい最近亡くなった息子をしのんでたくさんの親戚が集まっていた。喪服を着て息子のアルバムを抱いているゾズーラ。部屋には、タララの海で息子が潜ってとったという、大きなトラフグやヒトデの剝製、めずらしい貝などが飾ってあった。

「息子がチェルノブイリ事故で放射能を浴びたのは十歳のときです。とても健康で背の高いがっしりした体格の子どもでした。事故があって一年後、息子の甲状腺が腫れはじめました。そして『背中が痛いよ』と訴えます。

それまでにもチェルノブイリでは何度か事故があったし、そのたびになんとか切り抜けてきたから、こんなことになるとは思わなかったんです。あの事故の前には八二年に大きな事故があったように記憶しています。

キエフの医者にみてもらったんですが、『大丈夫、筋肉痛だろう。温めてマッサージでもしていたら治る』って言うだけです。心配でたまりません。検査のために無理矢理一ヵ月、入院させました。何も悪くない、と何人もの医者がいいます。だけど彼らの診察なんて何の検査もせず、ただからだをさわってみるだけ。ガンの専門医ですらあちこちさわるだけで『だいじょうぶ、なんでもない』。息子は『背中が痛い』とくりかえします。もちろんチェルノブイリで被曝したことも説明しました。でも、誰もガンをうたがわなかったのです。

あるとき我が家を訪れてくれた友人の医者が息子をみてくれました。彼女はすぐになにかおかしい、と気がついたんでしょう。入院の手配をしてくれました。そしたら脊椎ガンの末期だ、と診断されたのです。背中が痛い、と訴えはじめて三年もたっていました。息子は十四歳でガンの末期を宣告されてしまったのです。

キエフの病院では『もはや手のほどこしようがない』と言います。わたしたち夫婦は、チェルノブイリに来る前にシベリアで働いていたので普通の人よりお金があったんです。だからわたしは教会を通じてパリの病院に入院させようと、大使館に書類を出す準備を始めました。でも病院では、まだなにも治療をしていないのだから書類なんかない、といいます。

そんなとき、ある友人が『キューバが医療援助をしている。申し込め』と連絡してくれました。とるものもとりあえず、申し込みに行きました。でも受付の女性は『順番を待っている人がいる』ととりあってくれません。わたしは必死で頼みました。そこにちょうど、キューバのパブロというお医者さんが通りかかったんです。『どうしたの?』と話しかけ、彼はその場で息子を診察してくれました。『我々の国に連れていこう』と先生が決め、タララで治療できる人たちの名簿に息子の名前をのせてくれたのです。

一九九〇年二月十一日、わたしたち親子はキューバに行きました。一日だけタララにいて、次の日からハバナ市内にある大きなマリアーナ病院に入院しました。キューバの検査室はウクライナとちがって、ものすごい設備でした。超音波やコンピューターを使って何度も検査をくりかえすのです。弱っている息子にあんなに検査をして大丈夫なのかしら、と思うほどていねいに検査しました。正直言えば、もっと早く治療してほしいって思ったくらいです。そして最初の治療が始まりました。ガン細胞を放射線で焼きころそうっていうのでしょう。息子は放射能でからだが壊されてたのに、どうしてさらにたくさんの放射能を浴びせるのかしら、大丈夫なのかって。次に手術です。お医者さんは手術をしぶったし、危険だから夫を呼んだほうがいいって言ったけれど、一刻も早く手術してもらいたかったからわたしが同意したわ。息子はすでに三ヵ所にガンが転移していたそうなの。もう遅すぎる——あとは一日でも長く息子が生きるような治療をするだけだった。

キューバには一年半もいました。息子にはガンの末期だってことは秘密にしておきました。でも彼はいろいろな本を読んでいたから知っていたかもしれません。息子はタララでほんとうに普通の毎日を送ることができたように思います。毎日泳ぎ、海にもぐって貝をひろったり、大きな鯛を釣ったり――そんな収穫があったときは皆にふるまってあげました。息子は百八十センチもの背丈にまで成長していたので、ほかのウクライナの子どもたちから『パパ』って呼ばれたりしてましたね。ガールフレンドもできて夜はわたしの目をぬすんでハバナまでディスコに踊りにいったり――。心配するわたしに『僕はもう大人なんだから自由にさせて』って。英語を勉強したり、通訳のキューバ人たちにスペイン語を習って、ときにはお医者さんから通訳を頼まれたりしてました。おかげで人間的な暮らしができたって思います。

抗ガン剤治療のときには、数日間ハバナの病院に入院します。普通の子どもたちはバスで行くのですが、息子は重症だからって、救急車で運んでくれました。抗ガン剤を打つとしばらくは極端にからだが衰弱してしまうからです。キューバ人はガソリンを使えず、自転車しか乗れないというのに、とてもありがたかった。

食事は最初はとてもよかったけれど、だんだん同じものしか出なくなっていきます。キューバには物資がないってわかってましたからね。ウクライナの母親っていうのは貧しい中で生き抜く力を持っているんです。昔から工夫をするのがうまい。息子が釣ってきた魚や、外国人専用マーケットで買った肉を料理して栄養をつけさせました。そう、わたしたちは外国人マーケットへの出入りが許されてましたから。

それにしても、最後は痛みどめの治療しかしていなかった。もうすこし早くそのことを教えてくれたなら、わたしもなんらかの手を尽くせたのではないか、別の国に行って治療を受けさせてやれたのではないか、と悔やまれてなりません。

ある日、キューバのお医者さんは息子を呼んで、レントゲンを並べて言いました。『君はすっかりよくなった。ほら、何もなくなっている。ウクライナに一度帰って、すこし元気になったらもう一度手術を受けにおいで』――わたしにはそれが別れの儀式にすぎず、嘘だってわかっていました。

息子は帰国して一ヵ月後の真夜中、眠るように亡くなりました。呼吸ができなくなってしまったんです。

あなたが座っている、そのソファが息子のベッドでした」

彼女がキューバ滞在中、ウクライナ共和国は旧ソビエト連邦から独立した。

「キューバから帰ってきたらそれまでしたことのなかったお金の心配ばかり……」「医療費も高くなったわ」「法外な闇値でしか食料や物が手にはいらない」「共産党員だった夫も相変わらずチェルノブイリで働いている」

ゾズーラは今、息子と同じ症状の痛みを背中に感じているという。長女も甲状腺が腫れてきている。しかも「ウクライナの医者を信じることなんてできない……」

さらに……。

キューバに行けるのはウクライナの官僚たちやマフィア、その親族、賄賂を贈った人が優先されている、と母親たちの間で不満がたかまっている。ソビエト崩壊後のウクライナは無政府状態。国全体がマフィアにとりしきられ、すべてが闇で進んでいる。あるキューバ行きの飛行機に乗った十五人のチェルノブイリ関係者のうち、チェルノブイリに直接関係した子どもたちは三人だけだった。それ以外の人々はリゾート感覚でタララの暮らしを楽しんでいるのだ、と母親たちは口々に告発する。「もちろんキューバのタララ関係者も知っていること。でも彼らにはどうしようもない」――。ちかごろではマフィアと化した、キューバ医療関係のウクライナ共和国側の団体に法外な飛行機代を請求されてやむをえずキューバ行きの申請を諦める子どもたちも増えた、という。「キューバが一万人もの子どもたちを引き受けると言ってくれたからわたしのような普通の者もキューバで治療を受けられたのでしょうね」――これはタマラの自嘲的な言葉だ。

キエフで診療を続けている三人のキューバ人医師たち。彼らの困窮も極まりつつある。温かい声を子どもたちにかける、キューバ人独特の人なつこい笑顔をたたえた医師たちの服装も、患者たちよりはるかに質素、いや貧しい。昔は決して受け取らなかった患者の家族からの贈り物も受け取るようになった――と母親たちの同情が集まる。

だが、診察は続いている。

タララの薬も、電気やコンピューターを駆使する十分な診療も底をつきかけたキューバ経済の中でそうは長く続けられないだろう。しかし、フィデルは、さらに一万人の子どもたちの診療を続ける、と発表した。重なりすぎる無理が、チェルノブイリの子どもたちにとっても、キューバにとっても悪い結果につながらなければいいのだが……。その意味でも、さらに締めつけを強めているアメリカの経済封鎖は非人道的な結果を招くにちがいない。

わたしが診療所を訪れた日も約四十人ちかい青白い顔色をしたチェルノブイリの子どもたちが、診断を待っていた。キューバの医療プロジェクトがマフィアの集団によって利用されていることを、三人の若い医師たちは知らされていなかった。

チェルノブイリ事故から七年がたった。原子力発電所近くの汚染地域は今も高い濃度の放射能が検出されるという。ウクライナの新聞は七年間に一万四千人が亡くなったと伝えた。ウクライナ以外の地域、白ロシアやロシア、ヨーロッパ、旧東欧をふくめればその数はどれだけになるか想像できない。ホーネッカー政権倒壊後、旧東ドイツの民主化グループで構成した政権の閣僚、物理学者セバスチャン・フルクバエルにインタビュウしたところ、事故直後、旧ソビエト政府の厚生省は極力放射能汚染と病気と関係を明らかにしないように秘密通達を出していたという（注・ホーネッカー政権崩壊後、閣僚となったフルクバエルはまず原発関係の機密資料室に入った）。そのためかどうか、キューバの医師たちは、わたしの質問にも子どもたちのそういった症状が原発事故の後遺症である、とは決して言わない。「今後の地球の開発途上国で原子力発電所の事故がどういった影響をおよぼすのか知るためにも、きちんと調査をしていかなければならない」とだけ答える。しかし事故後七年たって、キエフの小児科の医師ユーリ・アンプティキンは「甲状腺の肥大、ガン、そして免疫不全は確実に増えてきている」と証言するようになった。

前出のフルクバエルによれば、爆発後、事故処理にあたった人だけでも延べ百万人を数えるという。チェルノブイリ事故でまき散らされた放射能の威力は広島の原爆の百倍と言われている。しかも、当初発表されたように放射能の影響が数年後には半減する、といった調査報告が今のところ出てこない。相変わらずウクライナの土の中で放射能は、強い影響力を残したままである（注・報告されているだけでも、ある地域では一九八六年には百七十人だったのに、九〇年には一七一八人に増えたという）。一説によれば、事故の影響は今後百年間にわたって続くだろう、と言われている。

フルクバエルによれば、東ドイツでは事故後半年にわたって通常の七倍の濃度の放射能がミルクと野菜から検出され、政府はそれと知って流通させ続け、住民はそれと知らず飲み続けていた、という。

七年目のチェルノブイリ記念の日、わたしはチェルノブイリの子どもたちの主催するコンサートに行った。ウクライナの民族衣装を着て歌うプリピャチ市出身の子どもたち。事故の日のプリピャチ市民を追ったドキュメンタリーが上映される。会場を故郷に懐かしむ囁きがひろがる。そしてミサの時間。司祭は一人一人亡くなったプリピャチ出身の子どもたちの名前を読み上げた。プリピャチ市出身の詩人が、自らの作品で広島、長崎の被爆者にたいしても祈ろう、と呼びかけた。

会場で見つけたナターシャ・リンニュク、十四歳の詩を紹介しよう。事故後、世界中から訪れたマスコミのインタビュウを題材にした詩である。

何？　何もなかったわ！　何を聞きたいの？
私を必要としてくれるのは嬉しいわ
でも、私はもう何にたいしても驚かない
死ぬことにたいしても、ね
感動することが何もなくなってしまったのよ
答えたっていいことなんか起きるはずもないでしょう
何にもなくなってしまったの
私の頬の赤い斑点を見て
放射能っていったい何なの？

散歩――避難！
私たちは自分よりも組織の意志で行動してしまったの
パニックなんてほんとうになかったのよ
プリピャチの町、私たちの故郷だってなかったの
何もなかったのよ
あなたは何が聞きたいの？

タマラは涙をながしながらオルガンを弾き、民族衣装を身に付けた子どもたちの歌を指揮していた。


さて……。蛇足の呟き。

わたしの出国後、キューバにハリケーンが襲ったという。

これほどまでにやっているのだから、ウクライナはキューバの援助と経済復興のために何かやっているのか？　とキエフ空港でキューバ葉巻の名品コヒーバやラム酒ハバナクラブを探した。しかし、並んでいるのはアメリカとヨーロッパの製品ばかりだった。

膨らんでいくのはマフィアの懐ばかり――。

援助というのは報われないものなのだ。

孤立——新ユーゴスラビア

1

停戦協定が結ばれた、というニュースにほんのすこし胸をなでおろした。ボスニア・ヘルツェゴビナを三民族それぞれの共和国の独立、そして連邦とする、という当事者の話し合いがウィーンで続いている、という。が、サラエボからは停戦はどこにもなかったかのような戦闘と精神病院に置き去りにされた子どもたちの姿が画面いっぱいに映し出され、アメリカはNATO軍による空爆を国連で合法とするように、との要請をガリ事務総長に送ったという。停戦、の文字は虚しい。

友人の亡命キューバ人に誘われるままに、わたしは北欧のさる難民キャンプでたくさんの人々に出会った。モスクワ、ソマリア、イラク、リビア、ペルーからの難民に混じり、とりわけ多かったのがボスニア・ヘルツェゴビナ（注・旧ユーゴに属していた一共和国、以下略してボスニアと記す）からのモスレム難民だった。この数ヵ月、ヨーロッパのマスメディアは、旧ユーゴ連邦共和国各地からの悲惨な報道がトップを飾っている。報道のほとんどはボスニアに駐留している国連軍の動き、発表を中心に構成されている。いわく、（セルビア人による民族浄化政策〕〔セルビア人によるシステマティックな数万人規模のレイプ〕〔セルビア人は子どもや市民を狙い撃ち〕〔モスレム難民、涙の訴え〕〔宗教への圧迫〕――。映像は戦火の恐怖に泣き叫ぶクロアチアやモスレムの子ども、冬の寒さに凍えるモスレム難民の怯えた表情を追っている。アムネスティや数々の国際機関もセルビア民族による〔システマティックなレイプ〕に抗議し、その反感は人々のヒューマニズムに絡み合って広がっていく。とにかく、報道を聞いているかぎりにおいてクロアチア内で戦っているセルビア人、そしてそれを支援しているらしい新ユーゴスラビアは残酷きわまりない民族、といった印象がぬぐいされない。事実、ヨーロッパのどこで誰に会っても「セルビアっていうのはナチよりもさらにひどい」と語る。

統一ドイツやスウェーデンは失業者が今にも二割をこえようとしている。このうえさらに大量の難民を引受けなければならないのだろうか？　スウェーデンはすでに七万人のユーゴ難民引受けを発表している。「重荷なんだ」――と正面きって言えない理性のかけらがまだ残っているから、欧州各国の国民はただため息をもらすばかり。

旧ユーゴスラビアの戦争が、多くのヨーロッパ人の不安をかきたてるのは、絶滅戦争の様相を呈する悲惨な戦況や難民救援への経済負担の他に、セルビアという地名が、第一次世界大戦や第二次世界大戦勃発の記憶と重なりあってしまうからだ。

一方でネオナチの勢力拡大がある。統一ドイツ議会は、これ以上の外国人を引き受けない、不法滞在の難民も送還する、とする憲法改正案を採択した。とうとう、と言うべきなのか……。

歴史はふたたび――？　重苦しい空気がヨーロッパを覆いはじめている。

　航空路線は閉鎖、国際列車はマフィアの管轄下に入り、金品を盗まれる、女性の一人旅は危険――と聞き、唯一の陸路であるハンガリーのブタペストから約七時間バスに揺られてベオグラードに入った。このバス路線、ベオグラードからブタペストは連日の出国者で満員だが、逆路線はたった七人の乗客。これでもイースター休暇で帰国する学生があったがゆえの特別な日だった。わたしは一番前の座席に座った。後ろに座っているのはニューヨークから帰国した中年の女性だった。出発までの間、わたしは彼女に話しかけた。

――いったい、この戦争はどうなってしまうのだろう？

――……。

言葉もない。彼女は首をかしげ、深くためいきをつく。

――日本人には、ユーゴの戦争を理解することができない。なぜ？　どうして？

――私たちにもさっぱりとわからないわ。どうしてこうなってしまったのか……

吐き捨てるように言い、なかなか出発しないバスを降りた。戦争の話はもうたくさん、なのかもしれない。午後三時、バスはようやくユーゴに向けて出発した。ハンガリーの田園が延々と続く。日溜りで談笑する農夫たち。崩れ落ちそうな田舎家。道端には東欧崩壊後目立つようになったさながら地蔵さんのような小さな白亜の十字架像やマリヤの像――。わたしは絵本で見たヨーロッパの中世にタイムトリップしたような気分にひたっていた。

　ハンガリーを走るバスの旅は、静かだった。年寄りは眠り、二人の若者はビデオのハリウッド製アクション映画に見入っていた。たまに運転手が運転助手ミーシャ・ボルタノビッチに水を注文する声だけが車内に響いた。

　国境に近づくと、車窓の風景は一変する。どことなく空気がとんがってくる。路上には雑巾を持ってフロントガラスや窓拭きのアルバイトをする子どもたち。マーケットや市場で買い出しをして再び国境を歩いて越えて行こうとするユーゴ人たちの群れ。何人かの太った女性たちが、たくさんの荷物を抱えてバスの運転手にヒッチハイクの合図を送る。運転手も、運転助手も助けを求める人びとに慣れているのか、視線を投げかけることもない。

　突然、後部座席からブツブツと文句をつける老人の声が聞こえた。何を言っているのかはわからない。が、怒りの語調だけは伝わってくる。文句は、切れない。誰に文句をつけているのか、もわからない。他の乗客はときに相槌を打ち、ときに顔を見合わせながら苦笑する。運転手が「――！　――？」といった語感でバックミラーの老人を覗き込みながら話しかける。老人は言い返す。「――！　〰〰〰〰〰〰　――？」（あまりにも長く、とめどもなく続くので省略記号を使うしかないのである、失礼！）といった感じで、だ。ミーシャが無言でビデオをとめた。老人は、一瞬沈黙する。そして、ラジオをつける。ホイットニー・ヒューストンの「あなたをいつまでも愛し抜くだろう」とのみ繰り返す、映画『ボディガード』のテーマが流れる。再び老人の文句が始まった。口調はさらに強まる。ニューヨーク婦人に聞くと、つまり老人は文化についての怒りをぶつけているのだそうだ。東欧崩壊以後、ハリウッドとイギリスの暴力、セックス、そしてオカルト映画とロック音楽ばかりとなったユーゴの文化を憂いているのだという。「ユーゴはどうなるのか?」とバスの乗客たちに問いかけているという。

夕闇が深くなる。国境のユーゴ入国管理局のチェックはじつに簡単なものだった。パスポートを見るだけ。戦時下であるはずの国において、ビザも査問もない。

ベオグラードに近づき、社会主義圏特有の巨大な高層住宅が林立する町並みに入った。老人の申し出で、運転手はラジオをつけた。九時のニュースらしい。バスの中に溜息が漏れる。それまで誰一人として会話をかわさなかったのに、にわかに言葉が飛び交うようになった。慌ただしく、バスの中の空気が揺れる。それまで無縁だった人々が、戦争のニュースで突然同志になったような、それは変化だった。ニューヨーク婦人が説明する。

——ボスニアのツヅラ市で激戦が続き、イスラム難民を運ぶ国連トラックであまりに多くの人が詰め込まれて何人かが圧死してしまった。

続いて彼女は諭す。

——戦争について私はあまり語りたくないわ。でも、ボスニアに行くのだけは危険よ。私の言うことを信じて、何が起きるかわからないわ。

イギリスからイースター休暇で帰ってきた少女はいくつかのホテルを紹介してくれた。

——今のベオグラードでは安全を保障できる人はいないの。何が起きても不思議ではない国になってしまった。どのホテルが安全、ということを誰も保障できないわ。

横から運転助手のミーシャが声をかける。

——スラビアホテルならそんなに高くない。

トルコからハンガリー経由で来たベオグラード。二日あまり徹夜が続いていたため、わたしは朦朧としている。バスの終点は旧市街の中心スラビアホテルである。ホテル前は、一刻を争ってユーゴを脱出しようとする難民や市民でごったがえしていた。「幸運を！」と七人が口々に呟き、わたしの手を握って群衆の彼方に消えていった。彼らの熱気にあてられ、わたしは無我夢中でスラビアホテルに入った。そして、チェックインをしようとして、ハッと青ざめた。五十万円分のドイツマルクをしのばせたワープロケースをバスに置き忘れてしまったのである。

国連による経済封鎖が続き、失業者が溢れるベオグラードである。戦争が続き、命だってお金次第、という状況にあるはずだ。事前の電話で「誰が強盗かわかりませんからね」とベオグラード滞在の日本人翻訳家、山崎洋・佳代子さんご夫妻に注意されていた。まして、バッグの中は外貨である。マフィアによる闇の経済だけで動いているこの町で、外貨は通常の感覚の数十倍の価値を持っている。外貨を持っていれば、たりない食料も闇で買える。国外にも出国の道が開ける。国立銀行は破産状態、二年前から操業していた三大民間銀行のうち、一人の経営者が資産をすべて懐中に潜ませてイスラエルあたりに逃亡、預金者たちが不安のために払戻しに殺到。海外からの送金をドルやマルクで受け取ることは不可能と言う。わたしは自分を責めるしかなかった。

だが——である。約二時間後、バスの運転助手ミーシャがホテルをさがしあて、笑顔で届けてくれたのだ。

南スラブ特有の大柄な体軀を古ぼけたジャンパーに包み、鼻髭の上につぶらで人なつこい濃いグレーの瞳。ミーシャは「日本人だろ？　すこし話そうよ」と節電で真っ暗なホテルのコーヒーハウスにわたしを誘う。

——僕は数学の教師なんだ。でも人は三日間パンを焼くっていうじゃないか。今日のパンは親のため、今日のパンは自分のため、そして明日のパンは子どものため——。だから僕はツーリストで働いている。

——ユーゴの現在について説明するのは難しい。今のユーゴは小さなコップの中の卵みたいなものさ。ドイツやアメリカといった大国にかきまぜられて形も味もわからなくなってしまった。

低気圧のためか、四月というのにベオグラードは真冬の寒さだった。例年なら五月まで地域暖房を入れている、というが今年は石油不足のため三月一杯でストップ。数ヵ月も観光客の泊まらなかったホテルは深々と冷え込んでいた。時折、ホテル前の広場を走る路面電車のレールをこするギシギシとした音が哀感を誘う。電球が不足しているのか、最小限の電球しか部屋には残っていない。小さく弱々しげな赤い灯がポツンと寂しげに灯るだけだ。空だけでなく部屋まで暗い。スラビアホテルには、わたしが滞在した一週間でたった五人の宿泊客しかいなかった。シャワーからはお湯が出ない。

疲れているはずなのに、足先が凍え、肩先から入ってくる隙間風がうそざむく、わたしは睡魔に襲われながらも、眠れぬ数時間を耐え、夜明けを迎えた。動きはじめた路面電車の侘しげな音にベッドを離れ外を眺めた。マクドナルドの看板と、うつむきかげんの群衆が、早くも職場への道を急いでいる。工場は錆びつきはじめ、町の建設現場は工事が中途で止まったままと聞く。

ガソリンは一挙に三倍に値上がりし、インフレと闇商売の横行。窓から見えるマクドナルドは闇ドル交換マフィアの巣窟となった。EC加入を夢みてECと同じものに変えた観光客用のインフォメーションサインもむなしく見えてしまう。

天気は曇り、――いや、昨夜ふったらしい霧雨が町を覆っている。

ベオグラードでの本来の目的は、これまで島尾敏雄『夢のかげを求めて―東欧紀行』、宮本輝『ドナウの旅人』など何冊もの本に登場している翻訳家山崎洋さんにインタビュウすることにあった。彼はゾルゲ事件に関係し、一九四四年に網走で獄死したフランコ・ブーケリッチ氏の息子である。若き日から社会経済学を学び、六つの民族を連邦にまとめたチトーによる自主管理という独自の路線を学ぼう、と父の故国を訪ねて以来、ベオグラードで三十年という人生の月日を重ねている。そんな彼に東西の狭間で非同盟諸国を成立させていったユーゴが、冷戦構造崩壊後になぜ現在のような戦争、解体という運命を辿ったのか、を生活者の側面から聞いてみたい、と考えたのだ。

ホテルのロビーに現れた山崎さんは、父親の血が濃く彫りの深い端整な面立ちだった。彼の案内で、外貨の使えるプレスセンターにあるレストランにわたしたちは行った。

山崎さんは、トルコの支配から始まり、今から百年ほど前に南のスラブという連邦統一国家が誕生したこと、ナチス時代にはクロアチア政権がナチスの配下となって七十万人のジプシーやユダヤ、セルビア民族が虐殺されたこと。戦後は自主管理という独自の路線をとることで東西いずれにも属さない開かれた社会主義社会となったが、その間もクロアチアなどで何度かは民族闘争があった、戦争はまず、スロベニアの内戦に始まり、クロアチア、ボスニアへと拡大していったなどのユーゴの歴史を懇切丁寧に説明してくれた後で、次の言葉を吐いた。

――この戦争は報道の戦争とも言える。――

数日してミーシャが青りんご一個を土産に持ってホテルに現れた。「ユーゴの家庭を体験してみない？　妻と娘が料理を作って待っている」という。普通の家庭における国連の経済封鎖の影響がどんなものか、といった軽い気持ちで訪ねた。高層アパートの中にある三Kほどの部屋。

ベランダからはサバ河が望める。壁には、セルビアの古典的な画家コソスキーの油絵が飾ってある。花瓶や干からびたパンの置いてあるテーブルの向こう側の壁にトルコ人に占領され、セルビア人にとって屈辱的な歴史の始まりとなったコソボの戦いの有名な場面が画中画として描かれている。――朝、起きてみると村の兵士が呻きながら倒れている。傷病兵たちが息も絶え絶えになって横たわっていた。村の少女が彼の傷口を洗っている。ユーゴのフォークロアからとったリアリブレの絵で、セルビア人なら誰もが知っている場面である、という。絵に見入る私にミーシャは説明を加える。

――この絵の舞台にあるソポチュの修道院はコソボにある。アルバニアにあげたら？　と言われているけれど、セルビア人にとっては心の拠所でもあるんだ。外国人であるカズコには理解しにくいかもしれないけれどもね。

看護婦の妻、高校生の娘たち、クレープとフルーツケーキ、そしてやはり手作りのチェリージュースの御馳走だ。寒々としたホテルに比べ、家庭の手触りが隅々にまで感じられる。

――看護婦の仕事っていうのは、ベオグラードぐらいにしかないんだ。でもベオグラードっていうのはコネの社会でね。教師の仕事は見つからなかった。しかたなく十四年間はガードマンとして働いたよ。追い打ちをかけて戦争が始まった。大量の難民（注・国連によれば七十万人）がベオグラードに流れこんできて、安い給料で働く人が出てきたからますます仕事がなくなってしまった。それでバスの運転助手になったんだ。農村出身の若者にとって難しいのは、ベオグラードに家を手に入れること、そして職につくこと。

——それでも戦争が始まるまではどちらか一方の給料で、貧しくとも笑顔を絶やさず暮らしていられたさ。スロベニアにはラーダ（注・妻の名）の叔母が住んでいるし、マケドニアにも親戚がいる。僕の実父はサラエボでクロアチア人の女性と再婚している。本当に今度の戦争が始まるまで、何人だとか何民族とか考えたこともなかったんだ。ここのアパートにもモスレムもいるしスロベニア人だっている。ベオグラードでは、こんなに生活が苦しくなっても人種によって他民族を追い出したりすることはないと思うね。

——ブコバルの戦いに動員されたのは一九九一年九月だった。ユーゴには徴兵制度があるから、徴兵義務が終わっても僕たちは予備役として登録されている。連邦軍からの徴兵の呼び出しは真夜中の十二時にやってきた。こんな時間に、って思うだろう？　しょうがないんだ。若い者たちは戦争を怖がって逃げてしまうからね。ブコバルからは三千人の若者が難民としてベオグラードに逃げてきているって聞いている。彼らの代わりに僕らが参戦していったってわけさ。当時はクロアチアもスロヴェニアもセルビアも、みなユーゴだったからユーゴ連邦軍としてクロアチアの内戦をおさめるために行ったわけだ。動員の知らせがあった三日後に運悪く待ちに待った教師の口があるって電報を受け取ったんだ。辛かったね。その電報を持って司令官にブコバルに行きたくない、と頼み込むこともできたかもしれない。僕は雇ってくれた校長に手紙を書いた。〔子どもたちは本を読み、国を守ってほしい。私は残念ながら銃で国を守ります〕

——とね。

——ブコバル出身の難民たちは戦いに行かずにベオグラードでコーヒーを飲めたわけで、しかも僕に決まっていた教師の口は僕が戦争に行っている間にブコバル出身の若者にとられてしまった。わりきれないね。でも自分の家の敷居は自分で守らなければいけないから。妻は運命と思って耐えてくれた。妻の病院にはたくさんの傷病兵が運ばれてきていたからね。若者たちには情熱はあっても戦争のやり方がわからない。彼らは信じることを教えられてきた世代だからね。体の傷より心の傷の方が深いかもしれない。精神科、神経科の患者が増えているって聞いてる。殺しあいを見て狂ってしまった若者や殺すことに何の抵抗も感じなくなってしまった若者がいる。麻薬患者も増えたっていうよ。妻は小児科だけど、近ごろは戦争の傷を負った子どもたちが増えたって言ってる。

——僕の認識票の中には二枚の蠟紙が入っている。濡れても大丈夫なように蠟紙なんだけれど、その紙には僕の名前、住所、連絡先、血液型などが書いてある。このうちの一枚を僕は娘たちに残していこうか、と思った。でも娘は受け取らなかった。「タタ、私は二枚ともタタの手で持って帰ってほしいわ」と言ってね。

ブコバルの戦いは九一年十月に起きた戦争である。セルビア人とクロアチア人の住民人口比が拮抗していた地域だったために、ユーゴの戦争の中でももっとも激しい戦いと言われ、現在ザグレフにもブコバル通りという名が残されているほど、その敗戦はクロアチアの民族意識をかきたてる一つの象徴となった。ブコバルには旧ユーゴスラビア連邦軍の兵舎があり、そこは電気も水道も切断され兵糧攻めのうえに戦闘の的とされた。当時は内戦の平定というベオグラード政府の指揮によって、ベオグラードからセルビア人を中心とした連邦軍が二百両の戦車を連ねて向かった。戦車の印象が強かったために、西側各国の報道は〔セルビア軍の侵略〕という記事を全世界に送った。戦闘直後にブコバルに入った日本人記者は、「異様な光景だった。憎しみがありありと廃墟の街に残っていた。あらゆる住居は銃痕だらけ、マネキンにまで銃弾がびっしりと撃ち込まれていた」と証言する。

結果的にはセルビア側が勝った。しかしこの戦いを機に、ミーシャらが参戦した連邦軍の厭戦気分が広がっていった、という。

——正直、怖かった。迫撃砲がどこからふってくるかわからない。途中で僕たちを指揮していた士官が死んでしまったから、予備役の僕らだけが取り残されてしまったんだ。僕らは戦争の素人だからね。僕は顎の、ほらここに傷があるだろう。ここに手榴弾を浴びてしまった。ブコバルから七キロメートルの地点だった。一緒に戦っていた仲間は取り残された恐怖で気が狂い、二人の仲間はショックのために気絶してしまった。僕は彼らの頬を必死で叩いて気をつかせ、士官の死体を運ぼうって言ったんだ。

ブコバルの学校を改造した病院で顎の治療を受けた。大きな病院に連れて行くって言われたけれど、病院を抜け出してパンを買ってもう一度仲間のいる戦場に戻ったよ。なぜって？　病院には重症の人がいっぱいいた。そんな人たちの苦しみを見ていると、彼らよりも僕は軽症なんだ。彼らのためにも働かなければいけないって気になったんだ。

——妻は間違って僕の戦死通知を受け取ったっていうよ。彼女は泣きくれて、葬式だってやってしまった（笑い）。

——ダリンカの話をしたいと思う。僕らがある村に入っていくと地下室に隠れていた村人たちが口々に、彼らが体験した悲惨な話を聞かせてくれた。その中の話の一つだ。ダリンカはクロアチア人と結婚したセルビア人の女性だ。彼女は妊娠していたんだ。だけど夫が首から腹までかききって胎児をとりだし、玄関前の胡桃の木に死体を打ちつけたっていうんだ。ダリンカは玄関に磔にされていた。民族としてのクロアチアへの忠誠を示したかったんだろう。

僕が実際に目撃したのは三ヵ月くらいの赤ん坊だった。これも家のドアに裸のまま、ナイフで突き刺してあった。

——傭兵もたくさんいたね。ある村で早朝五時に連邦軍が攻撃しながら村に入っていった。敵側に女性の姿が見えた。どうやら弾がないとわかったので捕虜にした。二人はポーランド出身の傭兵だった。十六歳と十八歳の若い女だったね。十八歳の女性は名前を聞けば誰もが頷く有名な射撃の選手だったよ。彼女は八人の兵士を撃ち殺したって言ってた。彼女だけが狙撃の専門家で、もう一人は普通の女性だった。一見して彼女たちが虚ろなのがわかった。彼女たちの腕には二十ヵ所以上ものたくさんの注射の跡があったね。恐怖を抑えるための麻薬だ。夕方五時ごろになると薬がきれて異様に騒ぎだすんだ。別の捕虜の話によればドイツ人の士官が彼女たちを指揮していたようだ。黄色い薬を士官の前で決まった時間に一粒ずつ飲むことを強制されていたって――。殺人に無感覚になってしまう薬がランチやビールに混入されていた、って話もある。彼女たち傭兵については、捕虜交換のときに国際問題にすればいいって思ったけど、なぜか秘密のまま帰されていった。

――ブコバルの激戦の後、負傷した戦友たちをシードの病院に送っていったとき、偶然ベオグラードに向かうという男の人に会ったので、僕は妻や娘に走り書きの手紙を渡した。これが、その手紙だ。病院から、妻に電話をかけたとき、妻は驚いてたよ。てっきり死んでしまったと信じていたんだから……――

二人の娘ミンツァ、イエツオ

父さんがいるところには電話もないし、電気もありません。でも、ここであるおじさんに会いました。おじさんの息子はパパと一緒に戦っています。彼に手紙を運んでもらいましょう。君たちに太ってるって言われてたパパは、今無理しなくてもダイエットの毎日です。それでも元気です。いつも君たち二人のことを見守っています。パパは必ず君たちのところに戻ります。

お母さんの言うことを聞いてください。パパがいないと、ママはとても大変だと思います。君たちはママを助けてあげられるでしょう？
今、戦場は雨です。だからこの手紙は滲んでしまってます。（涙であることを隠す引喩）
僕の可愛いツァへ（注・ツァは猫の意味で妻の愛称）
君たち三人を僕はいつも愛している――。

娘たちからは裏にピンクのハート型の絵の描かれた、家族三人の毎日を報告する返事が来た。ミーシャはその手紙を戦地でお守りのように、肌身から離さなかったという。
戦火はさらにボスニア・ヘルツェゴビナまで拡大していった。

国連はボスニアへの国連軍派遣と並行して、ボスニア領内で戦うセルビア人の背後に兄貴分であるセルビア共和国がいるはず、と新ユーゴスラビアへの制裁を断行した。国連の制裁の中で生き抜く人々、そして山崎さんらセルビアに滞在する日本人が、何を感じているのか、を報告する。

2

クロアチアにおけるセルビア兵を中心勢力とする連邦軍の連邦維持のための戦いは大セルビ

アの暴挙、として欧米マスコミの非難を浴びた。以後、連邦軍に参戦した兵士たちの間では、独立を望む人々に対して血を流してまで引き留める必要があるのだろうか？　と厭戦気分がたかまり、独立容認の呟きが町中に漏れ広がっていく。そんな中で欧米各国の支持表明を得て、スロベニアに続いてクロアチアも民族独立を果たした。残されたセルビア、マケドニアなどの共和国はスロベニア、クロアチア領内に残るセルビア人らの将来を案じつつも、新ユーゴスラビアとしてさらに過去の〈南のスラブ＝ユーゴスラビア〉構想と、自主管理の伝統を引き継いでいこう、との確認がなされる。そして国名も過去のユーゴスラビアを引き継ぐ、と発表した。

一九九一年冬のことだった。

戦火はスロベニア、クロアチアからさらにボスニア・ヘルツェゴビナまで広がっていった。それまではクロアチア領内のクロアチア人とセルビア人の戦争という図式だったが、ボスニアにはさらにイスラム教を信仰するモスレムが都市部を中心に居住しているため、三巴の戦いとなって、戦争の構図はさらに複雑さを増している。

「まずはじっくりとボスニアから来たセルビア人の話を聞いてごらんなさい」と言う山崎洋さんの紹介で、ベオグラード大学日本語学科二年生ジェリカ・カサギッチ（二十歳）を紹介され、会った。

プレスセンターに現れたジェリカは、細身の身体をセーターとパンツ、ジャケットにスカーフ、すべて黒ずくめの服装でまとめていた。真っ白な肌。栗色の髪に黒がとても清楚にうつる。心配だから、と友人のナターシャ・ペリツが一緒についてきた。話をしている間、ナターシャは終始ジェリカの左手を握りしめていた。

彼女は二週間前に弟を亡くしたばかり。クロアチアに近いボスニアの出身で、すぐ近くにヤサノバッツ収容所がある。この収容所はかつてナチスの配下となったクロアチア人が七十万人のセルビア人とユダヤ人を虐殺した地として有名である。彼女の父方の親類も収容所で故意に撒かれた大量のガラスの破片の上に投げ出され、傷を受け、その傷に細菌がはいり、最後は腐乱して亡くなった、という。また、ジェリカの叔母と夫とその弟もパルチザンに関係しているという嫌疑で、この収容所に収容されていた。

ヤサノバッツ収容所時代の家族の歴史についてジェリカが知ったのは、幼い日の墓参りの時だった。墓石にはジェリカの見知らぬ若い女性の写真が埋め込まれていた。まだ二十五歳ほどの見知らぬ女性の顔写真。「誰のお墓？」と聞きながらマーガレットの花をたむけようとしたジェリカに農民の祖父が語り聞かせたという。

ジェリカはひっきりなしに〔ホリデイ〕というマケドニア産の煙草を吸う。煙草を吸いはじめたきっかけは、九一年九月、クロアチア軍がボスニア領内の彼女の故郷にロケット弾を打ち込んだというニュースだった。家族の安否を案じて恐怖で震えがとまらない彼女に「気が静まるから」と学友が勧めてくれたのである。弟が亡くなってさらに本数がふえてしまった、という。

〔戦争症候群〕とセルビア人たちが自ら呼ぶ、苛立ちを抑えるために飲酒、煙草がふえたり、爪を噛むといった肉体的な変化の一つだ、と彼女は笑う。

――ボスニアでは三つの宗教を信じる人々が一緒に暮らしてきました。私の故郷は二万五千人くらいの村です。村の住民の六〇パーセントはセルビア系、三三パーセントがモスレム系、七パーセントがクロアチア系です。昔は皆、チトー大統領時代からのスローガン〔民族の友愛と団結〕を信じていました。私たちの高校でも皆とても仲良くやっていました。

――両親は二人とも共産党員でした。特に父は強い信念を持っていた党員だったように思います。でも七九年、母は党内部に不合理な意見が多い、と批判して離党しています。父も母と同じような意見だったように思います。でも、セルビア人の家庭では、宗教や政治的な話題についても口に出すのを避けるような印象がありました。モスレム人やクロアチア人の友人たちはモスレムやカソリックなどそれぞれの教会が主宰する政党やサークルに入ってましたが、私自身は両親にそういった民族政党やグループに入ることを勧められたこともありません。

――何かがおかしい、と感じはじめたのは一九九〇年に行われたボスニアの自由選挙でクロアチア民主同盟のトゥジマンが勝ったときでした。

私のクラスは二十八人でしたが、クロアチア人とモスレム人が二人ずついました。私の親友はクロアチア人でした。自由選挙以後、なんとなく彼女の様子がおかしくなったのです。それまではお互いに家を訪ねたりしていたのですが、だんだんと彼女が来なくなり、私が訪ねても彼女の両親も冷たいのです。彼女は私を避け、もう一人のクロアチア人とばかり付き合うようになっていきました。

――九〇年三月、「セルビア・クロアチア語の試験がある」と友人が言うと、クロアチア人の二人が突然「クロアチア語の授業」と聞こえよがしに言いなおしたのです。モスレム人の二人は何も言いません。元々彼女たちは自分の意見というのを出さないほうでしたから……。どちらか強い方につく、という傾向があったような気もします。

九〇年十二月、村に新しいカフェが開店し、〔セルビア人及び犬の立ち入りを禁ず〕という看板をかけたのです。そのころから、クロアチア人やモスレム人が経営するカフェが次々と名前を変えていきました。セルビアにとって忘れられない五百年以上もの辛いトルコ支配を思いおこす〔ベルビル〕というトルコ時代の名前にわざわざ変えたカフェもあります。カフェやディスコもクロアチア人とモスレム人の店、セルビア人の店というように分かれるようになりました。

九一年、建設会社に勤めていた父は連邦軍の兵士としてクロアチア内戦平定の戦いに動員されていきました。同じころ、高校四年になったわたしはスペインへ卒業旅行に行きました。ある晩、最後になるかもしれないと思ってクロアチア人の彼女をダンスに誘いました。親愛の気持ちを表そう、と彼女を抱きしめ「あなたが好きよ」と囁きました。そしたら、

「なれなれしくしないで！　セルビア人は汚いのよ。あたしたちは敵同士になるのよ」彼女が強い調子で私を突き放すのです。汚い、と言われたことより私は親友を失った悲しさでいっぱいでした。

——九二年になるとクロアチア人の先生が次々と学校をやめていきました。理由ははっきりとしません。そして、いつのまにか街は戦場になっていったのです。

当時よく聞いたのは「クロアチア人は金髪で青い目のアーリア人、セルビア人は汚れている血をもった乱暴者、ザグレブを汚すから」という放送です。

——故郷では私の下級生が次々に兵士として銃を持って戦場に出ていきます。私の従兄弟たちはもう七人も亡くなってしまいました。昨日ザグレブから逃げてきた従兄弟は旧クロアチア共和国の警察官でした。九一年までベオグラードにいたのですが、セルビア人であるために失業して故郷に帰っていたのです。彼の年老いた父親は九二年なかばに「村に残るセルビア人をテロで殺す」という理由でクロアチア人に暗殺されました。

このあいだハンガリーに出たときにクロアチアに住む母の従姉の七十歳のおばあさんに電話したことがあります。セルビアからはクロアチアの支配地域には電話は通じませんから……。その電話でおばあさんは九一年六月ごろにザグレブの北にあるストゥビチカ・トプリツァで八百人の（注・クロアチア領、セルビア側では確認を得られていない）セルビア人が惨殺され、郊外に運ばれ一ヵ所に埋められた、という話をしていました。その周辺は昔からクロアチア人の多い区域でした。私はその話をクロアチアのテレビニュースで見た記憶があります。たしか六月ごろです。「クロアチア人の血を汚す、汚いセルビア人を一掃した。ザグレブは汚いセルビア人から解放された」「劣等民族からこの地を守るのは軍人の義務」というコメントがついていました。

——戦争になってはじめて知ったことだったのですが、元々クロアチア共和国では特別にセルビア人の身分証明書だけ八桁目に三の数字がついていたと言います。あるときクロアチア国防省の人と警察官が来て住民たちに「セルビア人はいるか？」と尋ねて歩きました。住民は皆知ってましたから彼らに教えます。それで順番に暗殺されていったんでしょう。おばあさんはたまたま入院していて助かったんですが、三日後に退院して、死体が山積みにされてトラックで運ばれていくのをアパートの窓から見た、と言っていました。

——今から十七日前に弟も亡くなりました。

訃報を聞いたのは、たまたまベオグラードに休暇で来ていた父と故郷に帰る時でした。ボスニア国境近くで車が止められ、知り合いの兵士が父を呼び止め、耳元で何かを呟いたんです。父の顔色が蒼白になり、私は何事が起きたのか、と父を問い詰めました。父は言葉少なに弟の死を告げました。信じられない……父と私は立っているのがやっとの状態でした。家に戻ると、母が泣いていました。私と父は母の涙を見て無理矢理、弟の死を認めなければならない、自分の心にそう言い聞かせるしかありませんでした。

――弟は十六歳でした。工業高校の二年生だったんです。その晩、友人の誕生日パーティに誘われた弟たちは夜八時四十分ごろに友人の家を訪ねました。十一人のクラスメートが集まったといいます。いつもなら警戒するでしょうが、その日は音楽をかけて騒いだんでしょう。二十分後の九時に、弟と彼の親友の二人が窓ごしに銃弾で撃ち殺されてしまったんです。葬式の日、父はセルビア正教の十字架を弟にかけてあげていました。弟のガールフレンドは金の指輪を彼の人差し指にはめ、私は白いレースのハンカチと煙草を棺に入れてあげました。母はライター。元々私たちの村では若者は早くから煙草を吸いますが、戦争が始まってからはカフェもなく、スポーツもできなくなったためでしょうか。幼い子どもたちまで煙草を吸うようになっていました。神様はきっと、こんなに早くから煙草を吸ったのでお怒りになったのかもしれません。

――連邦軍がなくなった今、父はボスニア国内のセルビア軍兵士として再び従軍しています。母はセルビア人女性たちのサークルに入り、援助品を集めたり、チーズパイを焼いて兵士たちに慰問品として届けたり、怪我人の世話をしています。私の話なんか他の友人たちにくらべればたいしたことありません。セルビア人にも女性や子どもを殺したことを自慢する人もいます。戦争というのは敵も味方もどちらも墜ちていくものですね。私はこれからどんな悲しいできごとがおきても驚くことも動揺することもないでしょう。でも、これは恐ろしいことです。感受性が鈍くなってしまったのかもしれません。

インタビュウは二日にわたった。「お腹がすいているでしょう?」と食事を勧めても二人はアイスクリームやコーヒーしか頼まない。一日目、彼女は弟の死を語ろうとして、涙で話ができなくなってしまった。弟の死については「やはり聞いてくれる人に話さなければ」と気をとりなおして再開した二日目の話である。ミヒャエル・エンデが愛読書というベオグラード生まれのナターシャは、友人としてジェリカを「愛」という言葉で励まそうとした。しかし、ジェリカは頭を左右に振った。故郷の崩壊を目の当たりにして、ジェリカは「愛」でこの戦争がおさまることは、不可能、と実感しているのだ。同じセルビア民族であっても、故郷がどの共和国に属しているか、戦場になったかどうかによって亀裂が広がっていくのはやむをえない。連邦軍が引きあげた後、ボスニアやクロアチア内に残って戦ったボスニア生まれのセルビア人の間で戦場に出てこない新ユーゴスラビアに対する猜疑心も強まってきている、と聞く。そして最後、ジェリカが話の流れを変えた。

――これほど世界のメディアがセルビア人を非難しているのに、あなたは遠い日本からここまで来てくれたのですか?

――。

いろいろ答えたように、思う。だが、戦争に巻き込まれて現実に家族が崩壊していきつつあるジェリカらを前にして「戦争を見に来た」というわたしの本音についてはさすがに語れなかった。

クロアチア放送は「汚い」という言葉を領内のセルビア人に向かって投げつけてしまった。ジェリカはクロアチア人の親友から「汚い」と言われてしまった。たぶん、クロアチア、ボスニア領内のセルビア人の側もこれに類した何らかの反応を言葉にしてしまっただろう。何世代にもわたって大国の抑圧、支配の中をくぐり抜けてきた少数民族の常として、彼らはいずれも日本人の想像をはるかに超えた民族の誇りを自覚している。また、そうでなければ、自らが生きている支柱、心のバランスが保てないだろうから……。

いずれにしてもクロアチアの民族主義、ボスニアの戦争は熾烈を極めていくばかりだった。アメリカとボスニアのモスレム人を支持するイスラム諸国を中心とした国連は旧ユーゴスラビアの複雑な戦争がヨーロッパ全土を巻き込んで「第三次世界大戦」へと発展していくことを懸念した。

そして一九九二年五月三十日、ボスニア領内のセルビア人勢力の背後には、兄貴分の新ユーゴスラビアがある、として国連憲章第七章にもとづき、安全保障理事会で次のような新ユーゴスラビアに対する包括的な制裁を決議した。

〔国連安全保障理事会決議七五七・抜粋〕

すべての国がユーゴが決議七五二を満たしたと国連安全保障理事会が認めるまで、以下の制裁手段を行う。

①貿易の全面禁止（医薬品、食品を除く）
②海外のユーゴ資産の凍結。基金、財源の提供禁止
③飛行機の相互乗り入れ、修理の禁止
④外交関係の縮小
⑤スポーツ交流の禁止、科学技術、文化交流の禁止

この決議に対して新ユーゴスラビアは反発、国連の場から退出してしまったのである。新ユーゴスラビアは孤立した。孤立は、逆に世界を相手に民族の結束を強める結果となった。それまでくすぶり続けていた現政府への批判の声も、厭戦気分もその結束の前に聞こえなくなっていった。戦後、「NATO領域外への進軍をしない」という憲法を守り続けたドイツも、領域封鎖のため、海軍を地中海に進めた。「国際社会」へのドイツ軍の初の進軍だった。ミーシャの「アメリカとドイツにかき乱された」という前回の証言がここで理解できると思う。

孤立は、さらに人々の実際の暮らしを直撃した。

ベオグラードから北に百四十キロ、ドナウ河を越えるとノビサドという静かな町がある。ここに日本人女性ヒロミ・ポポフさんが暮らしている、と聞いて訪れた。公共の交通手段がままならないために、前夜、路上に止まってる何台かの闇のタクシーに値段の交渉をする。誰もデ

ィナールには目もくれない。ドルかマルクでの支払いを要求する。約七時間拘束の約束で百マルク、日本円にして七千円である。日本人の私には安いが、三〇代の男の一年分の給料が約百マルク相当のディナールと知れば、それがどれほどの値段であるかわかる。しかし、翌朝、運転手はさらに二十マルクの値上げを要求してきた。昨日と今日ではガソリン代にそれほどにも変動があるのだ、と説明する。大きくむくつけきスラブ男に懇願されても、同情心がわかない。どこか騙されているような気持ちにすらなってしまう。ベトナム戦争末期、パリで開かれた和平会議の席上、豪奢な北ベトナムの女性外交官が巨大なアメリカ人外交官よりも世論の同情をかった。スラブ男たちの逞しさと誇り高さは、きっと外交交渉の場では不利かもしれない、などと独りごちた。

ノビサドへは地平線まで広がる一面の農場をつっきっていく。幹線道路であるにもかかわらず、周囲を見回してもほとんど車の影はない。しばらくして、物資を運ぶ国連の真っ白いジープ数台とトラックの列が私たちの車を追い越した。運転席には真っ青のベレー帽を被った国連軍兵士が颯爽と座っている。その時、わが運転手氏は右拳をふりあげ、何やら抗議の叫び声をあげた。そして私に同意を求める。所作から推測するに「畜生め！　俺たちをこんなにしやがって手前らのせいだ！　大きな顔するんじゃねえよ。なあ?」ってなところだろう。すくなくとも私はそう理解して相槌をうち、言葉なき双方の対話は成立した。

ノビサドの町に入り、歩道でバスを待っていた老人に道を尋ねる。ミーシャにしてもそうだが、この国の人たちは語り口が激しく、情が濃い。お節介、と感じる向きもあるかもしれないほどだ。説明しても埒があかない、とわかると老人氏は自ら申し出て助手席に乗り込み、私たちをヒロコさんの集合住宅まで案内してくれた。ソルボンヌに留学していたヒロコさんと夫のポポフさんはチトー時代にパリで知り合い、結婚した。当時から国際的な貿易商として世界を走り回っていた夫は、二年前、東欧崩壊とともに、より商いのネットワークを広げよう、とアメリカに渡った。徴兵年齢にあるヒロコさんの長男も今、父親のもとで大学に通っている。ヒロコさんも南仏にブティックを持っている。小柄な彼女は「アメリカに夫がいて外貨で暮らしている私なんかよりも会わせたい人がいるの」と、同じ集合住宅に住む二組の友人家族を紹介してくれた。

ユディタとジュジャ・ベカシュはハンガリーから来た母親とユーゴ生まれのハンガリー人の父との間に生まれた双子姉妹である。二人は現在四十九歳。姉のユディタは子供のころ、高熱を患い脊髄に異常が残った。高等学校を卒業した一九六二年、十八歳の時にノビサドにある工場の事務所の経済課に勤務、以来二十四年間勤めた。しかし、折からの不況。八九年、東欧崩壊の年に二人は勤めを辞めた。表向きの理由は健康にあったが、二人に共通しているのは、失業率が高まったために若い人たちに仕事の場がなくなる、そろそろ若い人たちに職をゆずろう、との気持ちだった。四十二歳の退職だった。

二人の退職後の生活費は退職年金と生活保護を合わせて二人で闇レートに換算すると一ヵ月六十六マルク。それと退職した時に五千五百マルクで買ったブラザー編み機で近所の人たち相手にセーターなどを編み、収入としてきた。ディナールはなるべく外貨に換えておき、レートが上がった時をみはからって闇ルートでディナールに交換しながら暮らしている。違法とは言っても、闇の標準交換レートもテレビなどで公然と報じられている。

二人の部屋は一DK程度の広さ、居間にはテレビ、ステレオ、応接セット、テーブルが設えてある。夜はソファをベッドに変えて眠るつましい生活だ。

東欧崩壊前までは不自由な身体や、ハンガリー人という国籍で差別されることもなく、貧しさを実感したこともなかった。旧ユーゴスラビアでは障害者の保護が徹底しており、電気代、水道代は通常の半額、電話代、テレビの視聴料は無料という特典があった。

彼女たちの年金生活が逼迫してきたのはこの二年である。現在のアパートは一九九一年、国家が極端に安い値で払い下げた時に千五百マルクで買った。足の不自由な姉妹には、車も必需品である。障害手当てとして彼女たちには一ヵ月四十リットルのガソリンの配給券が支給されている。が、インフレと国連の封鎖によってガソリンが貴重品となり、滅多には買えなくなってしまった。国営ガソリンスタンドでは一リットル一マルクなのに、民営や闇のスタンドでは一・五マルクという値にはねあがる。しかも国営にはほとんどガソリンがない。

また、計画経済体制をとっていた旧ユーゴスラビアでは日用品、電気製品などの生産が州ごとに分担を決められていた。

トイレットペーパーはかつてはスロベニアに工場があったために、スロベニアが独立してからは白い柔らかな紙が手にはいりにくくなった。しかも値ははねあがり、十ロールで三マルク。石鹸や薬品はクロアチアで生産されていた。

内戦が始まり、クロアチアが独立して以後、国営マーケットではまったく手にはいらなくなった。彼女たち二人の健康のために必要な薬も国営マーケットでは手にはいらない。が、民間の薬屋には、闇ルートで流れてくるクロアチアやスロベニア産の薬が山積みされている。さらに国連の制裁によって砂糖、小麦粉も通常のルートでは手にはいらなくなった。彼女たちがチョコレートやワインを買わなくなってから久しい。ハンガリーから輸入していたひまわりの油も手にはいらなくなった。

彼女たちに現在の心境を聞こう、と戦争の話を持ちかける。話好きのユディタが涙ながらに話し、妹のジュジャも目を赤くして相槌を打つ。


――あたしたちはユーゴスラビア人ではなかったたし、小さい時から病気がちだったけれど、戦争が始まる前までは楽しいことばかりだったのよ。まさかこんなことになるなんて、信じられないわ。戦争が始まったころは、テレビのニュースだって見るのがいやで消していたくらい。だけど、自分だけを特別にしてはいけないでしょう。世界と自分を切り離してはいけないって思うようになってから、一生懸命にニュースは見るようになった。

ほんとうに、あたしたちの社会には民族による差別なんかなかったのよ。生まれてこのかたクロアチア人もスロベニア人も皆兄弟だって疑ったことはなかったんですもの。ザグレブにいる友だちとも連絡が途絶えてしまったわ。二年前、戦争が始まったころスロベニアの友だちと電話で話そうと思っても、彼女が怖がってしきりに電話を早く切ろうとするの。セルビアから電話がかかっていることを知られたくないって様子だったわ。今はスロベニアに直通で電話をかけることもできないの。ハンガリーやドイツ経由で驚くほどの料金を払うしか彼女と話す方法がないのよ。でも彼女は、やっぱり電話で話すのを避けようとしているみたいだわ。もちろんボスニアだって、セルビア人が支配している地域には今でも電話はできる。旅だってできる。でも、昔は六時間で行けた村に、今は点々と散ってしまったセルビア人支配地域の村を迂回して行かなければならないから、まる一日かけなければたどりつけないし、検問や地雷地帯への注意を払わなければ親戚に会いにいくことだってできなくなってしまったのよ。

――宗教戦争？　そういう側面もあると思う。だけどあたしたちはプロテスタントだけど、戦争が始まる前までは宗教による差別も感じたことはなかったの。このアパートにだってモスレムの友だちがいる。彼女はノビサドで一番大きなエステティックサロンの経営者よ。ご主人はセルビア人だけど、二人はいつも仲良しだったわ。たしかにモスレムの教会はここにはない。けれど、モスレムの人たちの集会場はあったのよ。でも内戦が始まってからは、おたがいにあっても決して政治の話や宗教、戦争の話をしないようになったわ。なぜって、戦争が始まってからは否応なくおたがいが○○人とか○○教徒っていう区別をするようになってしまったから。

――クロアチアやスロベニアのように小さな国が独立していくってことにあたしたちは反対だったわ。だって、ＥＣに統合されて国境がなくなる日を夢みていた矢先のできごとだったのよ。どうして、いままた新しい国境を創り出さなければいけなかったの？

――ああ、敵愾心を自分の心からなくしたいわ。あたしたちは何でもないちっぽけな存在だけど……、それだけがあたしたちにできることでしょう？　こんなことにした政治家が憎いの。どの共和国の政治家も許せないわ。あたしたちは今でもこの戦争は内戦だって信じているわ。だから他の国が口出ししないでほしいの。なんだか、兄弟喧嘩をするように差し向けられているようにすら感じてしまうの。あたしたちを助けようって思うなら、戦争ではない、別の方法で助けてほしいの。この国とは全然関係のない、利害のない日本のような遠い国の人たちの手でね。

――何より悲しいのはとにかくこの二年、町の人たちの心が荒れてきたことよ。国連の制裁のせいよ。皆、精神的に参ってきているわ。外国に出ようにもビザがおりにくくなってしまったし、犯罪が増えたわ。自動車からガソリンが抜き取られるなんてしょっちゅうなの。若者たちは仕事がなくて不満だらけ。きっとあの不満は憎しみになって戦場に向かっていくにちがいないわ。戦場に行った若者には、怪我の後遺症に苦しんでいる人も多いしね。近所の友だちも連邦軍として戦場に行った息子が、運よく帰ってきたのに放心状態で話もしなくなったって言ってたわ。なぜ？　なぜユーゴスラビアの人たちを含めて世界の人たちはあたしたちの愛の結晶である幼い花を摘み取ってしまわなければならないの？　土足であたしたちの幸せを踏みにじらなければならないの？　（二人で涙を流す）そして海外脱出——世界の人たちがユーゴスラビアから未来すらをも奪ってしまっているのよ。

——。


沈黙が重たかった。通訳をするヒロコさんも目を赤くにじませる。せめて笑いくらい、戦争のない日本から土産に届けられなかったものか……。

テーブルの上には禅の思想を基本としたエコロジー的健康法の本が無造作に投げ出されていた。クチ・ミチオという日系アメリカ人の記した本だった。わたしはその本に話題を移した。すこしでも、その場の重苦しさから抜け出したかったからだ。米、味噌、昆布、醬油、梅干しなどの日本食の紹介、指圧、マッサージなどの方法が解説してある。新ユーゴスラビアの片田舎の町のノビサドでは今、敵対しない融和、共生の思想として日本の文化を紹介するこのような本がベストセラーとなっているのだ、という。ヒロコさんがボランティアで教えている地元の大学でも日本語の授業を受ける学生が増え続けているという。

次に訪ねたのは小児麻痺のために寝たきりの生活をしているダリンカ・パブロ・ボージチ（四十三歳）と、彼女の母親ブランカ（六十八歳）の家である。やはり小さな部屋が二室、そして台所。ダリンカはソファーベッドに横たわり、枕元の電話で誰かと話をしている最中だった。障害者である娘と工場労働者を退職した母親の年金収入は、国連による制裁が始まる前は月八百マルクの価値のディナールだった。しかし、年金額は変わらぬまま、インフレがひどいため現在では二十マルク相当の価値しかなくなってしまっている。母親ブランカに支給されている年金ではいちご三粒しか買えない。しかし、みごとに薄いパイ皮に甘いバニラの香りがするカスタードクリームがふんだんにはさみこまれたミルフィーユがテーブルにのっている。入院した友人の見舞いのためにブランカが焼いたのだ、という。パイ皮はサクサクと軽く、バターの風味がプーンとただよう。わたしの感動を察知したのか、ヒロコさんが横から少々おぼつかなくなった日本語を気にしながら小声で説明する。「どうやって暮らしているのかわからないのに、このお母さんは娘にひもじい思いをさせたことがないのよ。いつ来ても何だか贅沢なお菓子や食べ物がある」

ブランカにミルフィーユの味に感動した、と告げると、彼女は頭を左右にふりながら家中に置いてある観葉植物に水をさしながら、呟いた。

——何だって耐えられる。だけど、もうたくさん。早く平和になってほしいよ。

受話器を置いたダリンカが母の呟きを受け、話しはじめた。

——こんなに国連の制裁が長く続くなんて思いもしなかったの。本当に世界は不公平だって思うわ。でもね、ユーゴスラビア人っていうのはやりくり上手なのよ。長い冬に備えて天気のいい夏から秋にかけて野菜とか肉とかを買って保存食を作っておくのね。冬は集中暖房の燃料費と家賃、そしてパンとミルク、卵だけを買えばいいように準備しておくの。だからわが家はやってこれたんだわ。

――昨日、ボスニアにいる妹から電話があったの。「生きている」っていうのが最初の言葉だったわ。三ヵ月も電気がなかったって言っていた。電気があると戦争が始まるって言うのね。軍隊が来るときには電気がつくってわけ。冷蔵庫もきかなかったから肉は食べられない。庭に菜園を作ってかろうじて食料を確保してるって言ってたわ。

――妹が結婚した二十年前には、相手の故郷がどの共和国、どの民族か、なんて考えたことなんかなかった。結婚した妹は縫製工場に勤めていて一ヵ月十六万ディナールもらっていたのよ。昔なら楽に暮らせる金額だったわ。だけど、この二年でナイロンストッキング一足分の金額の給料に価値がさがってしまった。旦那はメルセデスの自動車修理工場を自営でやっていたけれど今は戦場に行ったままよ。一度心臓のちかくに三発もの銃弾を受けてものすごい重傷を負ったのに、傷が治ったらまた兵隊に行ってしまったのよ。

――一番心配したのは九二年の五月から七月、クロアチアの軍隊がボスニアに侵攻した時よ。妹の住むセルビア人の村とも連絡できなくなってしまったの。交通も遮断されて、誰も妹一家の村の状況がつかめなかった。母は赤十字に妹一家の安否を問い合わせたわ。返事なんかなかった。私は毎日妹に電話をかけたわ。でもつながらなかった。つながらないってわかってても、毎日毎日電話しつづけたの。二ヵ月たって、ようやく妹が出たの。あのときも「私たち、生きてるわ」っていうのが最初の言葉だった。

——私、どんなニュースもベッドから欠かさず見ているわ。セルビアの放送はもちろんだけど、BBC、CNN、そしてクロアチア放送もありとあらゆる放送を見たり、聴いたりしている。ボスニアの妹も携帯ラジオを聴いているはずよ。世界の放送が嘘をついているって、わたしほんとうにそう思うの。だって、妹の町がなくなったってニュースが全世界に流れたけれど、妹たちは今も生活しているんですもの。

甥も十八歳。来年は徴兵の年齢よ。


運転手との約束の時間は大幅に過ぎていた。ダリンカとブランカ母子に別れを告げて集合住宅の外に出ると、小さな公園では幼い子どもたちがブランコに乗って遊んでいた。車に乗り込もうとすると、ヒロコさんがわたしに手編みの一枚の水色のセーターを手渡した。

「せっかく遠い日本から来てくださったのに何もさしあげられなくて。これ、ベカシュ姉妹からのプレゼントです。サイズが合うかどうかわからないけど、皆が一生懸命に生きているってこと、日本の皆さんに伝えておいてください」——と。貧しい国、危機感の窮まった現場で、わたしはいつもこういう温かいもてないを受けてきた……胸が詰まって言葉を失うわたしを横目に、ヒロコさんはセルビア語で早口に運転手に時間が遅れた謝罪をして、出発を促した。ドアは閉まった。

走りだした車。「日本に帰る気はないです。家族もいませんし、ね。アメリカの主人のところにも行くつもりないんです。夫は白人だからいいですけれど、アメリカにはまだまだ日本人に差別があるみたいですし、ね。いつかノビサドに日本食レストランを開店しようって主人とも話しているんですよ。だってわたし、ここの人たちの温かさに助けられてきましたから……」

——わたしはノビサドにただ独り残った日本人のヒロコさんを振り返り、手をふった。コートの襟をたてて小さくなっていくヒロコさんの姿を、今も忘れられない。

崩壊——中・東欧

○月　○日

ユーゴスラビアを出国する日、カメレグダン城址と市内を散歩する。サバ河と合流し、大河ドナウの土色の流れが一面を覆う霧に溶け込んでゆく。酒瓶を片手に、一人の老人が城壁にへたりこんでいた。ブツブツと呟きながら、焦点のさだまらぬ視線をドナウに投げかけている。

小さな門をくぐると、かつての堀にいくつもの兵器が展示してあった。二人の老女が手編みのレースを地面に並べ、来るはずのない観光客を待っている。一本の白い糸から編みあげられたテーブルクロスや、コースター、ロマンチックな襟や袖口のレース飾り。彼女たちはわたしの姿を見つけ、大声で何やら叫ぶ。レースの花瓶敷を数枚振りながら、わたしを呼ぶ。わたしが一人の老女と話せば、もう一人が「わたしの方にもっといい品物があるよ」と叫ぶ。二人は、友人でありながら商売仇なのだ。彼女らの切実な声の響き。

彼女たちの訴える値のあまりもの安さに、呆然とする。しかし、そのマルクがあれば、彼女らの家族、孫が数日食べられる。停電続きのベオグラード、暖房もままならないこの町の片隅で続けられている指先の動きがわたしの心に浮かぶ。一本の編み針に、彼女の人生のすべてがのしかかっているのだろう。苦労しすぎた人の必死さは、時として暑苦しい。もういい。世界には不幸がありすぎる。これ以上、何もできない！　美しいレースに見入るふりをしながら、わたしは心で叫んでいた。老女は次々とレースをつきだし、決して大きくないマルクの数字を皺だらけの紙切れに書く。もう一人の老女も負けじ、とせっかく美しく並べたレースをかき寄せ、数字を叫ぶ。心とは裏腹に、老女たちと距離をとろう、とわたしは値切っていた。

結局、わたしは二人からレースを買ってしまった。

彼女たちと離れるきっかけは、それしかなかった。

カメレグダン城址の城壁には、ベオグラード市内ではあまり見かけない悪戯書きが多い。表向きの言葉では採集できなかった、戦時下にある人々の苛立ちが、そこに読めた。〔さあ、戦争をおっぱじめよう〕〔白人の権力！　ストレス！　戦争！〕〔モンテネグロ人の力を結集せよ！〕〔ヤンキー・赤い星〕〔近親相姦！〕――こういった文字と並んで、セルビア正教会のシンボルマーク、そしてナチスの象徴、ハーケンクロイツ。

街――。小さな教会があった。セルビア正教会である。入って壁画を眺めた。奥から少女が音もなく姿を現し、「献金を」と乞われる。小銭を置いた。路地に入ると、幼い孫の手を引いた老人が一人歩いている。よちよちと歩く姿があまりにも可愛いので、カメラを指差し、「撮ってもいいか？」と尋ねる。静かに首を振りながら、老人は低くくぐもった声で一言、「マネー」と呟いた。

今回のユーゴでの取材を援助してくださった山崎洋さんとの待ち合わせ場所であるプレスセ

ンターのレストランに向かった。彼の父は、ゾルゲ事件で捕らえられ、網走刑務所で獄死したフランコ・ブーケリッチ氏である。

お別れの食事はスモモのブランデーを食前酒に、仔牛肉のトマトソース和え、ジャガイモ、そしてパンの献立てだった。相変わらずの厚い雲。冷え込み。日本で獄死した山崎さんの父親について、一週間におよぶ滞在期間中、わたしはとうとう彼に聞かなかった。ゾルゲ事件についての思いも、聞きそこねた。いや、きりだしかねた。数奇な少年時代についても、彼が自ら語るまで強いて触れなかった。だが、社会主義に、どうして関心を抱いたのか、という問いに対する答えにそれは登場した。

「僕は何ともなかった。日本を恨んだこともなかった。嫌な思いをしたこともない。母親は大変だったと思うけれどもね。何かあればすぐに聞き込みが入り、調査された。だけど、僕はいつも近所の在日朝鮮人の人たちがどんなに扱われていたかを見ていたよ。それが社会主義やユーゴに関心を持ったきっかけかもしれない。もちろん、父親の故郷ってこともあったけれど……。あんな日本を知っているから、僕にとって社会主義ユーゴスラビアは自由な国以外のなにものでもなかった」――それだけだった。

彼が語ったのは、現在のユーゴの戦争、そして故チトー大統領の自主管理、非同盟諸国のリーダーとしてのかつてのユーゴスラビア……。よどみなく、ユーゴ、そして現実の戦争について論評する山崎さんが、しかし一度だけ言葉をつまらせた。セルビアに対する欧米や日本の報道姿勢をことごとく批判する山崎さんに「他の人の原稿に裏切られて怒りをこらえるよりも、ご自分で書いたほうがいいのに。どうして自分で本を書かないんですか?」——とわたしが問うたときだ。「書かない」——答えはそっけなかった。言葉の達人であり、ユーゴに関する生き字引でもある山崎さんを頼ってこの国を訪れる報道関係者、作家は多い。彼はそういう日本人にユーゴに関するすべてを語り、援助を惜しまない。多くのもの書きが彼を題材にユーゴを書く。完成した原稿を読めばほとんどが彼の情報と、豊富な知識に頼っていることがよくわかる。しかし、彼自身は決して書いてこなかった。

彼は黙った。目にうっすらと涙が浮かんだ。隣で、ユーゴのフォークロア研究者である詩人、佳代子夫人も声を詰まらせ、泣いた。二人の間でそれは、すでに語りつくされた気配を、わたしは二人の涙に感じた。それ以上、理由を問うことは、やめた。彼は与える側としてのみ、日本と付き合おう、と決めているのだ、とわたしは勝手に理解した。彼は、日本という国、日本人に対してほんのかすかな夢をも抱いてはいけない、と断念をしているようにも、見えた。自らは、現実の世界に対して決して日本に向けて発言をしない——なぜか、いつからか、そう決めてきたのだ。山崎さんは。

彼が父の祖国であるユーゴという社会主義国に三十年を過ごした時間、国連の制裁が強まって物資がなくなってなお、ユーゴを出国しない、その姿勢からすべてを察するしかなかった。

わたしは取材に関する通訳や、さまざまな労に対してお礼を、と持ちかけた。しかし、彼は受け取らない、と断わった。

「妻とも話したんですが、あなたの旅に対する僕たちの気持ちです。お金の関係はやめましょう。それにしても、どうやら腐れ縁になりそうだ……」と山崎さん。わたしたちの周辺に、いつのまにか夕暮れの気配が漂いはじめていた。腐れ縁を嫌悪しつつ、逃れて旅にでて、いつのまにか新しい腐れ縁にはまりこみ、かつての腐れ縁に懐かしさを覚え、古巣に戻ってゆく。旅とは、そういう繰り返しにすぎない。

乾杯して、別れた。

ホテルに戻り、午後十時発のバスを待つ。チェックアウトの時、すでに馴染みとなったフロントに座る男が「帰ってしまうのかい？」と問うた。眼鏡の奥に笑顔があった。そして片言の英語で言った。「言葉が通じれば、山ほど話したいことがあるよ。俺たちには何もわからないことでこの戦争は続いてしまっているんだ。すべて、外国勢力のおかげでこうなってしまったよ。あんたがいなくなったら、観光客は一人もいなくなる。俺たちにはどうしようもないさ。手がつけられない。絶望さ」と首を振る。

ミーシャが再び、リンゴ一個を土産に、と新聞紙をザラ紙で包装したユーゴツアーのバッグの包みを持って見送りに来てくれた。本来なら彼が運転助手を務めるはずだったが、一日予定がずれたのだ、という。運転手は往路と同じ男だった。ベオグラードホテル前のバス停車場には数台の長距離深夜バスがとまり、次々に満員となって出発してゆく。毎夜繰り返された別離の光景にも慣れっこになってきている。ホテルのロビーでバスを待つ子連れの若いユダヤ人の女性は、これから祖母のもとへと出国する、と言う。祖母は、内戦の始まりを知ってすぐ、アムステルダムへと出国した。自動車修理工の夫は、ユーゴに残る。安全と、将来を考えての結論だと言う。路面電車の軋むような物悲しい金属音を聞きながら、眺めるマクドナルドのサイン。今日も、明日もマクドナルドを舞台に展開する闇金交換に、若者たちは目を血走らせて走り回るにちがいない。

イースター休暇と難民の国外脱出とが重なって、群衆の数は日を追って多くなってきていた。群衆の周囲に立ちつくし、手をさしだして物乞いするジプシーの母子。今日はだが、一週間前にベオグラードに到着した日と比べてずいぶんと群衆の数が少ない。

たくさんの客がバスの中に消え、何台ものバスが出発していった。ようやく最後になって、ブタペスト行き最終バスが横付けされた。バスの乗客はしかし、わたしを含めてたった四人。珍しいことだ。ブタペストへの唯一の生命線となったこの長距離路線バスは、連日満席だった。なぜか今夜にかぎって一台だけガラ空きとは――。しかも、切符代が極端に安い。往路は五十マルクだった切符代が復路は二十三マルク――約千五百円。切符を持ってきたミーシャは「ユーゴ人と外国人の値段の差さ。君はユーゴ人料金でいい。何かあったら、仲間たちが君を守ってくれるからね」

バスが動きだすまで、ミーシャは寒風に吹きさらされながら見送ってくれた。

深夜バスは国境を越えた。

月　日

早朝五時、終点ブタペスト国際空港に着いた。乗合タクシーで市内に向かう。山崎さんから紹介されたホテルは、この一年で宿泊料金が五倍、二百五十ドルにはねあがっていた。とても、泊まれない。しかもイースター休暇で部屋がない。何軒かホテルを訪ねるが、ほとんど満員。結局、一部屋だけ開いていたのはアメリカ系の四つ星ホテルだけだった。しかも値段は百五十ドル。チェックインをして、久しぶりに湯をいっぱいはった風呂につかり、ベッドにはいった。日本の友人たちの夢ばかり見て、ほとほと疲れる睡眠になってしまった。

十時に目がさめた。一瞬、眩しい朝陽に戸惑う。あ、そうだ。わたしはユーゴを出国したのだ――そんなふうだった。

思えば、ベオグラードでは、一度も夢を見なかった。凍えをこらえるので精一杯だったからだ。民族の自立と、いまだに社会主義にこだわる新ユーゴスラビアの一週間は、呪われているかのような厚い雲、そして寒気で終わった。にもかかわらず、いち早く旧東欧圏から離脱を宣言し、ＥＣ加盟を選択してユーレイルパスが使える国となったハンガリーは真っ青に晴れ上がり、コートもいらないほど、春の盛りだ。新ユーゴは国際社会からのみならず、太陽からまでも見離されているのだろうか。過去を捨て、屈伏さえすれば、これだけ物量に溢れた明るい国に甦ることができるのか——。そう僻んでしまいそうな、輝いた朝だった。

テレビのスイッチをつける。一晩で、ボスニアヘルツェゴビナの戦争、新ユーゴスラビアへの制裁措置による生活不安は、テレビの向こう側のできごとに変わった。

数人の日本人と連絡をとり、ハンガリーの日程を決める。

いまだに銃痕の残る古いビル群を見上げながら歩くと、街には、観光客相手の高級ホテルとカジノが乱立。ドナウ河を見下ろす古城もカジノとなっていた。

ホテルのバーのカウンターに座る。

華奢で神経質そうな眼差しのバーテンが気だるそうにコップを洗っている。テーブル席にはドイツ語、英語が入り交じった観光客たちの笑い声。

「革命で、ハンガリー、変わった？」

「変わったさ。すべてアメリカだよ。自由はほんとうに嬉しかったさ。だけど、すべて金、金、金さ」

——そう語りながら、バーテン氏は親指とひとさし指を小さくこすりあわせ、札を数える仕草をしてみせる。表情は自嘲と倦怠に満ちている。

「革命前、こういう事態を予想した？」

「いや、予想なんかできなかったさ。ベルリンの壁が壊れたときには喜んだよ。なにしろ、自分たちが国を選べるんだ、ってね。希望しかなかったなあ」

流暢な英語だった。

「ハバナクラブは置いてないの？」

「置いてない。いい酒だったなあ。ポーランドの酒もなくなった。昔は置いてたけどね。今はドミニカさ。ソ連もウォッカしか置いてない」

「アメリカとヨーロッパの酒か」

「アメリカさ」

「何でアメリカなんだろうね？」

「映画だってそうさ。昔はよかったよ。アンジェイ・ワイダ、フェリーニ、クロサワ……。俺たちは毎日、貪るようにもっと精神的な映画を見て歩いたものさ。クロサワはほとんど見たよ。オヅもいいよなあ。ハリウッドなんか面白くもなかった。だけど今は何も彼もアメリカさ」

「……」

東欧やキューバを歩いていて嬉しくなるのは、街角のどんな場で働く人たちと話をしても恐ろしく含蓄の深い、知的な会話がポンポンと飛びだしてくることだ。

「アクタガワを読んだことがあるか？」

「うん。どうして？　日本人の作家になんか興味あるの？」

「アクタガワはいい作家だなあ。日本はいい国だ。経済大国だし――。相変わらず日本人は働いているのかい？」

「働いている。恋人と会う時間もないほど、皆働いている」

「働くのはいいけど、いったいどうなっているんだい？」

――戦争でどん底に落ち込んだ故郷を建て直すために、それまで前線にいた人々が当面の生きる目標を再建に向けた。一生懸命働いた。同じころ、映画やテレビ、写真でアメリカが姿を現した。あれが豊かさだ、と多くの人たちは思い込んだ。働けばアメリカ風の贅沢ができる、と実感した。さらに働いた。他人の目を気にした結果かもしれないのに、勤勉がいつの間にか、日本人の習慣となってしまった。そしてどこからか、経済大国、という肩書きを得た。世界は何でもお金で手に入れられる、という錯覚に陥った。心を空っぽにして、もっと働いた。そのうち、気がついてみたら家族も恋人も友人も語り合う時間を失い、何のために働いているのか目的もわからなくなった。一方で、働かなくても、一定の物質的豊かさを保証されている、と若者たちは錯覚した。いくら働いてもたいして変わらない人生だと知った若者たちは働くのをやめつつある……。「わたしの見解だが」と前置きして、わたしは語った。「日本は疲れていて、ケイザイタイコクはあと十年持たないかもしれない」と。

「そんな日本から来たわたしには、東欧の暮らしはたっぷりとした恋と家族の時間に満ちたものに見える。ハンガリーが日本にならなければいいけれどもね」

「コインには必ず裏と表があるってことさ」

「ユーゴに行ってきたんだ」

「ユーゴ――。いい奴らなのになあ。皆、セルビア人嫌ってるけど、俺は好きさ。ホットだよな。どうしてるんだい、あいつら？　心配でたまらないよ」

「絶滅するまでやり合うって気配だった。悲しいよね」

「いつも大国だよ、問題は――。俺たちも不安ばかりさ。宗教ってのはほんとにおそろしいよなあ。禅を知ってるだろ？　あれはいい思想だよなあ」

「争わないからね」

「ユーゴスラビア……。大変だ。だけどなあ、ハンガリー人もほんとうに疲れてしまったよ。疲れてしまった」

――そう言いながら、彼は小さく欠伸をした。九世紀末にヨーロッパに迷い込んだアジア人マジャールという民族について、わたしは彼に聞いた。とうとうと、マジャールについて彼は論じた。締めくくりは「ハンガリーは、日本に連なるマジャール民族の国だ」という言葉だった。

部屋に戻り、ビデオをつける。アメリカのただ性器を大写しにするばかりのポルノ、そしてバイオレンスのハリウッド映画がその日のプログラムだった。

眠った。

月　日

ブタペスト最後の日、二十年ちかく、ハンガリーで働いてきた雛鑑別師の広江昭久さんと会う。ホテルに迎えに来た広江さんの日本車に乗って、まずは彼が所有権の一部を持っている村の会員制の湖に向かった。広江さんの息子が近所の子どもと鯉釣りをしているので、迎えに行くのである。環境資源を保護するために旧体制下では、ただのような料金で村人たちがこうして沼や湖を自主管理するシステムを持っていたという。針金の垣根で囲まれた湖の門の前でクラクションを鳴らすと、小さな小屋からお爺さんが大声で何か話しかけながら鍵の束を持って現れた。お爺さんと広江さんは、子どもたちの今日の釣果について語り合っているらしい。湖畔には小さな木造小屋が数軒建っている。泊り込みで、キャンプもできるようになっているのだ。屋根と壁だけの小屋。中にあるのは椅子、寝る場所だけ。家族で湖畔で過ごしたりするときのためにほんのすこしの鍋やコップが並んでいる。雑木林を抜けると、二人の子どもたちが釣り竿を垂れていた。魚篭には、鯉が数匹のたうちまわっている。

リゾートマンション、ゴルフ場、テニスコート、ゲームセンターといった設備過剰で、それでいながら奪われていくばかりの印象しかないどこかの国のリゾート地を思い出す。何もしない、手をつけない空間をこうして保護してきた人々に、私は敬意をはらうばかりだ。

広江さんのお宅では、ハンガリー人の妻エリザベットがバーベキューの準備をして待っていてくれた。イースターのために、ザウアクラフトや、手製の生ハムなどもテーブルに並ぶ。釣ってきた鯉は、夕飯用の一匹を除いて、あとは広い庭の片隅に広江さんが作った池に放った。

「七〇年代からハンガリーは、豊かだったんですよ。でもねそれが皆、世界銀行とＩＭＦからの借金だったんですね。今はそのツケが回ってきて、利子を払うだけで大変なんです」

――以前、ワシントンでハンガリーの経済復興を担当した世界銀行の人と話したことがある。彼女は、ハンガリーの若き高官たちと打ち合わせするときには盗聴を警戒し、よくピクニックをした、と言っていた。世界銀行側にとっては、低開発国の民衆を救う、という理念の裏返しに、行き詰まった先進諸国の新しい市場を開拓していく必要に迫られていた。そのために貧しさに喘ぐ相手の前に救世主のように現われ、金を貸した。一方、ハンガリーの若手政治家にとって、世界銀行からの借金は旧ソ連への抵抗でもあった。結果として、ハンガリーは他の旧東欧諸国よりも早く、経済の豊かさの味を噛みしめた。そして、コール首相をして「ハンガリーが東西ドイツの壁の崩壊のきっかけを生みだしてくれた」と語らしめた。

崩壊度、広江さんの職場は大きく揺れた。毎日のように同僚がクビを切られていく。鑑別する雛の数も激減した。

かつてハンガリーは、旧東欧、ソ連、中東への食料輸出国だった。昔は人件費が安かったから西欧もこぞってハンガリーの鶏肉や卵を買ってくれた。革命後、輸入品の飼料も値上がりし、国も人件費を援助しないために鶏肉、鶏卵が高騰した。そうなると、西側はＥＣの市場を守るためにも買わなくなった。結局、今は一度は交易を絶っていたウクライナ共和国と物々交換をしてしのいでいるのだ、という。

広江さんは、革命後に庭先に小さな工場を建て、鶉卵の燻製や水煮の製造・販売とインスタントラーメンの販売を始めた。それまでハンガリーでは鶉の卵を食べたり、料理に飾る習慣はなかった。広江さんは観光客が増えることを予想し、ホテルに売り込んだ。ようやく見た目のよい料理、という発想がホテル側に生まれ、商売が軌道にのりはじめる。

「一緒に散歩に行きましょう」

広江さんとエリザベットが案内してくれたのは近所の厩舎だった。広江さんはこの厩舎にほんのわずかなお金で障害物競走用の馬を預け、育ててもらっている。馬には故郷鳥取県にちなんでトットリ号と名付けている。翌日、村の障害物競走があるので、すこし遠乗りをして調子を見たい、という。

厩舎の裏手には広大な草原が広がっている。数キロを歩くと雑木林に入る。犬を連れた家族連れが、休日の午後のひとときを散策して歩いている。

エリザベットは、道端で小さなスミレの花を摘んだ。広江さん一家は、家族でどこかに出かけるたびにこうした野生の草花を摘み、庭に植えておく。結婚のとき、子どもの誕生、遠来の客……二人は庭の草花を一輪一輪見つめながら、家族の思い出を語り合うのだ、という。「スミレはあなたの想い出の花よ」

雑木林から若いカップルが子犬を抱いて出てきた。捨て犬が可哀相だ、あなたたちも飼わないか？　とエリザベットに話しかけている。

トットリ号は悠然と草を食み、草原を目指す。

「この辺一帯はすべて小麦やトウモロコシの畑だったんですよ。いい畑でね。でも、国営農地を昔の所有者に返す、という方針が出されて以後、農民が解雇されてしまって農地は荒れ放題になってしまった。あそこに見える丘は来年あたりにはＦ１のレース場になるんです」

食料輸出国ハンガリーの農地はこうして次々に荒れ地とされ、いずれはホテル、カジノ、Ｆ１といった商業主導の観光リゾート地へと変わってゆく。

「いずれはトットリも湖の釣り場も贅沢な道楽になっていくかもしれないなあ。僕の給料じゃ、維持できなくなる」

これが、広江さんの休日だった。

夜、広江さんは鯉コクを煮込んでくれた。話題は、大相撲の中村部屋に送り込んだ長男からの電話である。明日から、五時からの朝稽古が始まる、という内容だった。

「日本人の長男としての義務を果たさなかったような気がして、長男を日本に返したってことかもしれません」

ホテルへの帰りがけに、広江さんは一人の日本人彫刻家Ｍさんのアパートにわたしを誘った。ハンガリーは芸術家を経済的にも手厚く保護してきた。Ｍさんがハンガリー定住を決めたのは、イタリア留学時代に知り合った建築家の奥さんとの結婚ももちろんだが、創作活動に専念できる社会主義の芸術家をめぐる政策が理由だった。たしかに、創作活動に専念できる三十年だった。もちろん、建築家の奥さんによれば福祉制度をフルに利用して、ようやく細々とつなげてきた暮らしではあった。しかし、今はその道も絶たれた。Mさんには芸術家に対する国からの補助が一切なくなってしまった。医療、教育、老人福祉などの社会保障制度もほとんど消えた。Mさんは日本に出稼ぎに行くことにした。

少々まわったワインの勢いと、久しぶりの日本語に対する懐かしさも手伝ってMさんは、言葉をすべらした。

「家族が重いよ。今さら五十二歳にもなって生活のために祖国に出稼ぎなんて、耐えられないよ。大作にとりくむだけの体力は日に日に落ちていくんだ。時間が惜しいよなあ」

ドナウ河畔に、美しくライトアップされたブタペストの夜景が浮かびあがる。いったい、東欧革命は何を得て、何を失おうとしたのか。

「犯罪も増えた。稼ぐだけの毎日となった。ただ、未来を自分たちで選択できる――これこそがハンガリーが獲得したものさ。過去に戻ることだけではない」

ホテルのバーテンダー氏の言葉である。

翌朝、わたしはウィーン経由でベルリンに向かった。

後日談。

ベオグラードの山崎佳代子さんから葉書が届いた。ミーシャは運転助手の仕事をクビになり、現在は月五マルクのささやかな日銭生活に変わったという。弟をテロで亡くしたジェシカ・カサギッチの両親は、ボスニア・ヘルツェゴビナを去り、モスクワに疎開した。葉書には「誠実でやさしい人が、このごろどんどん悲しそうにしている。暴力の時代になったな、と思います」とあった。

日本に来たMさんは、予定していた益子での陶芸の雑用係の職が、不況で消えてしまった。稼ぐあてを失ったMさんの「酒でも飲もうよ」と誘う、深夜の電話の声が震えていた。

イタリア・南米

1995–96年

足かけ五年を費やした『「在外」日本人』は一気に五万部が市場に出回る。計画をたてはじめたころは、世界一周のひとり旅をやりとげ、旅先で出会った人々が語る人生をつむいで作品として結晶できるだけですばらしい夢、と思っていた。

夢は現実的な数字としても報われた。企画者であり、完成への長い道程を支えてくれた編集者の原さん、松原さんは喜び、胸をなでおろした。彼女たちの苦労は、おそらくはわたし以上のものがあったにちがいない。

わたしにとっても、数字の力はいまだ未知のできごとだった。五万人の読者ひとりひとりを思い浮かべるのは不可能だ。わたしが書いた言葉、本を読んでいる人の後ろ姿を想像する。読者、という言葉をいくどもひとりつぶやき、微笑んだ。

数人の仕事仲間と共同で新聞社や放送局もできないほどの巨大で繊細なプロジェクトをやり遂げた、人と人が出会い、結束して活字のなかに夢の世界を生み出した。

世界各地に暮らすひとりひとりの在外日本人の協力と後押しがなければできなかった。

なにより二冊目が書けた。失いかけていた自分への自信とささやかな誇りをとりもどした。薄暗い部屋の片隅で誰にも会うこともなく続けたテープおこしの日々。一円玉を数えて迎えた月末。たまってゆく家賃。とめられた電話、電気、水道。中年になってあの暮らしを続けるわけにはいかない。

だからといって、かりにも一度は夢にまで見たもの書きとなって、ビギナーズラックの一冊で終わるには悔いが残る。後ろ向きのまま生涯を終えることとなる。二冊目を仕上げ、きっぱりと出版界から離れ、食べていくために別の仕事につく……そう決心して挑んだ仕事だった。四十歳は人生をやりなおすにはぎりぎりの年齢のように思えた。

だから、……できあがった本を手のひらでさすれるだけで幸福だったのだ。


そして阪神淡路大震災、オウム事件。

一晩で価値観がひっくりかえる、という生々しさをわたしは知った。

高度経済成長を支配してきたなにかが基層で崩壊した。

この時期を境に出版界も未曽有の不景気に突入する。『「在外」日本人』もその波と無縁ではいられなかった。前日まで一日数十冊が売れていた本が大震災の翌日から一冊も売れない。

阪神大震災の翌日、わたしは神戸市灘区の教会で講演を頼まれていた。依頼者はその後牧師となった神戸の本屋さんである。パート労働者が多くなった書店業界で、彼は無類の読書人であり、さらに時代を読み、独自の視線、流れ、思索の表現としての書棚を創りだせる数少ない書店員だった。「震災直後、店に行ったらすべての本が床に散乱していた。一冊一冊を拾い集めているうちに虚無感に襲われ、とまらなかった。たった一冊、たった一冊も被災者のこころを慰めてくれる、身にしみる本はない、言葉がない、と実感してしまったんです」

瓦礫の地を歩きながら、彼が語った。

うれしかったのは、仕事の依頼がくるようになったことだ。

かつてはわたしの企画や原稿持込みに困惑を隠さず、断わるばかりだった編集者もきさくに会って仕事の相談にのってくれるようになった。

こんどこそもの書き、プロの書き手になれる！

月刊誌『中央公論』との付き合いは前年春に始まっていた。『「在外」日本人』のダイジェスト版を掲載させていただく企画である。原さんが当時の編集長宮一穂さんにかけあった。

生まれて初めての月刊誌トップ記事、表紙に名前の載る扱い。文句なく、意味なく、うれしかった。雑誌が店頭に並んだ日、宮さんもまた、これからの仕事について尋ねてくれた。

「次はなにを計画してるの？」

「具体的な計画はないけれど、やりたいことはいくつかあります」

「なに？」

「ひとつは三十四歳のときに歩いた四国遍路を今、もう一度歩き、そこを歩いている人たちと触れてゆくなかで戦後と現代を見つめてみたい、ということ。その多くは戦争体験者がさまざまな想いをこめて歩いていると想像しています。もうひとつはロナルド・ドーアさんへの克明なインタビューを通して戦後日本の変遷を見つめてみたい、ということ。三つ目はカンボジア再訪、です。カンボジア再生からアジアをもう一度、見つめなおしたい」

宮さんは三つの企画すべてに関心がある、と言ってくれた。

「あなたは短い文章より長い文章で書き続けたほうがいい」

いくつかのテーマを並行して取材しながら、一年に一冊仕上げる。うち百枚を七月号の『中央公論』で発表する——ようやくわたしの作家としての仕事のスタイル、中期計画が決まった。

四十四歳、夏。遅すぎるデビューと言っていい。

宮さんが最初に取り組んでほしい、と指示したのはロナルド・ドーア教授のインタビューだった。翌年から戦後五十年企画を連続的に組んでゆくなかに入れたい、と彼は言った。

「それにしてもドーアさんをあなたはつかまえられるの？」

ある地方局の対談番組で語り合った半日、ほんとに愉しかった。

ロナルド・ドーア。一九二五年イギリス、ブライトン生まれ。父は鉄道員。国家の時代的な要請で日本語を学ぶ。戦後、社会学者として敗戦国日本を訪れ、戦勝国のまなざしではなく、したがって統治するためでない視線で、日本庶民層の研究を最初になした欧米人。東京下町、そして山梨の農村に住み着き、現場で人々と交流しながら調査する、という方法で何冊かの日本に関する研究論文を発表する。以後、経済学者ともなり、ロンドン大学、ハーバード大学、マサチューセッツ工科大学の教授職、名誉教授職を歴任。

高度経済成長後は日本企業を支えた日本江戸期の教育システム、日本型企業と英国企業との違いなどの比較社会学、日本の政治についての調査、研究にその領域は広がり、その研究対象はアジア諸国、スリランカなどに広がり、八十歳をこえてなおロンドン、東京をまたがって移動する社会学者である。

こう紹介していると堅苦しくなる。が、彼はわたしにとってチャーミングな友でもある。いうまでもなく、ドーアさんは博学、碩学な知識人であり、しかも現場での徹底したインタビューと調査から学問する。そんなドーアさんがわたしを無碍に扱わなかったのは、なにも知らない、にもかかわらず、好奇心だけは旺盛、人が人であるかぎり大好き、というところが愉しかったのかもしれない。知識と情報で武装してかかる相手を彼は徹底しておちょくり、あげくに手厳しく切り捨てる。彼は庶民を愛し、尊敬している人なのだ。そういう意味で彼が『「在外」日本人』を高く評価してくれたのがきっかけだった。

わたしが生まれた年に東京にはじめて訪れた彼の、戦後日本での目撃談を中心に編集することにした。

彼へのインタビューに『中央公論』は十万円の取材費をくれた。自分で企画した取材記事でいただいた初めての取材費。十万円以上の仕事を返そう、と緊張する。十日間のインタビューを二回、とわたしはドーアさんに伝えた。お金がない、というと、自分の家に泊まれ、と誘った。

「わたしも調査のときに世界中の人たちに助けられましたよ」

ドーアさんはボローニャから車で一時間あまり、十二世紀に誕生した農村に住んでいる。時折は大学の会議などでロンドンにもどり、東京、ボストン、アジア各地を移動する。コンピューターでハーバード大学図書館、ロンドン大学図書館をつなぎ、各国の新聞は世界最古のボローニャ大学の図書館で毎週まとめて読む。家族はロンドンからさらに一時間あまりの小さな地方都市ブライトンに住んでいる。インタビューの場も転々とした。

初めての雑誌書き下ろし原稿でもある。張り切った。

あいかわらず、取材費は持ち出しだったが、資金は『「在外」日本人』の印税の残り、そして姉三村玲子、親友田原悦子から借りた。いまだ、返済してはいない。

この原稿を機に、東京大学社会科学研究所を中心にドーアさんを読み直そう、との動きがもちあがり、数年後には福岡でユネスコ主催の特別学会も開催され、にぎわった。

ドーアさんは奥ゆかしい礼節の人でもある。わたしは経済事情もあってイタリアに行く機会が少ないが、彼は頻繁に日本を訪問する。あるときは経済団体からの招きで、あるときはロンドン大学主催のシンポジウムで、またあるときはメディアの招きで……。日本にいるときは必ず、電話が入る。東京で、京都で、わたしたちは美味しいひとときをともにした。

感動するのは、彼が無類の友人想いであるということ。かつてともに学んだ日本の学友たち、学者仲間が病に倒れたと聞けば、その病院がどこであっても見舞う。彼自身も心臓のバイパス手術を受けた身でありながら、である。

そしていまひとつ。彼が過去を振り返らぬ、常に今と未来に深い関心を寄せ続け、発言し続けようとする人であり、その姿勢は超科学的、合理的な人であり、ノスタルジーとはまったく無縁の人であることも付け加えたほうがいい。

彼に学んだことは、文章を書く人間は常に自ら投稿者であれ、ということだ。

依頼されて書く原稿も大事だが、名前が知られるようになるとメディアの論調、流れにあわせて発言するようになりがちだ。しかし社会の関心とメディアが必ずしも同調しているとは限らない。ずれている場合はきわめて多い。どうしてもこれだけは書きたい、主張したい、伝えたいことは投書、投稿し続ける。ひとりの読者として、投書する姿勢を保持すること。

「僕がね、イギリス人として誇れるのはイギリスのメディアです。タイムズ、そしてＢＢＣ」

それにしても、ドーアさんとの二十日間は、ほんとうにすてきな時間だった。シエナへの旅、レストランでの会話、庭でテーブルを囲んだランチ、ワイン工場への買出し、ワインの瓶詰めの作業、村人たちを訪ねてのひととき、十二世紀の農家を改造しつつあるドーア邸に出入りする大工との打ち合わせ、彼の故郷でのひととき、ロンドンでの散歩……。

恋を語り、男女のふしぎを語り、英国と日本を語り、アフリカを語り、イリイチを語り、介護を語り、終末期を語り……。いずれ単行本にしたかった。

ドーアさんの日本――戦後・日本人であろうとする自意識

1

いったいどこの国の、いつの時代にまぎれこんだのだろうか？

私はなつかしい、不思議な感覚にとらわれたまま、山間の村のバー、「ピーナ小母さんの店」で一人の客に見入っていた。

ここではあらゆる意味で時がたっぷりとたゆたっている。店のまんなかで、初老の男はビールグラスを握りしめ、長い間動こうともしない。物思いに沈んでいるのか、遠い過去を懐かしんでいるのか。安易には言葉にできない人生のうつろいが彼をとりまいている。

左翼民主党と分裂した今もなおイタリア共産党の活動家たらんとする男は、いつ来ても同じその椅子に坐っている。背後の柱には数枚のスケッチ漫画が飾ってある。かつてこの山間の村を訪れた元大統領、ペルティーニと握手する彼が描かれている。ペルティーニ――戦前からの左翼の活動家。共産党と協力して野党を結集したとして、戦後イタリア政治史のなかでもっとも親しまれ、信頼された庶民派政治家だった。バーを訪れる人は、男が人知れずあたためている誇りの片鱗を、その漫画の下に坐り続ける姿から窺い知ることとなる。それはまた、この村の歴史を飾るできごとでもあった。

バーの隣にある小さな役場にも、元大統領の写真が飾ってある。元大統領の隣で胸をはるのはバーの女店主ピーナの兄弟、チェザーレ村長。写真を眺めながら階段を昇って行くと、そこに北イタリア出身の画家モランディの描いた素描も展示されている。そういえばこの村はモランディの名を冠している。元大統領はその命名式に招待されたのだ。

グリツァーナ・モランディ――世界最古の大学発祥の地ボローニャから南に約三十キロ。抜けるような青空。満開の桜並木。点在する中世そのままの農家の石壁。タンポポ、レンゲが咲きこぼれ、ハコベや大根の花がそよ風に揺れ、晩春の光に軽やかに輝く。いずこからともなく小鳥がさえずり、蜂がうなり、羊の啼く静かな山村だ。

実際、モランディの名がなかったなら、おそらくこの村は誰にも知られず、また大統領の訪れることもないただの寒村だったに違いない。

突然、大きなエンジン音が轟き、ロシア製の古い軍用ジープが停まる。カフェのガラス扉があく。運転手フランコだ。ガッシリとした肉体――腹の底からはりあげる胴間声が響きわたる。仕事帰りの一杯というところだろう。カフェの空気が一変し、ザワザワと動く。カストロ髭の男、アルコール依存気味の老人……常連客が次々に続く。男を囲んでトランプゲームが始まる。レジを打つ金髪のピーナも陽気に笑う。今は共産党を離れたフランコが男をからかう。「どうだい？　共産党はまた分裂したじゃないか！」――激しいやりとり。政治を論じる傍らで、老人が六〇年代のカンツォーネを歌う。

この地の政治論議は歌やビールやトランプと切り離せないらしい。

店の隅で新聞を選んでいた白髪の男が老眼鏡をはずし、警戒のない、ひとなつこい表情でふりかえる。土埃にまみれたよれよれの作業用ズボンとジャケット。素足に泥だらけの古靴。東京で出会った背広姿のイギリス人はすっかり北イタリア農村の村人になりきっていた。

フランコが大きな手でイギリス人の肩を叩き握手を交わす。小さな挨拶は延々と長い世間話に変わる。眼鏡の蔓を唇にくわえ、村人たちの政治談義から小さな噂や自慢話にいたるまで、面白そうに聞き入るイギリス人の庶民的な笑顔。羊の強姦から近所で起きた痴話喧嘩、愛のもつれ、万屋《よろず》の舅と婿の反目、ピーナの香港旅行、新しいイタリア料理法、葡萄の出来、孫の指しゃぶり……庶民生活の細かく、小さな断片が一つ一つイギリス人の脳裏に記憶され、世界の現在を解読する鍵となっていく。たどたどしい彼のイタリア語は、彼が住みついて六年を経てなお、事件の少ないこの村の人々に恰好の話題を提供しているに違いない。深い学識を窺わせるあの鋭い眼光や、論争に挑むときの冷徹で激しい口調を知らなかったら、彼が世界的に著名な社会学者と気づく人は少ないだろう。

今から四十五年前。いまだ戦後復興を果たせずにいた貧しい、五年前までの敵国日本を訪れた若きイギリス人社会学者の姿を、私はそこに重ね合わせて見つめていた。

ロナルド・ドーア。七十歳。ある時は東京下町の庶民の家に下宿をし、またある時は農村に住み込み、教育の現場を訪れ、そして工場組織とそこで働く労働者たちの生活・意識調査を試み、欧米諸国に対し、そして日本人自身にむけて温かく、時に皮肉り、時に厳しい論評を続けている、戦後五十年の日本を見つめ続けたイギリス人社会学者である。

2

十二世紀から村を見守ってきた教会の彼方に広がる原野。遠くムッソリーニが敷設した鉄道の汽笛が聞こえる。終の住処にと、一九八九年に教授の買い求めた十五世紀の農家の庭。近郊の葡萄園で仕入れたワインを一本一本の瓶に詰め替えながら、ドーアさんは呟いた。

——僕の父は八歳の頃から肉屋で働き、しばらくして南鉄道の鉄道員となった。機関車の掃除夫から始め、かまたきを経て最後には急行の運転士として退職したんだね。労働者の家庭に生まれた僕は、だから、大英帝国の恩恵をこれっぽっちも受けて育ってはいない。ドーア一族と大英帝国との関係を探すなら、僕の叔父の一人が失業し、しょうがなくて軍人になった。そして何年かインドに赴任した。ところが彼はまったくインド社会と関係を持つこともなく、一個の真鍮の孔雀の置物を土産に持ちかえった。その孔雀だけと言えるでしょうね。

——たしかにイギリスには「帝国の日」という祝日がある。小学校の頃、イギリスが世界の地図を塗りかえたことを誇りと考える、と教えられてもいた。しかし、中学の歴史の先生は「イギリスは早くインドから引き揚げるべきだ」と考えていました。そういった先生たちと接していたから、大英帝国を懐かしむ階層の人々とは思想的にもまったく無縁だった。だけどグラマースクールに進学することに両親は反対しなかった。もちろん、少年となった僕がアルバイトできないから経済的には苦しかっただろう、と思う。しかし、母は何も言わなかった。それにしても、僕の通ったグラマースクールの裕福な同級生といっても眼鏡屋さんとか牧師の息子程度でね。大土地所有者の貴族でもないし、医師や弁護士のようなアッパーミドルクラスでもない。

――当時、イギリスで出版されていた日本に関する本は、この世にはこんな変な人がいるよ、というような、ただ人を驚かす目的で書かれたものが多かったんです。僕自身はことの真実は別として、そういった発想で書く人の浅薄さだけは理解できましたから、人間にそんな違いがあるはずはない、同じではないか？　と考えようとしていたと思います。イギリス人と日本人の違いを過大評価する一般的風潮に対し、逆にあえて過小評価するようにしていたかもしれません。

――オックスフォード大学やケンブリッジ大学にも誘われたことがある。でも僕は考え込んでしまった。オクス・ブリッジに行ったとしても、毎日毎日、オクス・ブリッジに象徴されるイギリスのある階層の人びとの一挙手一投足・言動に苛立つばかりではないだろうか。それは私の研究生活を邪魔するだけではないだろうか――それで、断わった。

だから、と異なる文脈で聞いた言葉をつなげてはドーアさんに叱られるかもしれない。しかし、私はどうしても、だから、と次の言葉をつなげてみたいと思った。ドーアさんの著書『日本の学歴社会』に触れつつ、イヴァン・イリイチの『脱学校の社会』『脱学校化の可能性』を徹底して批判する理由、また先進諸国が発展途上国に欧米式の教育を持ち込むことへの私の危惧、これまでに受けてきた私たちの欧米型の教育をモデルにした教育そのものへの批判をした私に対し、彼が（半ば感情を激しながら）答えた言葉を——。

——生まれながらに貧しい人が、その人の責任とはいえない理由によって学ぶ機会に恵まれないために一生を苦しまなければならない。その人たちの苦しみについて、自分たちが恵まれた階層、社会にあることを意識せず語る人には怒りを覚える。

さらに私は、中学生の頃に、読書感想文を書かされた一冊の本について尋ねた。戦後に出版され、広範な日本人に読まれた『自由と規律』（池田潔著）である。「当時の私には批判力もなく、おそらくあの本によって、イギリスが民主主義のお手本だ、欧米は素晴らしい民主主義国家だ、と信じたのですが？」——と。

——あの本は僕が最初に日本を訪れた頃（一九五〇年）出版されたんですね。だけど驚いた。あの本に描かれているイギリスはパブリックスクールの伝統でしょう。オクス・ブリッジの階層のイギリス。あれは僕の育ったイギリスとおよそ関係のないイギリスですね。あんなにお高くとまった、ものすごいエゴイズムに支配され、すさまじく自惚れの強いイギリス人にイカレている日本人に出会うたびに、馬鹿だなあ、と(笑)。そういう日本人を本能的に嫌った記憶があります。自分自身を反省し、人から学ぼうとする姿勢はとてもいいことなんだけれど、なぜ日本人の反省する基礎が、ああいったイギリスの特別な社会にあったのか。まあ、それが中学の読書の課題本となって、あなたがイギリスは民主主義のお手本の国だ、と錯覚したのはあなたの罪ではない(笑)。

――しかし、不幸だ。

3

――私が日本と関わりをもったのは戦争のおかげです(笑)。英国では、戦争のために軍の通訳の養成を急ごうと、中学生(日本でいう高校生)を募集しました。当時、十七歳だった私も卒業試験を逃れ、早速応募してトルコ語を希望したんですけれど、どういうわけか日本語コースに入れられた。戦争成金という言葉はあっても戦争成学という言葉は聞いたことがないでしょう?(笑)。もしもあるとしたら、それは私でしょう。

もう一つの偶然は、病気になって一時休学したために戦地に赴かなかったということ。ロンドンに残り、日本語の先生をしながらロンドン大学の夜学でフランス語、ラテン語、そして経済学を勉強した。今、日本経済について原稿を書いたりしているけれど、経済学のコースを受けたのはあとにも先にもその時だけ(笑)。当時、戦後の社会計画を考えてゆく際、ケインズ経済政策による完全雇用の社会を作らなければ、という考えが常識という時代でした。続けて日本語コースで日本語と日本文学を学び、「モダーン・ジャパニーズ」で学位を取得しました。現代の日本をテーマにして学位をとれるなんて、英国にしては大変な進歩だったんです。何しろ、日本の学問の原型が漢学、中国の古典であったのと同じように、それまでイギリスの大学で学ぶ人にとっての学問の原型はギリシャ・ローマの古典だったわけです。やはりどこかで、東洋文化は野蛮人の文化、という考えが根深かった。他国の文化が大学の正式科目に入れるかどうかの基準は、結局学ぶに値する古い「古典」があるかないか、というところにおかれていたわけです。だから戦前のイギリスには「古典的日本語」コースしかなかった。『竹取物語』『古事記』などはたしかに古いに違いないわけで、古典と仕立てたんでしょう。現代文学を読んだほうが日本について深く学べる、という考えが認められはじめたのは戦後になってようやくだった。僕が学ぶ頃になって「現代も可なり」という体制になったものの、それでもまだまだ『竹取物語』『古事記』は必須科目に残っていた。『万葉集』『古今和歌集』『新古今和歌集』なんて、たとえ必修であっても、僕にはたいしてエキサイティングな文学ではなかった(笑)。

——終戦となって除隊したとき、大学院に進学する奨学金をもらえることになったんです。

同時に、英国でも戦争をふりかえり、東洋についての知識があまりにも乏しかった、という反省の雰囲気がもちあがっていた。なかでもスカーブラ卿を座長とする政府審議会が、東洋についてのエキスパートを養成しなければいけない、と奨学金を設立した。僕はその奨学生の第一号に選ばれたわけです。

——しかし、当時の日本は占領下で、マッカーサー元帥はイギリス人の学者や学生をあまり好きではないらしい(笑)。待てど暮らせど入国ビザがおりない。表向きの理由は、日本の食糧事情が困難で、無用の人物を入国させたくない、というものでした。

ただ待っているのももったいないからケンブリッジ大学の図書館で二ヵ月ほど、十九世紀の日本に滞在した外交官アーネスト・サトウとW・G・アストンが残した蔵書の目録作りのアルバイトをしてました。それらの本は約六十年間も日の目を見ずに放っておかれてたわけです。そして新井白石の自伝『折たく柴の記』を見つけ、彼が子ども時代に漢字を学ぶのにどれだけ苦労したか、という話を読んだ。なるほど、江戸時代の日本にはすでにきちんとした教育システムがあった、と知ったわけです。

これは博士論文のいいテーマになるぞ、と予感したもののいまだ面白がる程度でした。それからビザを待って三年間、江戸時代の教育について夢中に研究してました。だから現代の若い日本人が読めない候文も読める(笑)。

ロンドンの英国図書館には江戸時代のすばらしい随筆全集がありました。しかし私が基本資料としたのは、明治時代に帝国文部省が発行した藩校に関する六冊の文献です。東京大学の教育学部の先生が送ってくださった。イギリスの教育学の文献と交換したんですね。ただ、そのときから儒教にはどことなくひかれていたように思う。

『法政大学社会学部三十周年記念講演』一九八三年から

（儒教は）珍しいというだけではなくて、西欧のキリスト教に比べて儒教社会はもっと理知的な倫理規範をもつ社会ではないかと思ったわけです。もう一つは、以前から西欧の個人主義を基盤とするような社会の構成は日本の社会構成とだいぶ違っていると気がついていたので、儒教の伝統にその鍵が見いだせるのではないかというぼんやりとした問題意識を持っておりました

――江戸時代の文献を勉強しつつ社会学にも興味を持つようになり、ロンドン大学の社会学のセミナーに出たり、講義を盗み聞きしたり――。当時はやっていたのは実態調査でした。一つの地域の細部を研究することで、その国全体の社会構造を把握するという方法を駆使した、アメリカ人ロバート・リンドの『ミドルタウン』にはとても感銘を受けましたね。日本でも同じことをやってみたい、と野心を抱いてロンドンを出発したわけです。

4

――GHQからようやくビザがおりたのは占領も終わりちかくになった一九五〇年だった。外務省が知恵を貸してくれてね、イギリス大使館文化顧問ジョージ・フレイザー（詩人）のセクレタリーの肩書をくれたんです。彼とロンドンから出港して約二ヵ月の船旅だった。語学コース時代の友人たち――彼らの一人は最近まで駐日英国大使を務めていた奴だ――と行ったフランスへの旅以外にイギリスを出たことのない青年には、東洋に近づくにつれ、変わりゆく風景を眺めるのはほんとうにエキサイティングだった。神戸港に到着したのは二月だったかなあ。夜明けの、朝靄の彼方にポツ、ポツと数えるほどの街灯が六甲山を背景に灯っていた。

――綺麗だった。

――神戸から占領軍専用車両に乗って東京に向かいました。当時は山手線にも占領軍専用車があったんだね。東京は十分食べられるほどには復興してましたね。もちろん現在とは比べようもないけれど、飢え死にするような人はなくなっていました。

――最初は大使館で暮らしてました。東京大学社会学科に特別研究生として入学したんですが、六ヵ月後、外務省から許可がおりてすぐに朝日新聞に広告を出したんです。「下宿求む！」ってね。当時の日本には物好きは少なかったのかなあ。反応は小さかった。ただ、台東区花園町のおばさんから連絡をもらって、大学にも近かったし、僕はそこに住むことに決めた。花園町は不忍池のほとりにあったけれど、僕の下宿は酒屋の裏に密集する長屋の二階だった。いわゆる「環境のいい」ところではない（笑）。南は酒屋の物置、東の窓の外は一間ほどの路地を隔てて近所の町工場の内職の場になっている。一日中ガチャンガチャンと木琴を作る音が騒々しい。だけど部屋は床の間のついた六畳一間、しかも三食つきだった。

懸案だった江戸時代の教育についての研究はすぐにやめたのね。人のうようよしている路地、庭つきの家なんかほとんどない、間借り人たちの町だったけれど、住んでみたら、とても面白い町だったから――。『ミドルタウン』のような一つの町でなく、東京の下町の三百人について、経済生活、家族、政治意識、宗教、余暇、仕事について市民の実態を調査し、それを具体的に描きつつ、日本全体の構造を明らかにしてみよう、と考えたわけです。

当時はイギリスも先進国と言われてましてて（笑）、とにかく裕福でした。調査をしたい、と申請したら、当時の金額で二十五万円の研究費をくれました。東大の学生を十五人ほどアルバイトとして雇い、小路の住民三百人に、一軒三十分から一時間の面接調査をやってもらったんです。調査票は二種類ありました。一つは生活水準や家具の実態、家の様子など――それで三百六十時間。もう一枚は宗教とか政治、労働生活についての調査がおのおの百人。合計で一千時間ものアルバイト料が十分支払えたんです。最後の決算をしたら八万五千円ほどオーバーしていた。帰国して大蔵省にその旨を報告したら、払ってくれました。

――調査をやろうと準備していた頃、占領軍総司令部にいた米人社会学者ジョン・ベネットを訪ねたことがある。彼は「そんな目的のない馬鹿なことをやってもしょうがない。仮説を立証するための調査ならいいけれど、漠然と人情が知りたい――そんなのは社会学とは言えない」と批判してました。だけど、すでに計画も半熟していたし、お金も動きはじめてたから。（笑）

『都市の日本人』より要訳

都市計画の片鱗も感じさせないしもたやのたてこんだ小路。空き地という空き地は利用され尽くし、一軒一軒が土地の形に応じて方向はまちまち、ごちゃごちゃと乱雑にひしめき合っている。にもかかわらず、おおかたの家はすれちがえば肩触れ合うほどのせまい小路に面している。見上げれば、たくさんの電線が剝き出しのままだ。（略）トタンで修理した家もある。腰板が腐って崩れおちんばかりの家もある。割れた瓦、日に焼けて変色し、子供のいたずらでずたずたに破れた障子や唐紙。日本の家屋をさっぱりと魅力的に保つには、やはりずいぶんと金と手間が必要らしい。

下山町（注・仮名／ドーアさんは調査論文のなかで固有名詞の使用を避けるようだ）ではいわゆる「日本人的な」形と色、調和の感覚が見あたらない。なぜなら下山町は鑑賞するためにつくられた町ではなく、人の暮らしの積み重ねが生み出した町だから。だからこそ、その小路は活きいきと、しかも懐かしい。

早朝六時半、小路の住民たちは豆腐屋の奏でる物哀しいラッパの音や、納豆屋の呼び声で目を覚ます。庭がないためなのだろう。どこの家も洗濯物を二階の物干し台の竹竿に干している。天気のよい日には、厚い布団や寝まきもそこに並ぶ。二階のベランダにはさらに食器や家具も雑然と積み重ねられている。部屋がせまく置き場所のない生活の知恵かもしれない。（略）小路はまた、幼な児たちの恰好の遊び場でもある。丸坊主の男の子や人形のような前髪をした女の子たちはむしろの上に坐りこみ（略）泥菓子をこねたり、壊れた瀬戸物でおままごとをしたり、しゃぼん玉で戯れる。

（略）昼下がりの午後——小路は学校の終わった子どもたちの世界となる。子守を言いつかった少女も弟妹を背中におぶったまま石けりやまりつきに夢中となり、少年たちはといえば相撲をとったり、仲間同士ひそひそと漫画を読みふけり——。メンコ打ちに興じてあたりはばからずはりあげたはしゃぎ声におどろくこともある。

（略）背中の赤ん坊を気遣いながらも井戸端会議につかまった母親は、おそらくこれから風呂屋へ行くのだろう。（略）太鼓や笛の音が響きわたる。「ちんどん屋」だ。白い割烹着の女や上気した子どもたちが興味津々、あちこちから集まり、路地はたちまち野次馬の群れに埋まる。（略）もう一つの太鼓がとどろく。子どもたちが待ちに待った紙芝居屋だ。（略）どこからか傘直しや靴直しの声が聞こえる。いつのまにか物売りたちは日陰をさがしだし、むしろを敷いてそこに道具を並べ、客待ち顔で坐っていた。

Oさんは三十九歳、巡査だ。（略）成人してからの大部分を軍隊で過ごし、戦時中に結婚した。(略)Oさん親子五人は四畳半一間に住んでいる。その畳は黄色くなり、しかもすりへって、古臭いにおいがしている。家具といえばお膳と二つの大きなたんす、食器棚だけ。一方のたんすにはラジオがのっている。入口外側の廊下にも六所帯がそれぞれ所せましと鍋や台所道具をおいていて、せまい廊下を一層せまくしている。

(略)肉はめったに買えないが、週に四、五度は魚を食べる。しかし、たいていはもっとも安い塩鮭である。(略)たった一つの蛇口しかない流しと便所は、他の三家族と共同で使わなければならない。(略)奥さんは一日おきに子どもたちを風呂屋につれて行くが、Oさんは週に一度だけ。風呂屋での洗濯はむずかしい。にもかかわらず長男はアイロンこそかかってはいないが、清潔な服装で通学している。奥さんはアイロンも欲しいけれど、ミシンを持っている近所の人々もうらやましい、と言う。(略)一間暮らしの悲哀を痛切に感じるのは冬である。火鉢の炭や練炭はかんかんに赤く燃えはしても、五人を温める暖房に十分ではない。

(奥さんは)お茶をいれたり、子供を寝かしつける合間に、四〇ワットの電灯の下で派手な水色の靴下に赤い花模様の刺繍をする内職をしている。東京のある会社がアメリカに輸出する品物らしい。彼女は休む間もなく、一日中内職を続け、週に二三〇〇円を稼ぐ。そしてようやく一家の収入は一ヵ月一万一〇〇〇円となる。五〇〇〇円は間代に、約七五〇〇円が水道・ガス・電気・炭代に。子供たちの菓子代が四〇〇円あまり。新聞、煙草、月一度の映画に七五〇円。その他のほとんどは食費に消える。たまに余ったとき、ようやく家族の衣服を買う。（略）自分の家に住みたい。それが夫婦の切なる願いである。

Tさんはこの町でとびぬけて裕福な金持ちである。彼は町内に住んでいながら、まったくこの町の人らしくなく、ひどく嫌われている。（略）Tさんは田舎の土建屋の伜で妻も小さな田舎町の麻商人の娘だ。二人とも小学校を卒業しただけだが、とても頭がいい。が、厚かましいことも並はずれているようで、人一倍やり手で、恥知らず、と噂されている。（略）最初、T家は裏手の部屋で小さな粉石鹸の製造を始めた。それが終戦当時には数個の会社に拡張していた。ほとんどが戦時体制と、とくに陸軍経理部との結託の産物だった。（略）占領が実施されたと同時に、戦災を免れたT氏の住宅は占領軍の将校たちの宴会場として政府に借り上げられた。昭和二十六年には、二〇〇円の現金と腹一杯の食事で浮浪者たちから献血を募り、朝鮮に駐留する米軍に乾燥血漿を送る仲買となった。それは途方もないもうけをもたらした。（略）彼らの財産を記録するのは退屈なことだ。三台のラジオ、一八台の扇風機、二本の電話、二台の自動車（アメリカの戦後型）、三台の電気冷蔵庫、プールのようなタイルばりの風呂場……。（略）夫人によれば家計の支出は月三〇万円ぐらい。しかしT家ほどの資産家ともなるとさまざまな臨時支出もある。たとえば骨董屋が持ち込んでくる没落した旧華族からの委託物の数々……。

反対にAさんは町内でもっとも貧しい。彼の父親は彼が小学生の頃破産した。洋服屋に奉公にだされ、長い間の修行のすえにようやく自分の店を開業した。順調に店は拡張していったが、東京大空襲ですべてを失った。多くの人たちと同じように、彼は保険金を元手に闇屋の仲間となった。しかしうまくいかない。なけなしの有り金をはたいて再び自分の店を開こうとしたが、これも失敗する。(略)幸いにも職安で日雇い仕事を紹介された日には、二五〇〇円の日当を稼ぐ。失業したての頃は、通常の倍を稼げる臨時の沖仲仕にありついた日もあった。しかし、貧困はそれ自体悪循環する。波止場仕事は厳しく、たらふく食べてなければ体がもたない。だが、波止場の日当では満足に食べることは難しい。酒も呑みたい、安売春宿にも顔をだしたい――これが彼のあまりにも厳しい徒弟奉公の辛さから逃れる術だった。(略)Aさんは、数人の仲間と一緒にやってきたくず鉄拾いの商売を大きくしたいと考えている。(略)少なくとも、職人のくすんだ生涯は続けたくない。職安労働者の地区組合長を務めたほどの統率力は大きな財産だ、と彼は考えている。その才能を生かして、てっとりばやく儲けられる仕事を始めたい――(略)この家族は八百屋の二階の三間を借りているが、何ヵ月も間代を払っていない。家主の温情で追い出されないでいるだけだ。現在は八畳一間にとじこもり、電気もとめられ、ロウソクで暮らしている。水も階下から運び、台所道具といえば小さな七輪があるだけだ。擦り切れて黄色いけばだちの固まりになってしまった畳。(略)痩せてたいぎそうな末っ子は、おできができて後頭部がはげてしまっている。八歳の長女と四歳の次男は服のまま、ぼろぼろに破れたうすぎたない布団に寝ころがっていた。(略)友人からの借金、妻の実家からの援助、生活保護、くず鉄拾いの細ぼそとした売上げなどで、一家はかろうじて生き延びている

——住み込んだのが東京の下町だった、というのが幸いしたのでしょう。皆、とても温かく私を迎え入れてくれました。流暢とは言えなくても、日本語が話せたことが違和感がなかった一つの理由かもしれない。にもかかわらず、日本についていちいち説明してあげなければならない、と皆さんが思うほどには違和感があったんでしょう。それがちょうどよかった。リラックスはできたけれども、生活様式の細部をきちんと説明してあげなければ理解できない、という皆さんの意識がとてもよかった。何よりも毎日がそれほど忙しくない時代だったから、ゆっくりと僕に付き合う時間もあった。町の会合は夜七時集合、というのに始まるのはいつも七時半過ぎ(笑)。ジャパニーズ・タイムっていう冗談もあったくらいだ。約束はあってなきがごとし。町では三十分、農村なら一時間の遅れは普通でした。今、東京で人に会おうとすると、「十一時？　何分くらい必要ですか？」っていう感じでしょう。時間に厳しい謹厳な日本人——という現在の印象からは考えられないでしょう。

——花園町での調査はほんとうに面白かった。整理はロンドンに帰国してからやったけれど、

数量的な計算はほとんど日本でやっていました。高校の先生をしていた東大の友だちが高校生のアルバイトを動員してくれてね。彼らが集計をやってくれた。集計作業をやった最後の夏はとにかく暑かった。下宿には扇風機があったけれど、壊れていて動かない（笑）。暑さに参って、僕はその扇風機を東芝の神奈川工場に持って行って、部品を交換した。ちょうどGHQがさかんにレッドパージを行っていた頃で、東芝工場でも組合執行委員会の二十人がクビを切られた直後だった。ところがそれはあまりにひどい、と会社側が販売の別会社を作った。あとで聞いたら、彼らは思わぬ展開でその後、大変な金持ちになったらしい。これは欧米には絶対にないできごとだ。壊れた扇風機のおかげで日本型経営と労働組合の関係について考えるきっかけをもらったんだ。暑くてよかった（笑）。

——花園町の調査結果を考えるうえで、当時の日本で多かった近代化論者、つまり近代化すなわち個人主義化という図式で考えるという仮説は非常にまとめやすかった。しかし、今はそれが正しかったとは思えない。たしかに真実の一部はそこにあったと思う。終章で僕も日本社会を「近代化論者の言う近代化・個人化への「途上にある」社会として把握することが一番合っている」という結論を書いた。

しかし、「しかし」とも付け加えている（笑）。西洋の「近代化・個人化」の過程は封建社会から個人経営の小企業経済への移行の過程であった。ところが日本の工業化は、大企業主導の工業化でした。封建社会からいきなり大組織社会へと移行したわけです。そういう社会において近代化＝個人化・個人主義化という西洋の図式はそのまま日本社会にあてはめていいのかどうか疑問だったからなんですね。当時の近代化論には大組織における個人化の問題が無視されていた。

一九五〇年は朝鮮戦争の年だった。日本の高度成長はこの戦争特需で離陸する。

――朝鮮戦争のさなかに舞鶴の近郊にある村を訪ねたことがあった。部落解放運動の活動家の女性を訪ねたんだけれど、彼女の家に最初に現われたのが愛人のお巡りさん。どういうわけか酔っぱらっていた(笑)。しばらくしてもっと酔っぱらった船乗り。彼はそれまで失業してたけれど、韓国に軍需物資を運ぶ仕事を得て大変に景気がよくなった、だからこうして酒が呑める、って言ってたね。それが僕にとっての朝鮮戦争だった。

5

私たちの知る日本人以外の著者による日本人研究のなかでも、アメリカ人文化人類学者R・ベネディクト『菊と刀』はいまだに読み継がれている。この書はアメリカ合衆国が日本の戦後占領政策を企画するために、一九四四年六月、敗戦前に彼女に研究を依頼したものだ。

ベネディクト自身は、日本で暮らすというところから始めたドーアさんと対照的に、一度も日本を訪れず、文献や日系人、日本人捕虜などがその主たる研究対象になっている。

その第一章は次のような文章で始まる。

R・ベネディクト『菊と刀』より

日本人はアメリカがこれまでに国をあげて戦った敵の中で、最も気心の知れない敵であった。（略）日本の閉ざされた門戸が開放されて以来七五年の間に日本人について書かれた記述には、世界のどの国についてもかつて用いられたことのないほど奇怪至極な「しかしまた」の連発がみられる。（略）日本人は喧嘩好きであると共におとなしく、軍国主義的であると共に耽美的であり、不遜であると共に礼儀正しく、頑固であると共に順応性に富み、従順であると共にうるさくこづき回されると憤り、忠実であると共に不忠実であり、勇敢であると共に臆病であり、保守的であると共に新しいものを喜んで迎え入れる

『菊と刀』はアメリカ人に対してより、戦後の日本人により深い、複雑な影響、後遺症を残したのではないか？　私の質問はそこから始まった。

――『菊と刀』は日本を訪れる前に読んでいたと思う。あまり印象に残らなかった。しかし花園町の調査にあたって質問項目のいくつかは、彼女の作りあげた日本観について「それはほんとうだろうか？」と疑問を投げかけようと意図したことも事実です。帰国して、花園町での調査をまとめる段階でじっくりと読みなおしましたね。ベネディクトは日本人を特殊だ、と強

調しすぎました。一方で、日本人もまた、自分は特別の民族、特殊な民族である、と思いたいんでしょう。とくに敗戦後は戦前の特殊民族意識が一変して、反省しすぎる日本人が登場していた。あなたがイカレた池田潔ではないけれど(笑)、欧米では何でもよくて日本は遅れている、と必要以上に自己卑下してしまった。実は自らが特殊だと思いたいにもかかわらず……。『菊と刀』はそうした日本人の自慢したい自意識を刺激し、満足させた。日本人に非常にうまく入り込んでいったわけです。その後も、相変わらず日本人論のブームは続いているでしょう。たくさん出版されたし、たくさん読まれ続けている。

――彼女と僕の視点の違いの一つをあげるとしたら、それは義理についての考察でしょう。彼女は、日本人における義理の観念、義務の観念、あるいは忠の観念は他の民族の文化にはないものだ、と書いています。しかしそれは馬鹿馬鹿しい誤りではないだろうか？

義理というように観念化はしなくても、イタリア人だって、イギリス人だって、日本人と同じように義理固い気持ちで行動する、という個別の例はいくらもある。個人個人の差であって、日本人に特殊だと考える必要はない、国によって、その平均的な人を抽出した場合に少し違いが出るだけではないか――当時、どこかでそう書いた記憶がある。その考え方について僕は依然として今も間違ってはいないと思っている。

しかし、ドイツに対する占領政策と日本へのそれとの違い、日本人に対しては欧米人の論理をもちこめない、という占領軍の姿勢の背景には明らかに『菊と刀』に代表される日本人特殊論があるのではないか?

――私は占領政策の形成について詳しく研究していないのですが、明らかにそうだったと思います。天皇を戦争犯罪人にしない、天皇制は廃止しない、という決定をくだした人たちが『菊と刀』を読んだかどうかは疑問ですが、彼らのメンバーにベネディクト本人が入っていました、当時のワシントンの人たちの雰囲気は『菊と刀』に象徴される日本人特殊論に影響されていたことはたしかだと思う。

――外務委員会の「マッカーサー元帥解雇問題審議会」で、マッカーサー本人が過去、極東において自分がどれだけ素晴らしいことをやってきたのか、と経歴を語ったことがあります。そのなかで社会の成長を人の成長年齢にたとえたくだりがある。ドイツ社会は四十五歳くらいだが、日本社会は十二歳か十三歳。ティーンエイジャーの段階にある、という発言をしている。だから両国に対する占領政策に違いがあるのは当然だ、という認識なんだね。翌日の日本の新聞には「日本人の知的年齢十二歳」という見出しが躍っていた。

――それに対し、何十年も日本に滞在して日本で息をひきとった、日本の労働法史を研究したコーウェンの本はとても面白い。『リメイキング・ジャパン』という題名です。彼は日本の労働運動に対してとても同情的でした。しかし、やはり彼も子どもを扱うように問題を扱おうとしている……(笑)。司令部に交渉のために来る労働組合指導者たちの、透き通って見えるような策略をまるで親が可愛い子どもを見つめるような語りくちで書いている。ニューヨークで育ったユダヤ人の彼は、日本の中流階級で育った労働法学者との意識の違い、ということに触れている。軍国主義の圧迫のもとで、自らの意見を発言したら、不敬罪として罰せられるというような雰囲気のなかで育った人間は、ニューヨークで育ったユダヤ人（コーウェン自身）と同じようにはざっくばらんに自分の意見を主張できないのは当然だ、と。多くのざっくばらんなアメリカ人は、自分の意見を主張しない日本人を何も意見を持たない者として軽蔑せざるをえなかった。

しかし、軽蔑にもいろいろあるんですね。親は自分の子どもが自分よりも知的でなく弱い、と軽蔑するだろうか？　愛情があれば軽蔑という悪意のこもった感情にはつながらないでしょう。

——日本社会のアメリカ化については今も昔も変わらない感想を抱いている。戦後はそれでもまだアメリカに抵抗する動きもあった。現実として僕自身もアメリカに精通している学者よりフランス文学の渡辺一夫やイギリス文学の中野好夫のほうが人間としてもはるかに大きいものを感じたし、ロシアやフランスの文学、イタリアの映画を観る若者もたくさんいたでしょう。でも今は成田空港に降り立つたびにため息が出る。ロサンジェルス、サンフランシスコ、ニューヨーク、ダラス、シアトル、ミネアポリス……アメリカの各都市との連絡便がひっきりなしに発着しているんだもの。そうした直行便を利用する人々を観察していると、やっぱり日本の庶民にとってのアメリカ、ということを考え込まざるをえない。単純な世論調査でも「好きな国は？」という問いに「アメリカ」という回答が五〇パーセント以上を占めている。そうと知っていてなお、あの成田の現実を前にすると、やはり日本人にはアメリカが一番親しい国なんだな、アメリカのミーちゃん、ハーちゃん文化にもっともひかれているのだな、と改めて実感させられる。あの光景を見ていると、いかに日本人が限られた世界――アメリカを中心とした世界――しか知らないのか、と感じます。

『都市の日本人』より要訳

西欧人は西欧諸国のたどった社会発展の経過が正しい自然な経過であって、それからの逸脱はとかく不健全だというあやまった想定に（前に引用した著者ならびに他の大部分の日本の知識人もまたこの想定の上に立っているのだが）陥らぬよう注意しなければならない。（なぜなら、西欧人のばあい、あやまった「歴史主義」がとかく一人よがりな自国本位主義になるからである）（略）

いずれにせよ、日本人が他国の価値を借用し、他国の尺度で自己の業績を測ることに甘んじていられる時代がいつまでも続くはずがない。（明治時代でさえ、かような期間はそれほど続かなかったことを思い出してほしい。）やがて鋭敏な自尊心が強固な利害関心と結びついて、ちがった種類の新しい――「真に日本的な」――目標を発展させ、古いものと新

しいものとを巧みに結合させた、新しい社会と政治体制を作り上げてゆくものと思われる

——日本で調査をしていて、イギリス人であることで非常に得したのはインタヴューの時です。当時の日本人にとってアメリカ人でないということは占領権力の国の出身者ではない、ということでしょう。しかも白人だ。この条件は戦後の日本人と関わるうえで非常に有利だった。鬼畜米英とは言っても、インテリのみならず庶民にいたるまで、欧州に対して非常に深い愛着を感じているようでした。長野で知り合った六十歳をこえるお百姓が「小学生のとき、日露戦争が始まり、日英同盟の歌を覚えましたよ」と言って歌って聞かせてくれました。日英同盟によってイギリスが欧州における自由の灯台であるのと同じように、日本はアジアにおける灯台となろう——素晴らしい！（ケッサクな）台詞でしょう。国交・外交の偽りをまざまざと見せつけられたようで、思わず面白がって手帳に書き取りました。

6

——ロンドンに帰って五年。『都市の日本人』をまとめ終えた頃、ロンドンの王立国際問題研究所から日本の農地改革に関する調査の依頼があった。「日本が再び軍国主義への道を歩まないためには農業問題が非常に重要な課題だ」というのがその理由だった。マッカーサー自らが帰国後に、「素晴らしい成功であった。ローマ帝国時代のグラッキー兄弟の改革の試み以来あれほ

どの成果をあげた改革はなかったように思う」（季刊『農業総合研究』ドーア論文より）と演説した改革を調査する――なによりもやっぱりもう一度日本に行きたいでしょう（笑）。

しかもお金が出るという。総額で二万ポンドくらいだった。一年の調査研究と旅費、生活費を含むわけだけれど十分すぎる金額だった。それでロンドン大学に一年の休暇をもらって再び貨物船で日本に向かったんだ。

『加藤周一全集』月報より

私自身が加藤（周一）と友人になったのは、一九五〇年代半ば、彼がパリの医学研究者として留学していた四年間の終わりだった。二人ともほぼ同じころ日本に向かうことがわかったので、私たちは同じ船に乗るてはずをした。私は長い航海を過ごすのに日本の土地改革関係資料を読破しよう、と、がっちりと計画をたてていたのだが、達成しなかった。尽きることのない〝シュー〟のおしゃべりの種は、船に読むものを山と持ち込んできたのでさらに在庫豊富となり、食事の時間は長びいた。彼がヴァージニア・ウルフの『自分ひとりの部屋』に熱を上げているのにひどく感銘をうけ、私も読んでみた。しかし、私にとっての起爆剤にはならなかった。ある午後には、意味の曖昧なランボーの一節を二人で解明しようと試みたこともあった。もちろん占領軍による日本の農地改革についても話は尽きない。シューはその頃からすでに政治的動物だった

――日本の貨物船で二ヵ月もかけてノロノロと（笑）。それが全然アテにならない貨物船でね。当時の日本はまだまだ貿易立国ではなかったから、船に空きがあればもったいないからここにでも寄ってなるべく荷物を満杯にしよう、という時代だった。当時は積み荷の到着が数週間遅れたってたいしたことじゃなかった。時間より積み荷の量のほうが問題だったんだ。まさにあてにならないことの代名詞、日本時間（笑）。予定のたたない貨物船の旅――。香港に着いたら横浜行きのはずが台北に行き先が変わり、次は釜山を廻るかもしれないって言う。だけど、その二月に行なわれる衆議院選挙の主な争点が農地改革、農業問題にあったから、ぜひ選挙前から調査を始めたい。それで香港でフランスの客船に乗り換えて横浜に直行したんだ。横浜に着いたのは選挙の一週間前の土曜日の朝だった。

――香港からすでに東大のアルバイト斡旋所に電報を打ってあった。「午後二時に適当な人を東大前の龍城館ホテルのロビーによこしてください」とね。国会図書館が新築されるときに図書館側の管理をした二宮三郎さん。彼は事前に各政党の事務所を回って農業問題に関する資料を集めておいてくれてました。今でも彼は僕の親しい友だちです。そしてすぐに長野から富山、石川、新潟県へと調査旅行に出たんです。選挙は面白かったね。日本の政治家は理屈ではなく情緒に訴える――あれはほんとうに勉強になりました。

『日本の農地改革』より要訳

うまい指導者ならば、支配されている人たちに、自分が支配階級のメンバーであると示すには、公の席では独特の超然とした威厳を示さねばならず、非公式な席ではあまり腰が低すぎない程度で温和さを示さねばならない。海外旅行をしたことを示す機会をとらえねばならない(外国旅行をする政治家は大物にちがいないと思われている)。(略)私どもは常にあなた方(国民)のことを気にかけており、あなた方の利益を常に心にとめている、という印象を与え続けなければならない。また、人によっては、けちな謙遜を捨てて、自分の政治的手腕、すなわち物事をなし遂げる能力について、長々と自慢してみせるのもいる。

昭和二十九年暮れの吉田内閣の崩壊をもたらすには、議院運営委員会が一役演じたが、その際の民主党所属の委員長は(略)選挙演説のおりに、この連中がよく使う手で、あたかも自分は第三者であるかのように大芝居をしたてあげて聞かせた。「それから田中はどうしたか。どこまでも頑張って吉田が委員会に出席するように要求しました。……東京で俺は『吉田を倒した男』と言われています。皆が『田中というのはどういう男なんだ?』と噂しているのです。そうです。田中株は上がってます。田中は総理大臣確実という評判です。皆さん、日曜には田中株を買ってください」

一九六五年の『毎日新聞』より

石川県のお寺に百姓が二十人ばかり集まっていた。政治演説というより、なかなかと遅れてきたお詫びに始まる「挨拶」に過ぎない。しかしもっとも驚いたことはそれが終わった後、額を畳にすりつけて「お願いします」といううやうやしいおじぎだった

『日本の農地改革』より要訳

「大変な選挙だった。こっちは出遅れている。隣ムラのWさんが一票五〇円、と言いだした。たいていの候補者は三百円しか出していないしSさんもそれがやっとだ。五、六人で手分けしてムラの人達に当たってみた。困ったのはYさんだ（Yさんは農地もなく農作業の手伝い、ハチの巣・マムシとり、借金のとりたて代行など口のうまさを利用できることは何でもやって生計をたてている。が、口のうまさに説得力があるので有力者扱いせざるをえない）。彼を仲間に入れないと邪魔をされる。彼の弟と隣家の三軒、七票分の二一〇〇円だけを渡した。すこし怪しいと思い、あとで聞いてみたら弟には半分しか渡していない。弟は憤慨して、あんなちっぽけな金で俺を馬鹿にして、と息巻くのでSさんが自ら赴き、残りの金を弟と隣家に届けた。

相当なものだったがみなよく助けてくれた。青年団は毎晩ムラの入口で番をし、よそのムラから票を頼みに来ると、黙って後をつけた。どの家に入っても、戸外で見張っている ぞ、というわけだ。（略）そこへいくと候補者の運動員はひどい。ムラのため、とSさんに

頼んで立候補してもらったのだから自分の候補者からは金をもらえない。他の候補者は寄りつきもしない。全くの損だ。家には五票もある。二人の候補者からせしめたら、温泉で三、四日は遊べたのに。しかもSのようなつまらぬ男のために馬鹿げている。奴なんか宴会の時、ヤカンで酒をついでまわるしか能のないヤカン議員だ。それでもムラから誰かを出さなければならない」

――農村を回って印象的だったのは、日本のインテリに多い、欧米社会に対する自己卑下という屈折が、農村の庶民にはないということでした。庶民は多様です。しかし僕の触れた範囲では日本の庶民層には外人アレルギーもあまりなかった。戦争についても一般庶民は天皇や指導者の「戦争に参加することが国民の義務」という言葉に素直に従ったわけでしょう。しかし、それがまったく徒労に終わってしまった。まずいことしたなあ、と思う人もいれば、軍人に騙された、と怒る人もいる。生まれながらに軍人を敵として批判していた人なんか少ないでしょう。軍人支配を嫌った人でさえ、いざ戦争が始まって南方から威勢のいい勝利のニュースなんかを聞けば喜んでいたでしょう。まあ、素直に従った農民にしてみれば敗戦に終わって残念、というのがほとんどじゃないですか。山梨県で私が厄介になった家の親爺は、戦時中は壮年団の団長で、松の木の根っこを掘って、毎日毎日必死で脂を搾り出していたって。そういう苦労話を実にくだらないことだったよ、と笑い話として話してくれました。おかげで山梨との付き合いは、その後もずっと続くことになる。

——日本の農民ほど学問、したがって学問する人を高く買っている農民は少ない。だから、数週間も泊まり込んでいるとすっかり仲良くなって、東京の下宿に帰りたくなくなってしまう。あんまり暮らしやすいので少しでも長く滞在したいから、必要のないことまで調査してしまい、まとめる段階で苦労する。(笑)

——当時、日本のマルクス主義経済学講座派の人たちは、農地改革を失敗と批判していました。なぜかというと山を解放しなかったから、と言うわけです。たしかに日本の地主は田んぼばかりでなく山も持っていた。山仕事が村人の収入になっている地域では地主の権力が衰えていない、というのが主たる理由だった。嘘だ、と僕は直観したんです。とにかく実態を見る必要がある。それでその条件にぴったりとあてはまる山梨県の島原村に東京からスクーターで行って、そのまま一ヵ月半住み込んで調査を続けたんです。そして温かい村の人たちとの付き合いが深くなり、ついつい何度も足を運ぶようになる。翌年には『日本の農地改革』を執筆するために半年ちかく住まわせてもらうこととなった。最後には、島原の古寺を買って終の住処にしようか、と考えたこともあるんです。

——島原を調査地と決めた理由は山梨県庁の農政部の人たちに会って「中小地主しかいなくて、小作が多く、界隈で封建的、という評判をとっている村はどこですか?」と尋ねた結果です。そして紹介された島原のある菅原村の役場に行って「農地改革はいろいろ村にしこりを残しているに違いない。農地改革前の地主の家に泊まると旧小作の人たちに相手にされないかもしれない。かたや旧小作人の家に泊まったら、これまた地主に反発を受ける。お寺なんかがいいんじゃないいですか?」——その結果、万屋をやっている山本さんの家に泊めてもらうことにしました。

——島原はずいぶんと変わりました。当時は甲州街道でさえ舗装されていなかったし、洗濯板のような凸凹道をスクーターで走りまわっていたんです。山にも別荘などなく、いろいろな人が働いていました。山は村人たちの大事な副収入の場であったわけです。力持ちは伐採に駆り出され一日二百円、牛を連れて行ける人——それも腹一杯下草を食べた元気な牛が条件で——四百五十円。何よりも炭焼きさんの山でした。僕がよく覚えている炭焼きさんの一人、彼は戦後、七転八倒して働いた典型的な日本人の一人でした。韓国で電気技師として働き、引き揚げてからは従兄弟の蔵を借りて住み、小さな野菜畑を譲ってもらって昼は野良仕事、夜は炭焼きをしながら爪に火を灯すようにして、三人の子どもたちを大学まで進学させたんですね。

——小さな小川のせせらぎや水車の回る音だけが唯一の音だったんです。静かでした。

『日本の農地改革』より要訳

今日の農村では、繁栄とまではいかなくても、それへの歩みを示す兆候は随所に見受けられる。（略）肩をいからせた美剣士や胸もあらわな踊り子のポスター。二週間ごとに巡回してくる映画のプログラムだ。新品の自転車で田畑の周辺を走りまわる農民、バイクをとばす青年たち。早朝五時から村の真ん中で待機している豪華な観光バス、それは農民夫婦の一団を二日間の富士五湖巡りに連れていくためのものだ。（略）「戦前にはムラの六〇戸のうちラジオ三台、自転車三台もあればいいほうだった。今それのない家は珍しい。（略）私は五十歳になってパーマネントをかけようとは思わなんだ。この頃ではパーマなしに結婚式や葬式に顔出しできん。私たちも向かいの家のようなタイル貼りの改良風呂を作るつもりだ。今のは汚れやすいし、燃料も食う。それだって一〇年前に造ったときはムラ中の評判になったものさ。囲いつきの風呂なんて誰も見たことがなかったんだ。ムラ中が試しに来たよ。それまでは地主の旦那以外は、木桶の庭で薪をくべる式のものだった。風呂を沸かす日には近所の人を呼んでね。二〇人目が入る頃には湯も臭くなって、それでもご馳走でしたよ。昔も万屋には魚の乾物や川魚もあった。でも、魚屋が毎日海の生魚を運んでくるようになったのは、ついこの頃です」

——今は水車もなくなり、草刈り用機械のモーター音が絶えません。静かだった山が蜂の巣をつついたようになってしまった。それと減反政策の影響。荒れ果てた田んぼも増えてしまいましたね。減反の対象となった田んぼには、農地改革の頃にかなり大きな問題になった田んぼもあります。戦後まで小作人に耕作をまかせていた非常にいい田んぼを地主が自分の保有地にしたい、と言いだした。法律では彼が耕作していたわけじゃないから権利は決して地主のものではない。小作人の代表たちもいい人たちなんですね。まあ、大家さんが何も貰わんのもかわいそうだ、ってことで結局、その田んぼを耕していた小作人が譲って、農地委員会も了承しました。しかし、その地主ももちろん、自分で田んぼを耕す気なんかまったくないでしょう。今はその地主も亡くなり、息子もほとんど農業に関心がない。しかし、減反の補助金はありがたく懐に入れている。(笑)

——一般に日本人は農村の地域性が強いと思い込んでいますが、むしろ私にとってはどこに行っても違いが少ないことが驚きでした。山形から何時間も汽車に乗って島根まで行っても、やっぱり田んぼで米をつくり、同じように畳に布団を敷いて眠り、同じような食事をし、同じような心配ごとを抱え、同じような楽しみを期待して毎日を過ごしている。笑い話まで同じでした。山村の農民が、山の中腹にある小さな田んぼの田植えを済ませてホッとする。念のために田植えの済んだ自分の田んぼを数えてみる。ハテナ？　一枚足りない。勘定しなおす。やはり足りない。そこでようやく、山を登ってくるときに自分の蓑を脱いで置いたその下に、田んぼがもう一枚隠れていたことに気づく——島根県と茨城県で、まるで同じこの話を「この地方の話」として聞かされたことがある。

一九五五年の『朝日新聞』より

一ヵ月に名刺五〇枚くらいの消費率で生活していると特に感ずるんですが、日本人ほど一般の常識が統一されている国民はおそらくないと思います。英国人との初対面の会話がどうしてこういつも型にはまったものになるのか時々不思議になります。

「向こうと比べて気候はどうですか」「パン食は我々日本人はどうも食べたような気がしない」「日本は四季がはっきりしています」「温泉はどうですか」「ロンドンは霧が多いそうですね」「へー、刺身食べますか、へー味噌汁も、それはそれは」など。

気候、風土、食事の話題を片付け、もう少し立ち入った問題に入ります。「日本人はせっかちですからね」「どうも日本にはいい政治家がいない」など。主に――これは外国人に対しての礼儀なのか――自分の国を馬鹿にけなしたような意見が続きます。そして農村の場合、かならず人口問題が登場する。「日本の農業をご覧になって馬鹿馬鹿しいとは思いませんか?」から始まり「なにしろ土地が少なくて人間が多いですからね」というところに落ちつきます

『東大社会学研究所月報』一九五五年より

「長いものにまかれろ」というのは一番無難ないきかたとして代々の農民の生活苦からしぼり出された最高の知恵である。時代に適応していこうという消極的な生活態度は、案外

農村に多いように思う。（略）農地改革等により、地主などの昔の伝統的な「長いもの」が多少「みじかく」チョン切られてしまったのである。現在の「長いもの」は一つの漠然とした、包括的な雰囲気、いわば一つの時勢の力である。（略）

五年前（一九五〇年）にはなにかしら非常に改革的な雰囲気が強かった。まだ自分の生活のあらゆる面を根本的に討議して、農業技術でも、農村の政治でも、住宅設計、育児方法、恋愛技術までも何一つ固定したものはなく必要と認めれば何でも根本からひっくり返してもいいと言ったような積極的に受け入れる雰囲気が強くて、よそから来たものには、我々の村、我々の生活の「悪い所」を教えて下さいという注文に悩まされたのが常でした。（略）今（一九五五年）は「悪い所」を指摘してくれという注文があまり出てこない。むしろ勤勉さとか純朴さ等「いい所」をほめて貰いたい気配が強い。「仕方ない」という言葉がやたらにでてくるようだし、村の人と雑談すると、村の内部の問題よりも、人口問題だとか台風など「仕方のない」外の制約の方に話が転じやすい

にもかかわらず（と言わざるをえない）、ドーアさんは『日本の農地改革』のなかで次のように記している。

日本の現代の論者たちが、封建遺制の一つとして、日本の社会発展の後進性のしるしで

あるとして非難する「ムラの共同体意識」が果たして評されるように悪いものであるかどうか、考えざるをえない

――社会の個人化というのは、一方で人間の選択の自由を保障します。だけど愚痴を言えばなぐさめてもらえる、という相手を失うことでもある。そういう情緒的な安全保障装置が衰弱していくわけでしょう。だから人がお世話しようとしたとき、「余計なお世話!」と反発するような気の強い人にはいい世の中になるだろうけれど、ちょっと自信のない、気の弱い人にとっては住みにくい世の中になる。

――『日本の農地改革』は日本のマルクス主義者からは大いに叱られました。私は積極的に、農地改革は成功、日本は軍国化しそうもない、という評価を出したでしょう。軍国主義化と小作関係を中心にした日本の農村問題が非常に深い関係にある、という彼らの説にはもともと疑問を抱いていたから。

そして、

一九五九年、皇太子（今上天皇）ご成婚。

一九六〇年、日本安全保障条約改定。

一九六四年、東京オリンピック開催。

日本人の家庭にテレビが普及し、洗濯機、電気釜、自動車やカメラ、さらに海外旅行が日本全国津々浦々、庶民にゆきわたる高度経済成長が加速してゆく。

7

――「先生」って呼ぶのはやめない？

――農地改革の調査をしていた頃、早稲田に下宿したんだ。やっぱり新聞に「下宿求む！」って広告を出してね。ただし、今度は「源」という日本人の苗字を偽って広告を出した。だいたい英国が好き、アメリカが好き、というような日本人は、私があまり感心しないような人である傾向が強いから。イギリス紳士を期待するような日本人は困る。それはつまり欧米に対する先入観が強い人、という言い方もできるけれどね。英語を勉強したいから下宿させる、という人――だけど僕はそんなことに時間をさきたくはない。

――「田舎」や「百姓」という言葉？　ああ、差別用語。やはり言葉の含蓄っていうことがあるでしょう。私が『日本人の農地改革』を書いたときには、あえて「農民」という言葉と「百姓」という言葉を意識的に使いわけましたね。戦前の農家の人々をPEASANTと書いて、戦後の農家の人びとをFARMER、と。つまり伝統的な生活様式を続けている人びとと計画的に農業を経営している人々との違い。戦前の「百姓」を「百姓」と言えなくて「農民」と言わなければならないなんてナンセンスだ。百姓――あらゆるものを生みだすってことでしょう。

マスメディアの過剰な自己規制。

『中央公論』一九五六年より

一国の首相が行くくらいなら伊勢参りはどうしても一回するものだと思った。(略)東京駅に集合して、班に分けられ、旗をかかげた係りについて特別列車の方に規則正しく向って行く。列車が入って来るとワーッと列が崩れ、我先にと自分の車に乗ろうとする。(略)座席と座席の間に板を渡して、むしろを敷き、胡座をかいたりして落ちつくと拡声器で本部からのながながと挨拶が行われ、最後に皆これから大きな家族になるんだという。(略)まず周囲の人にせんべい、みかん、お菓子などを御馳走する。(略)ぶらさげてきた一升瓶や車中で買ったビールや酒も手伝って皆くつろいでくる。(略)拡声器から絶え間なく流れてくる浪花節や流行歌が家庭的な雰囲気をますます濃厚にする。(略)しかしなんといっても、わが団体旅行のやまは神宮の初詣でより、奈良京都の見物より、夜旅館についてからの夕食だった。(略)男尊女卑とはいずれの国のことやら、男が四人もいたのに男まさりの佃煮屋の小母さんと酋長の地位を争うものはなかった。五十前後の末亡人で商売を大きくやっている。お化粧が上手で、しかも気が若い。(略)酒がまわってくると歌が始まり、冗談が飛ばされ、かくし芸が披瀝される。(略)

実に歌や冗談の九割までが性と関係がある。露骨な生理的なものが少く、暗示的なのが多い。「ももひき」「松たけ」「帯を解く」「ヒステリを解放してくれる人はない」、こういう雰囲気になると、「ズロース」という一言だけでも快活な爆笑を呼び起こす力がある。今晩誰が誰の床にしのび入るかが形をかえ、言葉をかえて中心の話題であった。しかし酔いがさめて雑魚寝することになっても、この話が実行に移された気配は全然なかった。口だけの浮気で、実はこの小母さんたちはいたって貞節である〉

——西洋料理っていうから喜んだら、芋のカレー。あれには参った。(笑)

——ああ、やっぱり日本的だ。淡白だ。あなたのスパゲッティの味。

——あ、一ついい企画が見つかった。日本人の特殊性について。日本の女性はお酌をする。イギリスやイタリアの女性は他人のグラスにワインを注がない。これ、導入部。

——権威主義を批判するあなただって、僕が丸山眞男や加藤周一と写っている写真を選んだりするでしょう。それ、権威主義じゃない?

——大学を辞めて何が嬉しいって、「学内政治」から無縁になれたってこと。

——いやだね。

——(運転が乱暴!? との私の言葉に応じて苛立ちながら) 僕ね、目的地まで車で移動するのが無駄に思えるの。

——日本女性との恋? もちろん。結婚も考えた。だけど彼女は別の人と結婚した。それはよかったでしょう。だって海のものとも山のものともわからない変なイギリス人の学者なんて将来性はないだろうし……。だけど、あのときは恋に陥ちて苦しんだ。

——僕は一夫一婦制は信じない。男と女の感情もね。信じられるのは母子の感情だけ。

——僕は寄席が好きだったから、御徒町や人形町には始終通ってたね。三遊亭円馬さんの楽屋に伺って、弟子入りさせてもらったこともある。喜んでくれたね。ただし「青い目の落語家」なんてマスコミに面白がられるのは嫌だから他言は無用、という約束でね。だけど覚えたのは二つだけ。一つは「ジュゲム、ジュゲム……」っていうあれ。もう一つはカラスの何とかっていう噺。落語がとても役にたったのは、バンクーバーで鶴見和子さんたちと日系人の漁師の調査をやったときだ。最初は漁師たちも不審の目で見てたので、どういう調査なのか説明会をやろうということになった。仏教会館でね。その時の余興で鶴見さんは日本舞踊、僕は「ジュゲム、ジュゲム……」(笑)。すっかり打ちとけた。困ったのは、次に日本に行ったらＮＨＫに追い回されてね。断わりきれなくて、日本を出国する前の晩ならしょうがない、ということになってまた一席(笑)。

——結局、稀少価値でしょう、僕がやってこれたのは(笑)。日本語のできる、しかも日本について知っている欧米人が当時はあまりにも少なかったから……(いや、ご謙遜を、というあまりに普通の反応をした私に、苦笑。そして——真顔にもどった)。

——英語を勉強しながら赤ん坊の子守をしてくれるような日本人、知らない？

8

さらに今回の長時間にわたる取材、インタヴューの目的である問い。質問は「単刀直入に伺います。日本の戦後五十年を見つめてこられて、日本が得たものと失ったものについて伺いたいのですが」という言葉だった。

——日本という存在はないでしょう？　物を得たり失ったりする日本、そういう主体は実際には存在していないでしょう？　日本人が存在しているだけでしょう。だから、得した人と損した人がいる、ということだと思うね。

——一番変わったのは農村でしょう。村民の平均年齢が五十歳をこえているわけで、三十代だった頃に比べ、活気はない。でも農村のほうが住宅事情はいいでしょう。若者のUターン現象も始まった。とにかく私が調査に入った当時の貧農も、農地改革で二、三反の土地所有者になって今は皆家を建てかえている。農村の暮らしは飛躍的に向上した。

損した人もいる。たとえば老人が家族に当然面倒をみてもらう権利がある、そういう意識を持てなくなった。もちろんまだそういった権利を疑わない、仲のいい大家族も少なくはないでしょう。でも長い間嫁として苦労を重ね、ようやくお姑さんになれてこんどこそ仕返しをしよう、嫁をいびろう——そう手ぐすねひいていたお婆さんは損した気分でしょう。昔のほうがよかった、変なお高くとまった嫁さんに気兼ねしなくてもよかった、自分はほんとうにみじめだ、ってね(笑)。しかし、どこの農村にもゲートボール場がある。老人たちがチームを結成している。昔の老人の楽しみはせいぜいが冠婚葬祭のときに近所の人と呑んだりすることだった。五六年に、僕は山梨で世話になった五〇代の夫婦を東京の歌舞伎座に招待したことがある。同じバスに乗るのに、村のバス停留所まで別々に歩いたっていうんだ。東京に来たら、二人一緒に歩いていたけれどもね(笑)。それが今では男女関係なく皆一緒に老人会で海外や温泉に旅行している。娘に養子同然の婿を迎えて同居していながら、養老年金までもらって温泉旅行に行けるようなおばあちゃんもいます。その人たちは得した気分でしょう。

――都会の労働者はどうだろうか？　仕事の内容は単純になっているのに、いい職場に就職するにはやっぱりある程度の高い偏差値を求める倍率の高い高校に進学しなければならない。残念ながら、それだけの学習能力がなければ一流企業に入れない。あるいは一流企業に入るために、自分にとって一切興味のない辛い勉強ばかり強いられる。かつては、それほど学歴にこだわらずとも一流企業がまんざら幻ではなかった。誰か縁故があれば入社できた。それが今はいっさいなくなった。少しコセコセするようになってしまった。そうなると将来の行き場を失って、漫画ばかり読むか新興宗教に走る者が増えてしまう。

――そしてやっと一流企業に入った。誰だってやはり安心でしょう。終身雇用、年功序列の日本型経営が崩れはじめた、とは言ってもやはり大企業はそれほどでもない。四十八歳で出向になったとしても三十年ちかくの安定は確保されている。まだまだ恵まれている。

——一方、たしかに単位時間あたりの労働量、ペースは厳しくなっている。一時間の労働量は五〇年代には四十分くらいだったのが、今は五十八分というか……。能力はフルに利用されつくしていると思います。戦後、日本の生産性が上がった理由には、機械化だけでなく労働力をいかに使いきるか、という知恵もありましたからね。ロボット化も進んではいますけれど、工場のQCサークルのおかげでこれまで八人でやっていた仕事をいかに六、七人でやれるか、と研究してきたわけでしょう。だから疲れは以前より一層ひどくなっている。しかし、土曜日が休日になった。昔の日曜日はゴロゴロして休養するのがやっとだったけれど、今は一日を休み、二日目は家族で団欒したり、ゴルフや釣り、野球やサッカー見物に行くこともできる。そういう意味で豊かになった。

——ホワイトカラーも変わらないでしょう。セックスの面でも自由になった。上司から残業を命じられても「彼女とデートの約束がある」と言ってそれほど昇進に影響はない。愛社精神を誇示しなければ周囲から冷たい視線を浴びる——そういう傾向も薄くなってきたでしょう。

リストラが騒がれてはいても、不景気の四年目にしてはそれほどじゃないのではないだろうか。

——しかし反面、東京の住宅事情はすばらしくよくなった。そのかわり僕やあなたの大好きな銭湯が消えた。近所付き合いもなくなった。核家族はうまくいけばいいけれど、救いもまた、ない。おそらく隣近所で愚痴をこぼせないから神経質な奥さんが増えたと思いますよ。

だが……。欧米からの厳しいジャパン・バッシング。国際化への焦り……。

――日本人の欧米コンプレックスは五十年間、変わらなかったものの一つだ。一つにはメディアの影響もあると思う。たとえば阪神大震災についても、日本のメディアは「政府の対処のしかたが悪い」「欧米ではこれだけいろいろやっているのに」という批判をするでしょう。イギリスでそういった記事を読みながら、日本人の欧米諸国への自信喪失が想像以上にものすごいことに驚いた。実際は、準備が足りなかった――という問題でしょう？　今度はできなかったけれど次回にはもっといい対策をとる、それだけのことじゃないだろうか？　欧米諸国と比較して、駄目だ、駄目だと悲嘆しててもしょうがないでしょう。

――日本、というより日本人、個々の日本人を見つめるのが私の趣味であり、意味のある行為だと考えています。これから合理的な世界秩序をつくりあげていくうえで、個人が国籍を離れて世界を見つめるようにならなければならない。たとえば社会科学者は自分がイギリス国民・日本国民の一員であるという意識よりも、法学者、社会学者、経済学者の国際的共同体の一員である、という意識が先に出てくる、という具合にね。日本人がそういう意識を持ちにくいのは、歴史的な、つまり二千年間もの長い間、個別の国として生きてきたからでしょう。それと対照的に、カトリックの世界のなかでイギリスという国が――イギリス人というアイデンティティが――形成されたのはたった六百年前です。しかもラテン語系民族として近隣に多くの国々の人がいる。さらにイギリス人がそうした発想を持ちやすい背景には、皆が英語を話してくれている、ということがある。しかもさまざまな機会に、いろいろな人と母国語である英語で話をしてきているわけです。英語とフランス語、英語とイタリア語の間隔は、英語と日本語との間隔よりずっと小さいわけですから。

それに比して、欧米の人々と深くしゃべる、付き合う機会を得た日本人はまだまだほんとうに少ないでしょう。海外に二年以上暮らした経験のある日本人はほんの一部にすぎない。だから国籍を離れた意識で、ある職業的な団体の一人として考えにくい。だけど、これからだんだんとそういう意識が普及するんじゃない？「あいつは日本人離れしている」という表現が不思議に感じるような時代が、あと五十年、いや百年くらいすれば訪れる、そう思います。

そしてドーアさんと共に過ごした合計約三週間におよぶ取材の最後の日。村人たちを一人一人訪ね、写真を撮りつつ歩いた日の午後。私は車のなかで最後の質問をした。

「戦後五十年を経て、日本人が戦後欧米から学んだと言われる民主主義、ドーア先生の来日した頃、しきりにイギリスがモデル、と言われた民主主義、そして敗戦で否定された「愛国心」は五十年を経てどう変化しただろうか？」

——私が最初に日本に行った一九五〇年、日本人には民主主義は欧米から学ばなければならない、という意識が強かったでしょう。ところが今は、民主主義は学ぶものではなく、日本人がすでに持っているものになった。自由世界、西欧社会の立派な一員である——とアメリカの大統領などからも繰り返し言われているでしょう。日本の為政者は、日本人はすでに民主主義を身につけている、とも言うでしょう。もちろんインテリのなかには、民主主義はまだまだ根づいていない、たとえば二大政党になっていなければ民主主義になっていない、とか――あるいは地方政治にいたるまで政党政治になっていなければ民主主義ではない、とか。○○でなければ民主主義ではない、といろいろ言う人が依然として多いでしょう。おのおの何が民主主義の本質であるのか、決してたしかなコンセンサスはないにもかかわらず……。そういうことを言うなら日本ばかりでなく、どこの国においても同じなわけです。

ただ、一つ不思議に思うのは、政治家の腐敗の問題などに顕著なんですが、いろいろな問題がいまだにタブーにされている。あるいは新聞や雑誌などが自主規制している。僕にとっての民主主義は言論、メディアが常に、いかに活発に為政者を監視していて、そして一つでも公を私にすることがあれば、それをとことんまで追求する、そしてどんなに脅されてもくじけない。そういった勇気のもてる雰囲気ができあがることこそが民主主義の定着ではないか、と思います。日本でそれが大事にされていないということではないですけれど、もう少し問題にされていいと思うんです。

――愛国心の問題については、終戦のときに国旗と国歌を変えなかったのは残念だったと思うのね。つまり現在にいたるまで愛国心を語る人が戦前日本にしがみつくんですね。それで愛国心という言葉に、戦前の日本に帰りたくない日本人自身がどうしても反発することになる。

あたり前のことですけれどもね。

そして対外的にも国旗や国歌を使えなくなっている。シンガポールに日本が政府開発援助(ODA)で建設した巨大な橋があったでしょう。それに日の丸をつけたらシンガポールの人びとからものすごい反発を食らった。ところがベルギーだったかな。もっと小さな橋を建設したときには、シンガポールの旗とベルギーの旗が堂々とつけてある。たとえ為政者が、昔の、戦前の、いやかつての日本について誇りに思いましょう――外務省も含めて――と国内で言っても、海外では誇りにすることを躊躇せざるをえないわけです。とりわけアジアにおいては。

そういうコンプレックスのある国旗、国歌を持ち続けるというのはとても難しい。だけど、今となっては革命か何か、あるいは神戸大地震以上のよほどのことがなければ、変えることは難しいでしょう。相当大きなことがないかぎり、国歌、国旗を変えるきっかけにはなりえない。あの終戦は、その大きなきっかけだった。

――戦後五十年にわたって愛国心の論議が日本で健全な形で行なわれなかった、紀元節復活だとか学校での国旗掲揚、国歌を強制するというまったく不毛な論議に終わってしまってゆく大きな理由は、そこにも一つあったと思う。

しかも一方で日本の「愛国心」というのは妙に国際化と結びついて論議されてきたでしょう。つまり、国際的舞台で日本が華やかに活動すること、あるいは国連の安保理事会で常任理事国になること――そういうことが伝統的な愛国心を強く抱く人ほど、日本人の一員であるよりも地球の一員、人類の一員であるという意識はあまりなくて、ただ日本という国家の国威が発揚されることが国際化である、というように考える人が多いんじゃない？

あなたたちの世代よりもっと若い人々は変わってきているでしょうが。

愛国心（PATRIOTISM）にもいろいろあるでしょう？　I am a patriot.（僕は愛国者だ）、You are a nationalist.（あんたは民族主義者だ）、He is a bloody chauvinist.（彼奴は狂信的排外主義者だ）――つまり、同じような心理的現象を、見方によっては愛国心とも言えて、民族主義とも言えて、血統主義や超国家主義とも言える。それは皆、同じ現象だと思います。郷土、故郷に対する憧れ――これはたとえば地球が一つになってもありうると思います。なくならない。しかし、それと愛国心との区別は、愛国心はすでに他国に対して自分の国の国家の存在を意識する。民族主義――たとえばチェチェン共和国の民族主義を見ても、あれはロシア共和国に対抗して登場する。ボスニア・ヘルツェゴビナとセルビア、クロアチアとセルビアというように。

9

だが、ドーアさんは終の住処を日本ではなくイタリアの、グリツァーナ・モランディに選んだ。

――ここの人々はほんとうにあたたかい。山梨の人たちと変わらない。やはり僕はロンドンから近いところに住むことにした。

――僕はね、親日家とは言われたくない。知日家と言われたい。親日家という日本語を造りだした人は、きっと全世界が日本人の敵である、と思い込んでたんじゃない？　そんな世界のなかで、時々われわれ日本人の味方をしてくれる外国人がいる、ありがたい――親日家という表現にはそうした印象が拭えない。しかし、僕は世界から孤立させられた日本、敵に囲まれた日本、という発想そのものを受け入れたくない。

七十歳という年齢は、ドーアさんに対して何の意味も持っていない。

朝の目覚め。ブラームスの壮大な交響曲が流れる。家中がミシミシ揺れる。「老人体操ね」――朝の体操が始まったのだ。朝食は決まって一枚のトーストと大きなカップに二杯のミルクコーヒー。数十分の後。彼はコンピュータの前に座る。日本語の原稿を書くときには、京都の大工が造ってくれたという床の間付きの変形五畳の和室に坐り込み、手書きで原稿を書く。辞書を手放さず、日々新しい日本語の収集に貪欲だ。

四半世紀後に生まれた日本人のインタヴュアーは、その精力的な質問にほとほと舌をまくばかりであった。

そして昼下がり――近所の農夫たちとのお喋り。洗濯。買い物。世界各国の友人、ブライトンの家族からの電話やファックス。バーで買ったイタリアの新聞や、時にはボローニャのジョンズ・ホプキンス大学の図書館に届く『日本経済新聞』や『フィナンシャル・タイムズ』などの新聞を丹念に読み、話題を仕込む。BBCニュースを聞いて、コンピュータでハーバード大学図書館の目録をチェックする。さらに深夜におよぶ原稿書き。

私が取材させていただいた二ヵ月の間に、ナポリ三日、シエナ日帰り、日本二週間、ボストン五日間——その合間に三回ロンドン、ブライトン、ボローニャを往き来している。

若い頃からの原稿は日本語のものだけでも山のようにあった。それを解読する作業は日頃から学識に疎い私には四苦八苦だった。しかも隙間なくはりめぐらされた論理、分析、解説。さながら言葉と論理の油絵との格闘だった。

何よりも驚いたのが人との付き合いのマメなこと。ボローニャやシエナなど近郊の大学の研究者との緊密な付き合い。グリツァーナ・モランディ村の人々——村人にあざ笑われながらもようやく義兄に技術を叩き込まれた若い石工、大規模農業を始めた農民一家の怠け者の二代目、結婚前の恋人との子ども、結婚した男との間にできた子ども、結婚後にできた愛人の子ども、それぞれの子どもたちの家族と近所に住まう老女、彼女こそドーアさんに十五世紀から続く家を売った元家主である。子どもを学校にやらず、あらゆる制度から自由になろうと、羊の放牧、チーズ作りで細々と生計をたてている偏屈な男の一家——そうした多様、多彩な村人の細々とした日常のすべてがドーアさんのイタリア像、いや現代の世界像を組み立て、補強する建材になっているらしい。

賑々しいバー「ピーナ小母さんの店」の酒宴は、今日もトランプでお開きとなった。

老人の年季の入ったカンツォーネも、フランコの手だれた政治演説も明日のシエスタまでおあずけだ。

昨日と変わらない今日が終わる。村の一日はきっと明日もまた変わらない。十五世紀から変わらぬ家並みが残る村。外壁の小さな煉瓦、マリア像の微笑、桜の古木に、人の、家族の、そして村の思い出が重なる。一日一日は何も変わらないのに、毎年毎年同じ季節を繰り返しているようなのに、しかし、いつの日か今日を思い出すと何かがすっかり変わっていることに気づく。その時間の流れ。

グリツァーナ・モランディにあって日本にないもの……。日本人の特殊性？　——人の一生という基準で考えれば、特殊なことなどそれほどあるとは思えない。ただ……。ドーアさんが初めて来日した一九五〇年という年に生まれた私にとって、日本という故郷は過去を捨て去り、現在と未来ばかりにえらく比重を置くことにおいて特殊だ、と思える。個人的な思い出がまたたく間に蒸発してしまう。グリツァーナ・モランディの村人たちにとって日常である自分の故郷を、過去を確認する手だてを私は持ってはいない。町並みも、家も、自然も、人との付き合いも……。すべてがまたたく間に消え、新しそうな風景に変わってしまう。過去の時間を、つい最近のできごとでさえ、手触りで実感できない。昨日と変わらない明日を、今の日本で、東京で探しだすことはむずかしい。そこでは、私という基本的なことすらたしかめることができない。

ドーアさんの著作と語り言葉の断片をつなぎながら、私は私たちの生きてきた時間のうつろいを、失った風景をつかみたかった。

いったい、日本に住む私たちは戦後五十年で何を得て、何を失ったのか。


空になったビールやワインのグラスをカウンターに返すと、一人、また一人とバーの扉を開けて出てゆく。

八時を過ぎてもまだ外は明るい。

夕暮れが長い。たっぷりとした家族の時間が始まる。

遠来の客人には決して共にできない濃密な感情の往きかう時間がそこにはあるのだろう。

外国人としての眼差し――それによってしか見えないもの、そして覗きえないもの。感じえること、感じえないこと。ドーアさんと私が次に語るべきことは、そのことかもしれない。

そしてワイングラスを置き、トランプをテーブルに重ねて最後のあの男も席を立った。

「アリヴェデルチ！」


（本文中の引用文は、柳原の文責で若干、略、要約・訳をしています）

夕暮れの時間——失われゆく戦後50年の記憶

遠くにあればこそ見えるものがある——約二十年、そんなことを考えながら旅を続けてきました。いったいなにが見えたのか？

それを集大成してみたい、とこのたび約五年間をかけ、テープレコーダー片手に四十カ国、六十五都市、合計二百五人の在外日本人の人生を聞いて歩きました。世界各地で生きている在外日本人の個人的で濃やかな体験を聞き書きし、それを編むことで、私たちの生きている今日の地球と日本人をめぐる時代をモザイク画にして描いてみせたい、と考えたからです。

外務省の公式統計によれば海外で暮らす日本人は約七十万人、日系三世まで含めると、日本人をルーツにする在外日本人は実に三百万人にのぼると考えられます。事実、歩いてみると、世界各地こんなところになぜ？　というようなところでいろいろな日本人が働いていました。板前、役者、大統領顧問、音楽家、弁当運び、農民、漁師、医者、ジャーナリスト、家政婦、ロビーイスト……そしてビジネスマンたち。

さまざまな日本人の人生を聞きながら、そこに重層的に浮かびあがる世界の断面に触れていくうちに深く考えさせられました。

戦後五十年。豊かになった私たち日本人はなにを得て、またなにを失ったのか？　そして今、私たちはいったいどういう時代を生きていこうとしているのか？

彼ら在外日本人こそ日本にいる私たちには見えないなにかを見ているのではないか？


たとえば夕暮れです。

ちょうど今から三十年前。一九六四年東京オリンピック前のことです。深沢七郎という作家が東京脱出をはかりました。ラブミー農場を開拓し、そこでギター片手に自給自足の暮らしを始める、というのです。

その理由がふるっていました。

「てめえでだしたゴミを他人様に始末してもらうようになっちゃあ、おしまいよ」

オリンピックを前にして「国際都市」として離陸するために、東京都が家庭ゴミの収集を決めたのです。透明ビニール論争以前のむかしむかしの話でした。

そういえば、私が幼い少女だった頃、それぞれの家庭はよほどのことがない限り自分たちの捨てたゴミを自分で処理していたものです。台所のゴミは穴を掘って埋めたり、庭の柿や無花果、胡桃、桃の樹の堆肥に。ビニールも贅沢品の時代です。そして燃えるゴミは夕暮れどきに焚き火をして燃やす――くれぐれも庭があるなんて贅沢なものだ、などと早合点なさらないようにに。練炭ストーブや火鉢華やかなりし頃、七輪で煮炊きをしていた時代です。焚き付に紙屑は必需品。家湯があれば焚き口で燃やす。細い路地裏で、近所のおばさんたちがブリキ缶などでやっぱり焚き火をしていました。まあ、そんな程度の分量のゴミでしかなかった、といえばそれまでです。

たしかに、清掃員の方々がゴミを収集してくれるようになり、楽にはなりました。ビニール袋が登場してからはゴミ箱の掃除もしなくていいのですから。大量消費の時代に突入して日に日にゴミの分量は増え続けていきます。今では人間までゴミ袋に入れて捨てる恐ろしい時代になってしまいました。『楢山節考』で姥捨てを人の宿命として描いた深沢さんの想像をはるかに超えるおぞましさが現実のものになりつつあります。

しかし街角で鳥に喰い荒らされるゴミ袋の山を見るたび、思うことがあるのです。自分でだしたゴミを自分で焼く、家族で焼く、穴を掘って埋めるという行為と時間には、実に深く重い意味があったのではないか、と。

穴を掘る父の肩の筋肉、肉体に光る汗。父の力強さがまぶしかった。

果樹に堆肥を埋める日など、庭にこぼれた糞尿に「臭い」と顔をしかめる私はなんども両親から「自分でだしたものだろう！」と怒鳴りつけられました。焚き火は母の役目です。夕暮れどきになると庭を掃き、落葉を集めます。バケツに水を汲んで、安全への配慮。姉とあらぬお喋りに興じていると、近所のおばさんの声が飛んできます。

「よそみしてると危ないよ！」

私の足には今も火傷跡があります。焼芋を待ってわくわくと焚き火のまわりを走り回って転び、残った痕です。火傷にべそをかき、不注意を叱られながらも、しかし手当てをしてくれる母の心配が嬉しかった。

火は千変万化。煙も風にのってくるくると舞います。燃えさかる炎をじっと見つめていると頬がほてり、涙が潤み、世の中がぼんやり二重に見えてくる。奇妙に心が静まり、忘我の境地にハッとして棒切れで火種をつつけば火の粉がはるか彼方まで舞いあがる。

火にはどうやら独特の鎮痛効果と人の心をかきたてる媚薬の効果が混在しているらしい。大事なのは家庭のゴミにはさまざまな話題が満載されているということ。一枚の書き損じのメモが、その日の笑い、哀しみ、明日の心配、失敗……一日の小さなできごとの数々の記録の片鱗です。

燃やしていいのかどうか……。

庭に座り込み、傍らのゴミ箱からとりだした紙屑を丹念に広げ、眺める母の姿を思い出します。母は、皺くちゃな紙屑から家族一人一人の心の変化を読みとっていたにちがいありません。

「カズコ、これ捨ててしまっていいの？」

秘密の日記も形無し。己の行動に責任を持つ——大人への訓練は実はこんな些細な日常の断片から学びとってゆくことだったのかもしれません。もっとも私自身は、その後のビニール派時代を謳歌しすぎて結局無責任極まりない風来坊人生を歩むことになったのですから、反省がらみの教訓です。

ことは簡単ではありません。

メモに限らずゴミにはさまざまな生活の匂い、細部がしみこんでいる。言葉で確認せずとも、おのずと家族への理解が生まれます。核家族、いじめ、親子の語らいの大切さ、父親不在、母原病――そんなしち面倒くさい家族をめぐる言葉の議論や理屈などふっとんでしまう濃密な時間がそこにはありました。

夕暮れどきの焚き火――。センチメンタルな時間。だんだんと沈んでゆく夕陽を身体で感じながら、季節や時のうつろいに敏感になってゆく心。炎を前にしながら危険への配慮に集中すると、現代では忘れてしまったような空白の時間がそこに生まれます。暑さ、寒さからわが身を守る五感が鋭敏になり、他人の心遣いを感じ、また他人を思いやる力も自然に備わっていくはずです。

そういう時間が失われてゆく――深沢さんは危険な時代の到来を予感したにちがいありません。それはちょうど高度経済成長の幕開け宣言でもありました。私が旅、放浪を始めたのはそれから十年の後でした。

二十年間もの長きにわたって、私が旅を続けてきた理由は、独りぼっちだなあ、というため息ばかりが募りはじめたからです。皆が忙しくしている――なかなか友だちとじっくりと出会う暇もありません。たまに出会っても「時は金なり」。語らいの場、一杯のお茶……東京という街は、人と話をするにもお金がなければ不安です。

しかも、皆それぞれがさまざまな職業についているはずなのに、同じ表情、同じ一日。「忙しい」という同じ言葉の連発。——かつてはあれほど一人一人が特別な笑顔、話題で私をときめかせたはずの友人たちのお喋りの中身が似通ってくる。さらに、一様に時計を眺める回数も増えていくばかり。なにかに焦り、追われている。そう『モモ』（ミヒャエル・エンデ著）ではないですが、灰色のフロックコートをまとった時間泥棒たちの嘘寒い監視に脅えている。

考えてみてください。日本の夕暮れ時。ほとんどのお父さんはビルの中。昼も夜も電気が煌々とついているために、時のうつろいも忘れています。全館空調のオフィスでは空気が冷たくなってゆくあの夜を迎える不安も緊張も実感できません。あとはネオン街に直行。ここでもまたお金です。一杯のお酒で安らぎをうるのも、財布次第。子どもたちは？　といえば学校のクラブや塾。そしてテレビ。真夜中までが活動時間となって、夕暮れは人びとのもっとも忙しい時間になったようです。

たくさん友だちがいるはずなのに寂しい。

寂しいから一人、見知らぬ地に旅にでる——そう説明すると誰もが怪訝な顔をします。

言うまでもなく、女の一人旅はいつも危険です。とくに私はカンボジア難民キャンプ、飢餓のエチオピア、戦乱のイスラエル、原子力発電所事故後のチェルノブイリ、内戦後のニカラグア、経済封鎖に喘ぐキューバや旧ユーゴスラビア、環境破壊の続くアマゾン、ホームレスとエイズ禍に浮き足立つロサンジェルス……。旅先とはいっても私が訪れるのはいつも人の不幸の現場ばかり。誰が敵で誰が味方なのやら。そんなピリピリ緊張した旅が続くと、人恋しさが募ります。旅先で思わぬ日本人との出会いがあると、見ず知らずの人なのに日本人だ、というだけでやたらと懐かしがっている自分を発見します。気がつくと夢中で話し込んでいる。異郷にある孤独のやりきれなさを知った者同士だけが感じ、ひきあう吸引力というものがある。

そして夕焼けを見つめながら、いつも日本の友だちに手紙を書きました。その瞬間のために、私は旅を続けてきたようなものです。


タイやマレーシア、ボルネオの雨季の夕焼けは官能的でさえあります。真っ赤に染まる雲間を走る稲光、一瞬後にこんどは黒雲に覆われたと思ったら、バナナの葉に叩きつけるような激しいスコール。しばらくすると、音もなく一条のレンブラント光線がさしこみます。まぎれもない至福の瞬間――。

きりたつ岩肌の山間を真っ白の布で全身を巻いた少女たちがひたひたと走り抜けていきます。手には火種を灯した牛糞の燃料。高地エチオピアの夜は長く冷え込みます。雨の少なくなったアフリカの夕焼けは雲ひとつなく、ただ赤々と……。月明かりに浮かぶ土壁の小屋から漏れる囲炉裏の炎。囁き声。含み笑い。

パリやベルリンのカフェ。黄昏どきに道往く人を眺めながら仕事帰りの一服。

プラハのカレル橋。大道芸人の奏でる音楽の賑々しさ。一瞬一瞬彩りを変えてゆく太陽の輝きに刻一刻と陰影を深める街。ヨーロッパの複雑な歴史に思いをはせざるをえません。「カレル橋にはヨーロッパのあらゆる妖精と亡霊が漂っている」――形のない生命体が徘徊する気配の濃厚なひととき。旧市街の小さな街路に明かりがひとつ灯るたびにモオツアルトやカフカの呼吸までもが蘇ってくる……。

ロサンジェルスの夕暮れ。リトルトウキョウの巨大なビルの陰で、一人の黒人が茫然と立ち尽くしている姿を見つけます。ほとんどのホームレスは、いずれかの路地裏に固まりはじめているのに。思えば彼は朝から真夜中までそうして立っている。彼にとって人が活動を始める朝は希望でなく、己が取り残される実感ばかりを深める終末の始まりで。夕暮れだけが、人と変わらぬしめくくりの時間だとしたら……。ヤシの大木がシルエットのように浮かび上がる夕焼け。

貧しい国々を歩いても、アメリカの都会の片隅でも、夕暮れの時間には独特の味わいがあります。

いずこも寂しい。

しかし、誤解を恐れずに言うならば、日本以外の国々はどこもこの時間がとてもたっぷりとしているのです。

私の二十年間はこういった国々の夕焼けの記憶とともにあったのです。

しかし今、全世界でこの夕暮れが失われつつあります。在外日本人を訪ねる旅は、期せずしていつまであるかわからないこうした人びとの夕暮れの行方を辿ってゆく旅になってしまったのです。

戦後五十年、社会主義国が崩壊し、北欧型社会福祉国家も経済的に行き詰まり、民族の共生の理想もユーゴやアフリカ、イスラエルで夢破れ、民族自決の革命もキューバやニカラグアで暗礁にのりあげ、国連も大国のコントロールへ途上国からの抵抗にあい――二〇世紀になって私たちが口角泡飛ばして議論した「理想」はことごとく現実の壁にぶつかっています。私たちも、メディアを通じて流れる情報知識にかじりついて世界の現実を遠い極東で眺めてきました。

果たして、議論してきた当の私たちがその必要性を実感していたかどうかは疑問ですが……。

そうした理想を語る一方で、異様な速度で発展を遂げた日本経済の恩恵にはものすごいものがあった。一般的な意味で戦後の日本は発展途上国から先進国への仲間入りを果たしました。飢餓もなく、失業率も世界一低い。義務教育の徹底、進学率も未曾有の高さ。とにもかくにも、五十年という短い時間で、少し我慢をすれば誰もが海外旅行を楽しめ、世界の名品を手にすることができるようになったのです。これはまぎれもなく成長です。

もちろん、この成長が速すぎたがゆえに非常にいびつな陥没が見えないところで準備されてはいたのですが。

つまり、一億人の人生が経済発展＝効率と有効性で測られるようになった。異常な速度で突っ走ったがゆえに、膨大で無為な時の重さに耐える記憶が身体経験から失われてしまった――経済効果に寄与貢献しうる、大量生産ラインの中枢に位置できる人間の型は、機械やOAを相手に機能しなければならないためにかなり単純な様相に限定されてきます。

――若く、健康で、組織的に従順で、なお電卓的な二者択一の技術に対する反応の素早さをもつこと。

それはつまり人生の経験の蓄積よりは運動反射神経、疑問よりは思考の停止、感情を深めるよりは無表情……。

――こうなると人生八十年のうちあてはまるのは一〇代から三〇代のほんのある一時期だけと言えないでしょうか。子ども、病者、障害者、老人、自己にこだわりのある人間……皆はずれてしまう。つまり、己がはずれる、と潜在的に恐怖を感じている人の方が多い、というのが経済大国日本の内実となったわけです。はずれた人間にとっては「この世は闇」となる。

一方で「国際化」も巷に喧伝されるようになりました。「国際社会」への仲間入りが「大国としての責任」という言葉と密接に絡み合って語られるようになってきた。

さらに私たちの精神的支柱となっていた経済の発展幻想も砕けました。――宴も泡沫の夢となっていく。私を含め、多くの人びとが将来について暗澹たる思いに沈み、打ちひしがれてしまったように思います。

これはどこかおかしい。

じつははずれてしまっている人間の方が多いのに、その人びとがうちひしがれているなんて。それならばはずれてしまっている人間をこそ基準に考え直してみよう。素手で世界の片隅で生き抜いた人びとの人生に耳を傾けるのも意味があるのではないか？　なにしろ彼ら在外日本人は「日本」の中枢を自らの意思ではずれて生きてきた人びとです。にもかかわらず在日日本人がことさらに意識する「国際人」でもある。

しかも経済大国へと突っ走った時代に、内側にいようとしがみつかず遠くから私たち日本人の行状を見つめていた……。


五年をかけて『「在外」日本人』を編み終え、さまざまなことがわかりました。

いちばん強くわかったことはと言えば、情報社会とはいっても、私たちがメディアを通じて知っている気になっていた世界というのは、じつに表層、浅薄な特殊な事実にすぎなかった、ということ。

あらゆる悲喜劇は、そこで生きている人にとって日常のできごと、家族の死活問題であるということ——。

このしごく当然すぎることが歴史のなかに生きる自分を実感できるか否かにとって重要な認識なのです。他山の石である限り、いくら情報通になっているとしても、それは歴史を生きていることにはなりえない。東欧崩壊、天安門事件、日米経済摩擦、エイズ、環境問題といった世界史的な数々の事件が在外日本人にとっては事件ではなく人生そのものでした。

戦後、各地で起きた世界的な事件の現場でたくさんの在外日本人が人と出会い、人生の一歩を踏み出し、職を得て、転職し、家族を亡くし、失望し、落胆し、故郷を思って生き延びてきました。挫けては立ち直り、昨日を後悔しては明日に希望を託し——めげずに闘った。そういった側面からできごとを見つめ直すと、歴史は正しさとか、政治の正当性、軍事的勝敗などとまったく異なった様相を帯びて私たちの前に現れてきます。

世界史は彼らの人生を通過することでようやく日本人のものになった、と言えるかもしれない。

そういう視線で戦後史を見つめ直す——それがまったく新しい形式としてのインタビューノンフィクション『「在外」日本人』の目指した宇宙だったのです。


最後に、今なぜあえて日本をはずれて生きてきた人びとの視線が私たちに必要であるのか？を、ある農民の話でしめくくりたいと思います。

坂口陸《のぼる》さんは和歌山県生まれです。約三十年ほど前、東京農業大学を卒業した坂口さんは、ブラジルでゴムの研究を続けたい、と移民船に乗りました。そしてアマゾン河から支流トメアス河を上った日系移民の開拓地トメアスに入植したのです。

トメアス地域では、日系人の広めた胡椒栽培が盛んで、何人もの日系胡椒貴族がおり、坂口さんを引き受けてくれた保証人もその一人でした。一年後、坂口さんは保証人の娘と結婚、義父から譲り受けた河沿いの原生林を開拓し、そこで胡椒栽培を始めたのです。

もともとが勤勉な坂口さんは、他の日系農民と同じくまず原生林を伐採、草を燃やし、太陽が燦々と当たる裸地に整地しました。表土を掘り起こし、丹念に空気と化学肥料を混ぜ入れ、胡椒の苗木をまっすぐ、等間隔に並べ植える——日本の大学で学んだ土壌学や化学、大量に作物をとる勤勉な日本人の農法のすべてを彼はアマゾンで実践したのです。数年で彼の努力はみごとに実を結びました。

一方で、坂口さんは鶏を放し飼いにしていました。約五十羽の雛を庭に放し、それが自然に増えるのを待つ。広大な土地です。食料は限りなくあるはずだ……。

坂口さんは日々観察し、考えました。

六九年、胡椒畑のはしっこで葉が少し黒ずんでいます。病気かな？　万が一を考え、変色した数本を抜き、焼き払いました。

翌年も胡椒の苗は例年通りに順調に育っているようにみえます。

そして雨季。

百年に一度という激しい雨が続きました。かなりの数の胡椒が水に浸かってしまったのです。

ある日、一本が黒ずんだかと思うと、トメアス開拓地全地域のすべての胡椒がまたたくまに変色してしまいました。坂口さんらは泣きながら胡椒を抜きとり、焼いた。原因はフザリウムソラニーという病原菌でした。この菌は土に入り込むと容易には消えないということを知ったのはずっと後のことです。

もう駄目だ——途方に暮れた坂口さんはカヌーを操り、トメアス河を上って旅に出ました。何気なく河岸のインディオたちを眺める——貧しいインディオたちがなぜあんなに悠々と暮らしているのだろうか？

彼らは一ヘクタールだけの山を切って焼き畑をしています。開拓するとそこにトウモロコシを植え、そのトウモロコシが翳りを作る頃に米を植え、トウモロコシを収穫する頃にマンジョウカ——決まったように繰り返すのです。しかも二年間しか同じ畑を使いません。二年後には次の山を焼く。使わない畑はまたたく間に二次林にもどっていきます。インディオたちは日系人やドイツ系移民のように途方もない広さの土地を開拓しようとはしません。自分に必要な土地だけを小さく切り、地力が回復する余裕を土に与える。

しかも彼らの庭にはさまざまな果樹が植えてある。日本の果樹園のように一種だけを整然と植えているのではない。家族が投げた種が自然に生え、たくさんの種類の果樹が雑然と植えてあるかのような印象です。

彼らが栄養失調を免れてきたのはこの果樹に理由があるのではないか？

帰宅した坂口さんは、胡椒がフザリウム菌にやられたのは人災だった、と考えるようになっていました。アマゾンでは、土それ自体とそこに住むあらゆる生物が絡み合って自然に蘇生するようになっていたのではないか？

考えてみると、もともとが陰樹である胡椒を裸地に整然と植えて太陽にあて、働け働け、と化学肥料を与え、日本的勤勉さで大量促成栽培をした。結果として耐性がなくなってしまった。味も落ちる。原生種は一本に四、五粒の作物だったのに、大量に炭水化物ばかりの実をつける肥満児になってしまった――。

「ようするに、化学で作った栄養剤でぶくぶくに肥えた坂口陸を一万人、同じ所で整然と並べて火傷させているのと同じ。一人が風邪をひけば、同じ体質の同じ育ち方だから抵抗力もなく、風邪が蔓延するのも早い」

坂口さんはまず雨に強いカカオとマホガニー科のアンジローバの苗を植えました。空き地には多品種の果樹を植え、すべての土地を開墾するのではなく、川沿いの百五十万ヘクタールに一切桑を入れず、さまざまな動物、虫が集まるように原生林を残したのです。隣人たちにもカカオを勧めました。しかし、多くの人たちは即金収入を求め、カカオの成長を待てません。胡椒相場に翻弄され、別の土地を開拓し、相変わらずの栽培を続けています。

不思議なことに、カカオの成長した坂口さんの庭では、またたくまに五十羽の鶏が二百羽に増えはじめました。カカオの広葉樹が落葉として根元に溜まり、それが表土となるのでしょう。そこにさまざまなバクテリアや微生物が棲みつく場ができたわけです。

鶏の餌に微生物が混ざり、滋養が加わったのです。

それら微生物の生命力は、たとえばリンゴ箱を庭に放っておけば数週間で跡形もなくなるほど、といいます。化学を駆使した大量栽培法は、アマゾンの土や植物が保有していたバクテリアや細菌などを排除するあまりその免疫力を低下させる原因になっていたのです。

アマゾンの土が、微生物にとって棲み心地のいい場であるためには一本の木、落ち葉、蔦や草、雑木、湿気のすべてが複雑に絡み合っている。一本の蔦、草を刈ってもそういった微生物が行き場を失う。いわんや大木となると……。つまり、アマゾンでは無駄なものはない、ということではないでしょうか。

しかしこの十年、アマゾンでは日本が四つもはいるほどの広さの森が伐採され、燃やされました。万が一、森の伐採を今すべて停止したとしても微生物にいたるまで元通りになるには四、五百年はかかる——坂口さんはそう考えます。

カカオの植林をしなかった人びとは、その後もたびたびフザリウム菌による打撃を被りました。しかも、開拓に継ぐ開拓で土の蘇生は望むべくもない。そしてたくさんの日系人が経済大国日本に出稼ぎにでたのです。母親は日本の老人病院の付添い婦として、父親は工場労働者として……。

多くの家族がバラバラになりました。トメアスの開拓村も働き手を失いました。

坂口さんの庭には、今は量産するための胡椒畑はありません。しかしどことなく豊かなのです。庭に一歩入ると野性の豚や犬、猫、家鴨……が雑然と植えられた果樹の根元に寝そべっている。そこでは排除される生物は一切ありません。だからでしょうか。私たちの誰がそこを訪れても、そこにいることが大昔から自然であったような錯覚すら覚えてしまう温もりを感じるのです。アンジローバも八人の子どもたちが将来生き延びてゆくためには十分すぎるほど成長し、いざというときの備えとして坂口家の心の支えになっています。即金ばかりを追い求めていたら、アンジローバは育たなかった――。

今、一見無駄と思われる細菌、バクテリアの類があらゆる生物の生命を育む土には重要な役割を果たしている。

人間の社会、地球も同じだ――『「在外」日本人』を編んだ結論はそこに行き着きました。

生命あるものすべてに無駄はない。

百八人の登場人物からたまたま坂口さんを例にあげました。彼だけに限らず、在外日本人一人一人が地球と素手で格闘し、人生をかけて学びとった体験はどこの国にあっても深い含蓄と歴史的な証言の重みにあふれています。

私が出会った約二百五人の在外日本人は誰も皆波瀾万丈、四苦八苦しながら、未知の大地で自分流に生き延びてきました。知り合いもない。金もない。言葉の能力も？　だけどその自分流の生き方、苦労話が、聞いている私たちに不思議な勇気を与えてくれます。

なぜか？

見知らぬ大地で、一人生き延びるのに一体何が大切なのか？

人と人との付き合い。人が好き。

どんな人間だって生きている限り必ず重い意味を持ってこの時代を支えている。人に伝えるべき宇宙観を持っている。人は生きるために生きる——月並みですが、私の出会った在外日本人の人生体験が教えてくれるのはそういう基本的なことなのです。

一人一人の生きた時間を基準に世の中を見直してみる——『「在外」日本人』の試みがいったいどのようなモザイク画を描きえたのか。

果たして夕暮れの時間を失いつつある世界の流れに歯止めはきくでしょうか？

あなたはいつ夕焼けを眺めましたか？

大阪・京都

1997–2007年

四国遍路への準備を兼ねて関西を訪ねたわたしは震災で被災した友人、かつてわたしが出版と編集にかかわった医療過誤事件とその裁判の記録『娘からの宿題』（草思社刊）の著者、長尾クニ子さんを見舞った。

灘区六甲道駅前のマンションに住んでいた長尾さんは半壊した自宅から避難し、近所に残った所有の店舗で喫茶店と居酒屋を兼ねた飲食店の準備を始めたところだった。

忙しいにもかかわらず、彼女は店を根城に動け、と聞かない。数日後、長尾さんとふたりで徳島に向かった。遍路道具をあつらえるためだ。長尾さんから杖、傘を接待していただいた。いくつかの寺への挨拶を済ませ、遍路取材の事前準備は整った。あとは実行あるのみ。

そして、ふたたび神戸。

長尾さんの笑顔と温かさに惹かれ、店舗の板の間で彼女の復興を手伝う妹小林良子さんと三人で雑魚寝する日々。震災後の混乱の中での暮らしだったが、長尾さんに甘えられるのはうれしかった。年齢が一巡しか違わないにもかかわらず、わたしたちは母子のように喧嘩し、じゃれあい、一緒にいた。

彼女は、いつもいつもご飯を案じ、温かいお茶を用意し、甘いお菓子をどこかに隠しておいてくれた。深夜、店じまいした後に通う近所の銭湯でのひとときのそれはそれはゆったりとした気分。屋上の露天風呂でわたしたちは長々と語らい、一日の疲れを癒した。

彼女の店には全国からたくさんの医療過誤被害者と被害者たちをサポートする専門家、ジャーナリストが集まった。毎晩毎晩、深夜まで、時には夜を徹してくりひろげられる、医療事故被害者と専門家が呑みながら交わす議論を傍らで聞くのは、エキサイティングだった。

久々に学生気分だった。

議論が白熱したのは集まる専門家、ジャーナリストのほとんどが同世代だったためでもある。彼女の娘の裁判を勝利に導いた弁護士石川寛俊さん、腎臓移植を告発して筑波大学講師の座を追われ、以後、被害者のために活動を続ける脳外科医近藤孝さん、毎日新聞の梶川伸さん……。そして誰もが、長尾ファンだった。

どの人も真実を追い求めるすがすがしさを失うことなく、しかし、温かかった。

長尾さんの店をわたしが動かなかったのは東京に消えてしまった青春時代の痕跡をそこに感じたからにちがいない。彼らはまぎれもない大人の男たちだった。プロフェッショナルとしての研鑽を怠らず積み重ね、結果を出し、しかも自らの専門性を被害者のために尽くそうと尽力を怠らぬ男たちの熱き日々……。わたしは一瞬で彼らの魅力のとりことなった。

長尾さんが「医療被害者の気持ちを本当にわかってくれて、勝訴にもちこんでくれる弁護士」と手放しで賞賛し、尊敬する石川寛俊弁護士は当時、大阪薬害エイズ弁護団の一員として東奔西走の日々を過ごしていた。

日本にエイズ患者がいる、という話はメディア情報としてわたしも知っていた。友人のノンフィクション作家池田房雄さんの著作やNHKの報道番組などで、その患者の多くがなぜか血友病患者に偏在しているのが日本の特徴であり、その被害者のうち千人を超える人たちが国と製薬会社を相手取って集団訴訟を起こしているという事実も、漠然と知っていた。

しかし、その茫漠とした社会的現実が突如としてわたしの目の前に登場したのだ。

明日、大阪裁判所で和解案が提示される、という前の晩、わたしは石川弁護士を通じて大阪HIV訴訟弁護団事務局長川崎伸男弁護士に紹介される。

そこで知ったのは、HIV訴訟は大阪が原点、発火点だった、ということだ。

偏見の強い世間にあって自らがHIV感染者である事実を公表することとなる裁判に踏み切る、その最初の覚悟を決め、メディアの前に顔をさらしたのは四国在住の赤瀬範保さんと京都在住の男性、いずれも中年期を過ぎた血友病患者だった。石川さんが熱っぽく語りかけた。

「明日、裁判所から提起される和解案は歴史的な内容となる。柳原さん、ここまで来るのもしんどかったけど、ここからがさらに大変なんだ。東京弁護団と大阪弁護団はその路線、体質、党派性、さまざまにちがっている。被害者も個人個人で病歴、立証できるかどうか、さまざまな条件がちがっている。遺族の特別な感情、そして悔恨も深い。そうした個別性をカバーしながら全員を救済するにはどうすべきか？　東京と大阪の弁護団の間の調整、裁判所への折衝。なにより被害者個人個人の感情、意思のすり合わせ、全員の納得を得るための長い長い道のりが始まる。裁判所はおそらく時間を切ってくるにちがいない。時間的限界の中で被害者全員が納得できるラインにまでつめてゆく作業は果てしない。こうした和解への過程を記録した本はこれまでに一冊も出ていない。どうですか？　あなたが記録してみませんか？」

答を保留する。遍路はどうする？　カンボジアは？

しかし、翌日には東京にもどり、当時文藝春秋社の社員で現在は作家となった白石一文さんを訪ねている。ひとめぼれした彼らと共に生きてみたい。同じ空気を吸い、彼らの情熱に触れていたい。長尾さんの傍で温かい毎日を過ごしていきたい。

白石さんとはそれまで面識もなかったが、かねて仲間たちからノンフィクションの編集者としてすぐれた力量を発揮している、との噂は聞いていた。医療と薬害、法律、人間、しかも百人単位で動く構想のノンフィクションを仕上げるには優秀で熟練した編集者の助けが必要であり、また、なんとか書けたとしても人に読まれなければ意味がない。同時にこれから仮に厚い壁にぶつかったとしても自分に厳しい制約をもうけ、退路を断つためにも発表媒体を確約する必要があった。白石さんは文春本社をはじめて訪ねて萎縮していたわたしにこころよく編集者としての協力を申し出てくれた。

準備は整った。こんどはわたしから弁護団に取材させてほしい、と依頼した。

弁護団からの依頼ではなく、作家として独立したスタンスでの取材、記録、作品にする、と。

取材費にあてられるのは『「在外」日本人』の印税である。

遍路取材のために親友田原悦子への借金返済を延期して確保していた二百万円がある。

まずは裁判所や弁護士事務所が密集する大阪市北区天満に一部屋のアパートを借りた。

これだけの悲劇を丁寧に取材するにはとうてい通いでは難しい。被害者の息吹、弁護士たちの日常、裁判所を囲む空気までをも自分のものにしなければならない……。

わたしは大阪に仮住居を定め、住んで取材に励む決意を固めた。

テープおこしの仕事を再開し、医療過誤被害者の本の編集などを手伝いながら取材費を繋いだ。

医療と法律。

ふたつの専門領域がからみあって、門外漢、素人であるひとりひとりの被害者という当事者の存在が決められてゆく。自分で自分の人生をコントロールできず、他人に、専門家にゆだねなければならない。そうでなければ生命を、運命をつなぎとめてはゆけない。救済のために、という旗頭の下で起こるさまざまなできごと、矛盾。

はたして医療（法律）は人を救うことができるのか？

はたしてほんとうに医療（法律）はわたしたちを救っているのか？

救っているとして、はたして救済をなしうるためにどれだけの犠牲がはらわれているのか？

わたしの先生は長尾クニ子さんと数人の薬害ＨＩＶ被害者たちだった。最初に会った日、彼らはわたしに厳しい批判の言葉を浴びせかけた。

「あなたに被害者のいったいなにがわかるの？」

「自分の名声のためにあなたは僕らをだしにするのではないか？」

彼らからの問いかけは現在に至るまで人を描き、事実を書くことで食べるといういわば人の不幸を餌食にして生きるきわどい仕事を選んだわたしの生涯の戒めであり財産でありつづけている。

彼らとかわした約束は、取材を、関わりを切らないこと。そのときだけでなく、十年後にもう一冊の薬害エイズの作品を仕上げること。

時間というやすりをかけられたのちに、真実はどのように見えてくるのか？

弁護団による和解折衝はおそろしく過酷で忙しい日々だった。秒刻みで状況が変わる。深夜まで被害者と弁護団、弁護団の中で激しい議論が続き、連日のように大阪と東京を往来する毎日。全国どこかで毎日のように集会が開催される。それぞれの現場に足を運び、法律書と医学文献、裁判記録と格闘し、被害者の家を訪ね、本人、家族、遺族の話を聞く……。

準備した二百万円は一瞬で消えた。もう借金はできなかった。取材の合間をぬうようにゴーストライターを引き受け、テープおこしの数をふやした。

そして、和解の日から数週間。わたしは大阪の自室にこもって原稿を書きあげ、その原稿を関係者に読んでもらい、間違いなどを訂正していただくという作業に没頭した。

なんとなく不安で、その原稿をはじめての出版社である文藝春秋にもちこむ勇気がわかず、いく度もの原稿発表でその基準が理解できており、また、櫻井よしこさんの連載などで、薬害エイズ裁判に精通する編集者がいる『中央公論』で発表した。

二度目のトップ記事の扱いはうれしかった。被害者のひとりの誤解から印刷所に回った原稿の訂正を乞われるという危機をくぐりぬけて雑誌は発行の運びとなった。

興味深かったのは大手のテレビ局、新聞社の記者が詰める裁判所の記者クラブの記者たちの反応だった。取材中は情報交換などしながら仲良く、ともに走っていたし、出入り自由だったにもかかわらず、記事が載ったとたん、記者クラブ申し合わせでクラブへの出入り禁止の通達を受けた。

裁判所の記者クラブは彼らの所有物ではない。公共の場所である。にもかかわらず、自分たちが取材していなかったエピソードでのトップ記事という大きな扱い、その内容が気にいらないから、と出入り禁止を決める。理由の開示を求めたものの、明快な答はいただけなかった。

メディアもまた競争原理に支配されており、その既得利権を確保することに敏く、民主主義の基本を見失った保守的な世界でもあるのでは？　と疑問を抱く。

真実を求めるという志を拠り所にお互いのデータを公開し、日本は、わたしたちは、メディアはいかにあるべきか？　彼らと深い議論をしたかった。

記事は新聞では数行で扱われたできごとを軸にして書いた。和解の日の一日を克明に迫っている。そして。裁判長が判決を読みあげているとき、ひとりの青年被害者がその内容と姿勢に抗おうとして席を立ち法廷を退出する。彼はなぜ社会が、世間が、裁判所が、弁護団が、「未曾有の和解案」と讃える和解案に抗ったのか？　被害者がひとりでも反対すれば和解は締結できない。彼を説得し、被害者全員を救済するためにはどうするのか？　弁護団はどう考え、いかに動いたのか？　専門家と被害の当事者である素人との事実の受けとめ方のズレ、全体の救済を求めるために失われる個人の問題とはなにか、と書いた。原稿が発表されて一ヵ月ののち、一部の記述がある被害者の遺族の逆鱗をかい、そのサポート集団からつるしあげを食う。

京都ホテルの喫茶室に呼び出されたわたしは、約二時間ほど怒りの言葉に聞き入った。その経緯は『がん患者学』、『百万回の永訣』に詳しい。法的な問題ではなくわたし自身の気持ちの整理がつくまで記事の再録は控えようと思う。

以後、文字を書けなくなる。

ＨＩＶ大阪訴訟はそれまでの作品の現場と同じように、わたしの能力に、こころに、肉体に、家計に余った。こころとからだの疲れをもてあまし、わたしはたびたびよるべない気持ちをなだめたい、と京都をめざした。

京都にはなにかがあった。

大阪で溜まった疲労が、京都の一日で晴れる。大阪でつのる寂しさが京都で消える。

言葉で生きる、人と人の関係をつなぎながらそれを原稿に仕上げる。志の有無は問題ではない。莫大な取材費を投入して人の不幸を書く。それをメディアに載せ、原稿を売って生活する。売らなければ次の取材につなげられない。そんな、綱わたりのようなフリーランスのノンフィクション作家という仕事はわたしに合わない、と結論を出した。

豆腐屋になろう、と思った。手仕事は文句なく美しい。

京都の豆腐は旨い。東京には決してない味だ。ブランド豆腐でなくても、なぜか旨い。

水と豆とにがりだけで生み出す味。

豆腐屋さんが働く姿にこころ打たれた。

京都に住もう、と決めた。


そして、半年後の一九七七年。

がんを告知され、治療と闘病の日々に突入してゆく。

未練がましく生きて逝きたくはない、と思った。でも、現実のわたしは未練だけで、成りたっていた。

知友のひとりもいない古都でわたしが病と、そしておぞましいほどの治療とその結果わきおこる混乱に耐えられたのは京都という土地がもっている潜在的な力が大きく影響していた。

そして『「在外」日本人』で知り合った人びと、医療過誤、薬害エイズの被害者、弁護団との交流、そして患者仲間たち、医療者たち。

誰よりも姉三村玲子、家を提供してくれて、学生時代からかわらず親友でありつづけてくれた田原悦子。

さらに、いつのまにかわたしの周辺に集まって、ともに仕事したいと寄り添ってくれるようになった若い編集者、新聞記者、テレビ番組の製作者たち。

彼らの支えを得ながら、ふたたび書きはじめる。テレビの仕事も再開する。

以前よりもさらに忙しく働きはじめた。

積み重ねてきた過去の取材現場で学んできたひとつひとつのエピソードとそして取材させていただいた人びと、それを読者に、視聴者に届けるためにともに働いてきた仲間たちのひとりひとりの思い出と実在が、支えとなり、救いとなりつづけてくれている。

ここにはがん発症以降、がんのことしか書かなくなったと思われがちだったわたしの、がんと医療以外の領域に関する原稿のいくつかを転載する。

文明の敵

二〇代のころから約四半世紀、世界を放浪してきた。数えきれぬほどの住民の親切にまもられ、一瞬の交情に酔った。だからだろうか？　地球上の戦乱や事故、災害を冷静に受け止められない。死海のほとりで私に銃口を突きつけ、尋問をしたあのイスラエル兵士は今も元気でいるだろうか？　イスラエル軍の車両に石を投げていたパレスチナの少年は、自爆テロに投じることなく生きているだろうか？　パリのカフェで圧政をののしったイラク人青年は祖国に帰っただろうか？

放浪を続けた目的はたった一つ。情報をジグソーパズルのようにつなぎ合わせ、世界を傍観したくはない。友の人生を案ずるように、世界を感じ、生きていたい。一人の人が生きている姿、軌跡にその国の歴史と社会の影を読む力をつけたい……。

イラクで国連事務所が自爆テロによって爆破された。二十四人が生命を奪われ、かなりの人が重軽傷を負った。ニュースが流れ、ほぼ同時に米国のブッシュ大統領の演説が世界中に流れた。

「テロリストは文明の敵だ」

報道を注視しながら、私はかつて訪れたカンボジアやエチオピア、セルビアの難民キャンプで出会った人たちを思い出していた。国家、民族、宗教対立、憎悪と不信の渦巻く戦乱の地を治め、少なくとも殺りくのない社会を築きあげるには、現在のところ、国連が考えうる最良の装置にちがいない。国連をはぐくむしかない。国連の肩書きで現場におもむく実行者たちにはゆるぎない信念・確信とばく大な心身のエネルギーが求められる。しかも、かなりの犠牲を覚悟してかからねばならない（戦闘地域であるかどうかにかかわらず、そもそも犠牲をはらわない救援、交流は信頼されない）。それを重々承知したうえで、あえて書く。

少なくとも、私が訪れた三ヵ国では表面上は国連への感謝を語りつつ、親密になると怒りをあらわに拳をふりあげる人々がいた。それも、想像を超える数だ。

彼らの怒りの源は国連軍、国連スタッフに共通するある姿勢にある。米国大統領の演説はそれを象徴している。野蛮な暴力、遅れた社会を文明国にすべく遠路はるばるやってきた「文明」の使者＝救済者。彼らの文明とはすなわち、欧米合理主義以外にはない。

危機にある者、怯える者、生死の間にある者は敵味方を過敏に峻別する。

現在のイラクにおいてアメリカと国連、アメリカと日本のイラク戦略・政策のちがいを理解するのは安全である国にいる私でもむずかしい。まして、ミサイルで攻撃破壊されたあげくに「占領」された、と感じている人々にとってその判別は不可能にちがいない。

自爆テロを野蛮、過ちと断定、批判するのはたやすい。しかし、それを宗教的に、歴史的に賞賛する「文明」も厳然として「文明」なのである、しかも私たちが想像する以上に強固な……。

正義と好意は歓迎される、という確信ほどそれを受ける人の誇りを傷つけるものはない。そうした理解のない「救済」は敵愾心、憎しみをねじくれさせ、底知れず増殖させるだけだ。

そこに私たちは兵士を送る。

青年たちに火中の栗を拾え、と説く「正義」は私には、ない。万が一、イラクに行ったなら、安全に留意しつつ、なんとかして人に触れ、観察し、語り、必ず、あなたの言葉で報告してほしい。そしてともに考えよう、としか……。

無用の達人

幼いころ、見た伊映画の一場面。路地裏ででっぷりと肥った女が遊び人の夫に拳をふりあげ、ののしる。

「なにさ、この役立たず！」

稼が（げ）ない。たまに現れれば子を増やし、外では酒と博打と女と借金。

身内の苦労の種、能無し……。こんな大人になってはいけない、と幼心に決意した。だがしみじみと今、かみしめる。ふりかえれば私も役立たず、無用の人だったなあ、と。

何のため四十八年過ぎたのか頭かしげてみてもわからず

西行、山頭火ほどではないが熱烈なファンのいる故山崎方代《ほうだい》の歌である。主として飽食、成長、管理社会に倦んだ人が自由の匂いを嗅ぎ、歓迎した。だが山崎の実像は？

ノンフィクション作家田澤拓也が晩年、山崎が暮らした庵（近隣の人が庭に提供した簡素な小屋）にこもり、それを再現した。『無用の達人』（角川書店刊）はそのタイトルである。無用に、……達人？

山崎は右目失明の傷病兵として復員後、義兄の歯科医院で技工士まがいを務めた数年間以外は、失業状態にあった。しかも周囲の人を悦ばせるための創作としか思えない幻の恋以外には生涯未婚、童貞でもあった。姉と近隣の人々の善意を綱渡りしながら、細々と歌を詠み、食いつないだ。定職もなく、したがって稼ぎもない。独り……。しかも、世間が高度成長に踊る、戦後の四十年もの歳月である。

寂しくてひとり笑えばちゃぶ台の茶碗が笑い出したり

帯に「結社に属することなく自由に短歌を詠んだ」とある。作家としても、孤塁を保った。

所属する組織、集団で人の価値を計る傾向の強い日本で自由とは、孤独に等しい。彼の歌を愛する読者があこがれるほど浪漫的ではない。

秋深まり、近ごろ、思う。

人は今日を生きている。一日一日を懸命にしのいでその集積をふりかえったとき、なにかが浮かぶ。それを、私たちは人生と呼んでいるのだ、と。方代も方代を生きたくて方代であったわけではない。生まれながらに方代であったわけでもない。昨日を悔い、明日に期待し、今日をぼうぜんと過ごし、人並みの幸福の幻を追っているうちに、方代でしかありえなくなっていく。


戦争が終わった時に馬よりも劣っておると思ひ知りたり

思えば、日本人の戦後はこうして始まった。敗戦は断念の始まりだった。無我夢中で走った復興。そして、気づいてみたら「経済大国」。幸福と元気の幻影がちまたにあふれた。そんな時代に居場所のない、また居心地の悪い人々が方代の歌と「自由」を愛した。

もの書きは年を重ねるほどにこうありたい、あろうとする夢を作品に表出する。方代もまたいくつもの虚言で己を語り、剽窃に近い作品もあった。彼も実は定職を欲し、家庭にあこがれ、なにより淫らを払拭できない。そして、酒とたばこと飄々とした笑いに逃げた。一方、矛盾するが、粉飾を削ぎ落とすのも熟達の作家のたどり着くところだ。

　茶碗の底に梅干の種ふたつ並びおるこれが愛なのだ

こんななにげない瞬間に愛を感じてしまったら、もうおしまいだ。しかし、若返りと元気が横行する世の中。リストラと低成長、高齢化の時代である。無用の己を握りしめ生きねばならぬ。しかも、……達人として。

死の国の旋律

「癒し」「和み」という言葉が氾濫している。日本ではほんわかとやわらかい、主張や抵抗の薄い印象の人、物、雰囲気をさすらしい。

昨年の末、ある老女が「和む」と語るのを聞き、背筋が震えた。

知人が送ってくれた映像の記録『死の国の旋律―アウシュビッツと音楽家たち』（NHKハイビジョンスペシャル）の一場面だ。

第二次世界大戦中、ナチスは全欧州のユダヤ人を強制収容所に連行し、強制労働にかりたて、ガス室で百五十万人あまりを殺戮した。しかし、その収容所にいくつかの囚人たちによる楽団があったことを私は知らなかった。アウシュビッツには四つの楽団があったという。強制労働の見送り、出迎えには明るい行進曲、逃亡者の引き回し、公開処刑の背景にはモーツァルト……。ナチスの命令だった。

「オーケストラがあるぐらいだ、きっと恐ろしいところではない」ガス室とは知らずに歩く女性の声。

ヴァイオリンを奏でながら、ゾフィア・チコビアクはあの恐ろしい物語に加担した己を六十年間、責め続けてきた。前出ドキュメンタリーは八十歳のゾフィアを中心とした三人の女性生存者のその後を追った魂の告白の記録だ。

音楽家たちは六十年近く経過した今も心の傷が癒されてはいない。生き延びようとした日々の記憶から、である。仲間の苦痛と無残な死をごまかすために自ら奏でた音楽で葬送し、しかもその結果として生き延びた記憶から、である。

「上手に弾けなければガス室よ。感情を殺しなさい。生き残るためにはどんなこともするのよ」指導者の言葉だった。彼女たちを見つめるほかの収容所生存者の視線も厳しい。特権でナチスにとりいって生命をつないだ存在として……。ゾフィアも一度は所長のヘスラーに脱会を申し出た。

「オーケストラか強制労働かを選べ、とヘスラーに問われ、恐怖心が勝ったのです。あの時、私は自分を待ち受けるのが長い責め苦の末の死であると実感しました。……私は敗北したのです」


脳梗塞を病んだ老音楽家は最後のアウシュビッツへの旅に出る。

「人生の終わりが来る前にもう一度あそこにもどりたいのです。自分の罪に向き合い、それを受け止めないかぎり、私の罪はなにもかわらないのです」

ゾフィアは同じ体験を生きた友と戦後をともに生きた。極限の体験は誰ともわかち合えない。同じ体験者という事実だけがこころをつなぐ鍵となる。そして、こころの重荷に押しつぶされそうになるといつもアウシュビッツを訪ねた。彼女はアウシュビッツで驚いたことに「和む」と、語った。彼女だけでない。無数のかつての囚人たちが「和み」を求め、アウシュビッツを訪れ、考え続けている。

人が生きる意味とはなにか？

「どんな不当な死でも、まったくの無実な死でも、その人生にはかならず意味がある。アウシュビッツは叫んでいる。人間よ、考えるのだ」

ゾフィアの言葉である。

「和み」とは壮絶、苛烈なものだ。

さもしい国

さもしく貧しい国と人々だ……。

例のイラク拉致被害者への「自己責任」と、費用の「自己負担」の合唱である。聞きながらの正直な感想だった。

一九七九年新春から八二年夏まで、私は間欠的にタイ・カンボジア国境にボランティアとして滞在していた。笑顔の消えていた子どもたちに遊ぶ場を、と通っていた。宿泊施設はタイ国境警備隊の刑務所である。管理者は国連難民高等弁務官事務所。世界各国から入れ替わりたちかわり、常時五十人ほどの老若男女が滞在していた。ヒッピーから旅行者、家族ボランティアまで。日本人は私一人だけである。世界各国から組織だった医療チームが派遣されてはいたが、猫の手も借りたいほどの騒ぎだった。墓掘り、便所掘り、水運び、ごみ集め……。国連から最小限、一律の給食、配給品をあてがわれている難民たちに、そうしたボランティアたちは卵を産む生きた鶏、苗、種、本、玩具、教育用品などを送り込んだ。なにより、外国人の友人たちが毎日顔をだす、という安心感を届けた。

そして日本が戦後初めて派遣した医療チームが到着した。装備は世界最高、しかし電力事情の最悪な国境ではほとんど使えない電子機器だった。

ある朝、国境情勢が厳しい、との情報が乱れ飛んだ。日本隊は早々に国境から遠い地域へと退避した。最後に来て最初に逃げた……、各国の救援関係者の冷笑的なつぶやきだった。十三万人の難民たちに日本避難のうわさと攻撃の恐怖が漣のようにキャンプに広がった。翌日、バンコクから参事官が来た。「柳原さんはどうしますか？」これが退避勧告とは、後に知った。再び戦火に……、恐怖に慄《おのの》く子どもたちを尻目に逃げるわけにはいかない。高遠さんは私だった。約半年後、国境に落ち着きが戻る。難民収容センターも組織化された専門家の仕事場に変わった。刑務所組の半分は国連現地採用職員となり、半分は風来坊に戻った。二年後、今度は作家として国境に通った。特別な技能のない私には限界がある。写真と言葉で友となったカンボジア難民にもっともっと深くかかわっていきたいと思った。

拉致された二人のジャーナリストも私である。もの書きとして私はボランティア時代に一人の少年が贈ってくれた十数枚の虐殺の絵の現場をたどり、数年間をかけ一冊の書物を上梓した。その作品がたいしたことない、と言われればそれまでだが……。

取材費の借金とその後の長い不遇。日常の些細な事象から人間の真実を読み取る。少年でなければつかみえないカンボジアの悲劇、深い信頼と交流がなければ聞けない真実を言葉で紡ぐ。情報は消えるが、真実は永遠である。

世論＝メディアは立場の異なる多角的、微小な視座から観察された事実の集積で初めて健全さを保つ。個人として誰からも金銭、安全ともに保証されないボランティアやフリージャーナリストでなければ見えない、経験しえない、つかみえない事実が無数にある。安全を確保され、高官や軍関係に守られ、空中を飛ぶ電波の横取りで集める情報とは異質な、情報、真実がある。

万歩譲って自衛隊でなければできない救援を説くならば、そうした小さな営みの積み重ねでなければできない救援、紡ぎ得ない情報、言葉というものもある、とまずは認めたい。縁もゆかりもない人々の不幸を共有しよう、と行動する若者たちは私たちの財産なのだ。大事に、冷静にはぐくみたい。

ヨンさま

韓国を訪ねた。同世代の在日朝鮮人医師らが、日本語のできない在日一世もハングル語で医療を受けられるようにと神戸に創設した朝日病院の韓国への旅に同行するのと、昨年翻訳出版された拙著『がん患者学』の翻訳者を訪ねるためだ。出発の日はあの『冬のソナタ』の主人公を演じたペ・ヨンジュンが成田空港に到着した日であり、帰国した日は彼が仁川空港に戻った日だった。おかげでどこに行っても日本での冬ソナ、ヨンさまの異常ブームの話題とエネルギーに遭遇することになった。

私自身は冬ソナをすべてみてはいないが、本は読んだ。そこで展開される他愛ないすれ違いと錯覚で結末に引っ張り込んでゆく純愛物語に夢中にはなれなかった。だが、日韓のニュースに連日とりあげられているできごとに無関心ではいられない。主に私と同世代の女性が一〇代の少女のように騒いでいる。ソウル、釜山行きの飛行機ほぼ全便が年末まで満員という日本女性の韓国ブームを招いた理由はどこにあるのか?

十五年ぶりの釜山、ソウルだった。集中的に訪ねたのは戒厳令が布かれていた時代だったから、高層ビルやマンションが林立し、新車や外車が走り回る二都市の変化には隔世の感がある。しかも当時、キーセンパーティに酔いしれる日本男性で満員だったホテルはほぼ日本女性たちで一杯。一回三万円から二万円で産後の緩みや婦人科系の病によいとされるよもぎ蒸し、こもかぶりのように黒ずんだむしろをかぶって発汗を促すサウナ、全身を泥で塗り固める泥パック、一糸まとわぬ姿で丸太のように寝転び、半裸のおばさんに乱暴に全身を磨かれ、転がされ、角質をとりさってもらう垢すり、産毛とり、リンパマッサージ、爪磨きといった健康と美をもたらしてくれる韓流エステもまたどこも老若の日本人女性で深夜まで満員。免税店やブランド店、ブティックも宝石、高級服を買う女性たちで一杯。そのほとんどが冬ソナロケ地を観光するツアーの日本人女性客だ。おそらくは年末の紅白歌合戦や再放映でさらに火がつく。九・一一以後低迷していた観光業も満面の笑みである。

私の担当編集者もそんなツアーの愛好者だ。知的な読書家、普段はテレビも観ない彼女がなぜはまったのか？

「今の日本では『冬のソナタ』のように愛に熱心ではないですよね。特に男性です。真剣にまっすぐ愛を語り夢中で女性を案じ、関わってくれるヨン様はいません」

冬ソナのセンチメンタルでセクシーな主題歌を聞きながらツアーのガイドを務める韓国人女性に聞いてみた。

「私はあの物語の背景になっている時代そのものを生きてきたので監督がなにを描こうとしたのかとてもよくわかります。懐かしさもある。だから日本女性たちがツアーを組んでくると聞いたときは驚きました。彼女たちにあの韓国の時代には関係がありません。でも、連日、次々と日本の女性たちとともに過ごし、語り合ってきた今は見方が変わりました。彼女たちは何かに渇いているのです。ペ・ヨンジュンの甘さや礼儀正しさに惹かれるのも、冬ソナの基本になっている愛や、素肌を存分にさわってもらうエステや健康法に浸るのも……。純粋なる何かにもう一度出会いたい、夢中になってみたい、愛されたい、という渇きを感じます」

いずれも同じことを語っている。ヨンさまブーム侮るなかれ、意外に、日本女性の、特にインテリ、中年層の女性の現実を衝いている。キーワードは愛と渇き、日本男性と社会への絶望、である。

和時計

京都に古株という骨董屋がある。二坪ほどの小さな店構えで、主として時計を扱っている。二年前、私は偶然この店を知った。吸い込まれるように、店の扉を開けたのである。

深い音色で時を刻む古い欧米の時計群に混ざって金色の箱形の器械が柱に据えつけてあった。箱の下に二本の長い紐がぶらさがっており、先には無骨で巨大な錘《おもり》がついている。箱の中の歯車が、その錘の重さで弧を描く。歯車は鶴の首のような鉤《かぎ》にひっかかり、箱の上部を飾る二枚の細い金属板に動力を伝える。金属板は規則的に半弧を描いて反転している。薄く細い金属板の先端には蝶の羽の装飾が施してあり、上部には目をこらさなければ見えない細密な溝が刻まれている。この溝にぶらさげられた小さな錘が小さく震え、ふっと息をつくように止まり、逆転する瞬間、一本の棒が鐘を打ち鳴らす。

和時計です、と若い店主は言った。

私の心の中で江戸の音が蘇った。

それは天保年間から明治五年まで日本の時を刻んできた幻の時計だった。毎日夜明けと日の入りの二回、錘の位置を調整して時を刻む。ある特定の場での日の出の瞬間から日の入りまでを六等分し、また日の入りから日の出までを六等分して時の進み方を決める。言うなれば、昼の一時間と夜の一時間は、季節ごとに微妙に長短を示すわけだ。夏の昼の一時間は長く、夜は短い。冬の昼の一時間は短く、夜は長い。夏にたくさん汗を流して動き、冬はたくさん眠る……。太古の昔から日本人はそうして生きてきたのである。

明治五年、一時間は常に一時間、と法律が決まった。以後、すさまじい勢いで世の中は「進歩」した。基準が単純になったのだ。数値で測れるものは正しさと過ちの境界が明快だ。そしてあらゆる事象を標準と数量で判断するようになった。一方で、失ったものも計り知れない。和時計の溝はすべて手仕事で刻まれている。しかし、最新のレーザーはもちろん、人間の手の技も今ではその溝を刻めない。退化した。

ある時、古株の店主は隣の寺の鐘が和時計の六つの刻と正確に一致することに気づいた。和時計？　知らないねえ。人の祈りの流れが始まった時に朝を告げ、人の姿が消えた夕暮れの時を鳴らしているだけだ、と和尚は笑った。

烏が鳴くから帰ろ……あれである。

人間には誰にも実感という時計、判断、行動の基準が備わっていたのだ。

失った最大のものとは実感する力、人間力とでも言うようなものではないか。「進歩」にはどこか嘘が匂う。

消えゆきし人、あるいは故郷への挽歌

1

がんの告知を受けた初夏の日から十年目を迎えている。発見された日の病状から想像して、こんなに長く生きられるとは思わなかった。少なくとも三年、五年を生きたい、と祈り続けたはずだった。五十歳まで生きられたら御の字、と思ったはずだった。にもかかわらず、二年半前に肝臓への十五個の転移巣を含む再発と余命六ヵ月を告知されたとき、そして昨年十二月に脾臓、傍大動脈リンパ節への多発転移を告げられたとき、わたしはそのたびに予想を裏切って長く生きられた日々をにこやかに回想することもなく、短くしか生きられぬこれからを想ってさめざめと涙し、ふるえ、落ち込んだのだった。九年前のあの日と同じように、せめてあと二年、三年、六十歳まで生きられたら本望、などと想うのだ。

人間、というのはなかなか達観できるものではない。

車窓から焦点定まらぬまま眺め、汚い町、と呟き、続いて全身がふるえるような苛立ちに襲われる。苛立ちは時間の経過とともに、見ることへの拒絶感に変わる。わたしをひきとめるなにものもこの国土には残ってはいない。この国で生き抜く、生き続けるのは所詮もう無理、わたしにはその力が残ってはいない。……うなだれる。自宅にもどってさめざめと理由のない涙が流れ、うずくまるように床に転がる。そして、嘔吐する。

再発、再々発を告げられた日や抗がん剤治療、放射線治療の副作用で立ちあがれぬほど衰弱しているとき、いくどとなく経験した感覚だ。科学的に、統計的に測っておまえはこの世から去るのだと宣告され、生きる希望などもってのほか、この世の中の誰一人、なにひとつおまえを救えない、救ってくれない、と追いつめられたがん患者の生理的反応だ。

健康・長寿・元気こそ一番！　広告の文字が虚しい。ここまで生きてくるのは大変だった。青息吐息だった。これからはもっと大変だ。長生きしたとて稼ぎ続けなければまっとうな人生の終焉にはならない。稼ぐ道はどんどんと狭まってくる。医療はもとより、こころを慰めてくれる故郷の風土もこのていたらく……。病の進行と死を合理化しようとするあがき、と映るかもしれない。たしかに、そうかもしれない。

しかし、なにかを示唆している。喘ぐように、思う。弱ったわたし自身の感覚、その示している意味を見失うまい、と恥ずかしげもなく、そう思うのだ。

先端医療といういわば文明を象徴する力を借りてかろうじて生命をつなぎとめているわたしが今、わたしという主語でものを見、書いてゆくとき、よりどころとするなにか、ものを測る基準をさがすとしたら、しかし、あの喘ぎの感覚以外にはありえない。

書く人として生きていきたい、と幼いころから夢見てきた。それなりに小さな志をいだいてはみたものの、才能にも運にも恵まれず、メディアとか、書く仕事に関わっている知友もいないなかで実際に書く場を与えられるようになるまでは長く険しい道程だった。週刊誌やワイドショーに悪魔扱いされる犯罪者の暮らしぶりや言動のほうがコメントするメディア人よりも間違いなく近い、そんなアルコール依存の日々を漂っていた。友人たちはそんなわたしをもてあまし、あきれた。ふしだらで不誠実で不埒でだらしない。だから、仕事なんてもってのほか、だった。社会人としての基準を微塵も充たしていないぐうたら、だった。もしもあのまま一冊も作品を書かなかったら、世間はわたしにどのような視線を浴びせかけ、どのような言葉で論評するのか？　メディアから流れ続ける言葉を浴びながら、想像しただけで恐ろしくなる。叩けば埃だらけの心身には世間が白眼視する、後ろ指さされることばかりが積み重なっていると自覚しているからだ。

だからといってわたしたちはそうした過去から逃げても逃れられず、捨てさることもできない。すべてを背負うしかない。人はだませても記憶からは自由にはなれない。

だから、書いてきた。書くことでわたしはわたしを免罪し、ふるいたたせ、社会との平衡を保ってきたような気がする。病を、それも、いつもいつも死の告知がつきまとうようながんを生きるようになってからの日々はとりわけ書くことが、わたしの支えとなっていた。がんを生きるのではなく、自分のまきこまれているさまざまな、それもたえがたい恐怖を観察の対象、いわば他人事、できごとにすりかえられるからだ。

言葉におきかえる作業を通して、現実は現実ではなく観る世界、他人事になる。

ほんの少しではあるかもしれないけれど、からだのなかから恐怖が消える。

まぎれもなく、言葉は刃でもあると同時に救いの力をもっている、と知った。

だが、今となってはそれも牧歌的な日々だった。前記したように昨年末から病状はさらに進んだ。選択できる治療法も狭まってきている。いくどめかの絶体絶命を告げられる。

「あきらめないこと」

医師からそう励まされたとき、「あなたの余命は六ヵ月」と告げられた再発のあの瞬間よりもはるかに死が現実のものとなった。こころに溢れる言葉をすべてうち消されながら、それをはねかえすほどの言葉も生みだせず……、沈黙するしかない日々をすごした。

春を迎え、萌える若芽を眺めながら、脈絡もなく、ひとつの言葉がこころに浮かんだ。

「ハヴェルを城へ」……。

ご存じの方はご存じだろう。東欧崩壊の渦中でチェコの群衆がかざしたスローガンである。

ハヴェルは崩壊後の初代大統領となった文学者ヴァーツラフ・ハヴェルの名である。ハプスブルグ、ドイツ、ロシア……。城は、長い間他民族の支配下にあったチェコの民衆がそこに魂のよりどころを託し、自らの資金、技術、力を総結集させて完成させたゴシック様式の教会を中心にさまざまな時代の支配者によって増築を続けられてきたプラハ中心地の象徴的な建物である。大統領府もその一部に位置している。

なぜ突然チェコなのか？

ささやかな気どりを許していただけるなら、志、という言葉が懐かしかった。

一年前、ある媒体で書いたエッセイでチェコに触れてはいた。窓際に並べたボヘミアの硝子職人スワロフスキーの細工物のプリズム効果で毎朝、わが家の居間の白壁に浮かんでは消える虹色の水玉模様の饗宴の描写に始まって、悲恋に終わったゲーテ最期の恋の舞台となったマリアンバードで終わるエッセイ。背景音楽は「カヴァレリアルスチカーナ」。

［この秋、チェコを歩いているわたしが見える］

あのとき、わたしはエッセイをそんなふうにしめくくった。この秋、とは昨年秋をさしている。が、結局、行かなかった。一緒に行くはずの人が旅をとりやめたことがきっかけではあったが、十二月の再々発直前に出版した作品『百万回の永訣』の仕上げで忙しかったからでもある。以後、機を逸してしまっていた。

チェコを深く知っているわけではない。十三年前に訪れた数日間だけが記憶に残っている。夜行特急で入国するときの国境警備隊による異様に厳しく執拗な査証チェック、プラハのカレル橋にそよいでいた風、大道芸人の奏でる音楽、路地裏の小さな劇場で観たモーツアルトのオペラ……。にもかかわらず、心身の危機の渦中でチェコを訪ねたいと想ったのか？　おそらくはプラハに住む一人の日本人男性によっている。一九八九年から四年半をかけて、世界六十五都市に住む〈「在外」日本人〉を訪ねてわたしは放浪していた。日本を捨て、離れた日本人の視線で日本とそして世界、地球を読んでみようとの壮大な目論見だった。旅の途次に出会った二百人あまりの日本人による熱い語りはのちに『「在外」日本人』（晶文社刊）として結晶したが、十数年を経ていまだにこころに刻まれて消えない彼らがいる。わたしは彼らの暮らしを通じて、彼らの流転の人生とその国への愛憎を通してひとつひとつの国や歴史、現実にメディアの情報では実感できない理解をしてきたわけだが、彼＝小野田勲さんもその一人だった。現在六十八歳となっている小野田さんは一九五九年、日本で産声をあげたばかりの共産主義者同盟ブントの一員として、東欧諸国との連携をとる使命を負って留学生としてチェコに渡った。彼とチェコのビールで乾杯し、キューバの葉巻を吸いながら二十五年ものラム酒を舐めつつ過ごした濃密な数日……。かけねなく、楽しかった。読者に共有してもらうためにも、ほんの少し長くはなるが前掲拙著から小野田さんの語りを転載したい。『「在外」日本人』は、文庫版も含めて現在では手に入りにくくなっているので、おそらくは未発表に近い扱いとしてお許しいただけるはずだ。

来たとたん、なんと美しい国かと思った。中世の街並み、川辺のすがすがしさ。草花におおわれた丘と暗い森。春という季節のせいだったかもしれないけれど、日本の友人たちにすまないな、と思いました。そのときはまだ、美しいチェコスロヴァキアの風景にひそむ苦悩と流血が見えていなかった。帝国主義者は駄目、スターリン主義も駄目、この偽社会主義国家はどうすれば倒せるか、などと途方もない夢想をしながらも、この美しい国とは簡単に切れそうもない、と予感しましたね。

マリアンバードという、晩年のゲーテが最後の恋をして失意に終わった詩を書いたことで有名な温泉町の語学研修所の校長先生がプラハの空港まで迎えに来てくれました。トランクを担いで先生と列車に乗り込み、僕は軽い気持ちで作家チャペックとカフカについて尋ねたんです。校長先生は、僕の問いを微妙にそらし、「冬支度はしてきたか？　辞書は何をもってきたか？」といった話をするばかり。青二才のような質問だったかもしれない、と僕は思いこんだんです。数日して、校長先生が散歩に誘ってくれました。リスが駆ける公園の白いベンチに座り、おもむろに先生は語り出した。

「あの汽車に尾行がついていたのを知ってたか？　この国で無事勉学を終えたいのなら、人前でチャペックやカフカの名を口にしてはいけない。もし話したいのなら、この町にも安心して話せる人がいる、いずれ紹介しよう」

先生は日本を含め、各国の大使館の人たちとの個人的な付き合いはしないように、とも忠告します。相手にどんな迷惑がかかるかもしれない、というのがその理由でした。夕暮れの空を見上げ、なにやら暗く落ち込みました。では、僕の隣で腕組みして一緒に空を見上げている先生はほんとうに安心して話せる人なのかどうか？　疑心暗鬼に陥ってしまうでしょう？　でも、僕は信じる方に賭けようと思った。

その日から日記を書くのをやめました。先生が言うようにいつ、どんなきっかけで人を窮地に追いやることにもなりかねないから……。（略）

先生が紹介してくれたのが寮のボイラーマンです。彼はヘーゲルをかなり深く読み込んでいて、夜の公園や森で授業をしてくれました。ふしぎなことに、後に恋人と森を散歩することもあったけれど、あのときのボイラーマンとの密会ほどこころ震える経験はなかった。同じ頃、何の間違いかチェコのシュールレアリストの詩集が出版されました。金がないから買えない。毎日、授業の帰り道に本屋で手にとって眺めていた。四日目くらいかなあ、本屋の主人がどうぞ、って貧相な紙に包んでくれました。恥ずかしいやら、戸惑うやら……。「金は来月まで待ってください」と言うと、「代金はもういただいております」。

代金を払ってくれたのが校長先生と知ったのはずっと後でした。

「あの本屋は信頼していい。出版統制の実態を隅々まで知っている。君の知りたいチャペックのテキストの改ざん問題もあの人に聞けばわかる」

校長先生の導きで夜の森の密会の世界は徐々に拡がっていきました。だけどこれは同時に二重の世界を生きることにもなる。表向きは日本の曖昧な微笑をたたえた一見勉強家の学生と夜の密会。しかし、この二重生活は大部分のチェコ人たちが、八九年のいわゆるビロード革命にいたるまでずっと続けてきた日常そのものだったんです。(略)二重性を生きない、拒否するためにはいろいろな方法がある。ひらったく言うなら、仕事、趣味、学問に熱中する。外国に亡命する。金儲けに夢中になる。共産党の支配構造の一環となって他人になりきる。恋人を次々にかえてみる。地下に潜って闘う。あるいは正面から抵抗されて投獄されるか、消される。どれもきついわけです。どれをやっても悲惨です。

結局僕は、先生やその友人たちと同じように、この二重性を制度として空気のように受け入れていくことしかできなかった。いや、二つの世界を生きる、なんて表現は不正確ですよね。ひとつの歪んだ世界を生きるだけのことなんだから。僕には、もう一つの屈折がある。僕はただ、見ていたんです。外国人として、檻の外から中にいる傷ついた寅さんたちをたくさん見てきた。しかも、ときには自分も檻の中にいるような幻影の中で……。

ただ……、確信めいたこともある。チェコの、知識人に対する確実な信頼感、そしてやさしくて深いチェコの文化。この国には地味だけれど、何者にも屈しない人々がいる。彼らを通じて、僕は文化に触れた――ところがこの辺になるとまた怪しい（笑い）。なぜって、僕の言う文化には音楽や哲学もあるけれど、ビールやハム、ボヘミアの風景、カレル橋にそよぐ風まではいっている。チェコのビール、飲みました？　すばらしいでしょう？

あんな旨いものを除いたら文化なんて骨抜きになってしまう。それと、光も文化です。

小川をのぼる鱒の輝き、ネコヤナギに反射する光の輝き……。そのすべてが数キロ離れたドイツのそれとはまったくちがう。まぎれもなく光も風も文化なんです。（略）

奨学金をもらうと、僕はさっそく友人たちとビールを呑みに行く。そこは一四九九年に市民に販売を始めた元修道院の地ビール屋。仕込み室は一三八〇年代のもの。時にしくじったビールがでてきたとしても幸福だった。

黒光りする樫のテーブルを囲み、周囲の盗聴に気を使いながら社会主義リアリズムを「こきおろす」というのは文字通り、チェコ文化そのものを胃の腑に流し込んでいるという実感がありました。ただ、そこでひそひそと語られる情報の大半が、僕と同じ学生寮の自室にマチスの複製画を飾り、党の細胞会議でつるし上げられていった北ベトナム人のこと、突然プラハで逮捕されたキューバ人の映画専攻の学生がハバナで処刑され、サルトルが抗議文を発表したこと――いずれも酒の肴にはきつすぎた。処刑されたキューバ人の学生は、マリアンバードの僕の部屋に「クロサワの話を聞かせてくれ」とよく来ていた奴だった。

大学で出会った素晴らしい先生方のうちの一人は、六十年代半ばからゆるみはじめた思想統制の波に乗って、それまで沈黙していた作家たちを一人ずつ引っ張ってきて紹介してくれました。当時は新進劇作家だったビロード革命後の最初の大統領ハヴェルさんもその一人でした。ある時、先生は一人の小説家の家に連れていってくれました。驚いた。家中、机の下から本棚からすべて原稿で埋まっている。すべて未発表作品だということでした。おそらく二十年分でしょう。小説というのは誰かが読んだ瞬間に小説としての評価をうるのであって、それまでは紙に字が書いてあるだけのことじゃないか、と僕は思う。だけど、その紙の山が発するすさまじいエネルギーが、部屋中にこもっていて、これはただごとではすまない。この社会はもう長くはない。どういう形でかは分からないけれど破裂する、と胸騒ぎしました。この人は後に亡命して、海外でチェコを代表する作家となりました。

（『「在外」日本人』晶文社刊より）

小野田さんはプラハの春への動きのなかで彼が目撃したこと、過ごした日々を語ってくれた。プラハの春と呼ばれた民衆の誇りを取り戻そうとした抵抗の渦はしかし、無惨な終末を迎える。チェコは再びロシアの戦車に占領され、抵抗運動を牽引した多くの知識人、人々は厳しい粛正にあう。公職からはずされ、語る、行動する一切の自由を奪われる。

それから二十年の沈黙ののち、チェコのひとびとは再びたちあがった。

ビロード革命と呼ばれた東欧崩壊への大きな渦を自ら手にした。

「ハヴェルを城へ」は、そのときのスローガンである。

プラハの春からビロード革命へ。

抵抗のひそやかな渦のなかで群衆は同時にもうひとつの言葉を囁きあっていた。その言葉は国旗とは別に大統領府（城）にはためくもう一枚の旗にも刺繍されている。

［真実は勝つ］

書き記しながら、日本において、読者の世代において、この文章に登場した固有名詞、小野田さんの語る一字一句、わたしの使う言葉のすべてが熱いヴェールの向こう側から響く聞き慣れぬ、乾燥した言葉となっている、と溜息をつく。

美しい、信じる、幸福……。もちろん、「真実」も、今の日本ではもはやうらぶれた倉庫の壁の落書きにもならない、古ぼけ、乾燥しきって意味すら不明となっているのは十分了解できている。しかし、なぜか、それでもなお、その言葉を恥ずかしくもなく書いてみたい、とわたしは思う。そして、書いてみて、やはり、遠いなあ、と実感する。

小野田さんと夜を徹して語り合ったわたしにおいてすら、ただただ、遠い。

この証言をわたしが聞いたのはたった十四年前のことだ。語り合った日々の瞬間、瞬間、場面まで克明にわたしは記憶している。その感動もみずみずしい。なのに、なぜ？

十四年間という短い時間で、はたしてわたしたちのなにが変わってしまったのか？

わたしたちにおける「真実」とはなにか？　「真実」がいったいあるのかどうか……。

おそらくは、ない。

ない、と記して、それはそうかもしれないけれど、やはり、それは悲しい。とりわけ不幸でもないけれどどう考えたって幸福を実感できないわたしたちと、そうした言葉を遠い、と感じるこの国、というか時代のありようとそれはどこかでつながっている。

病を生きているわたしにはメディアという媒体でしか世間とのつながりはないのだけれど、メディアを通して知る犯罪やできごと、要人たちの動きからわたしが感じるこの国の現実はあまりに残酷で、無惨で、目を覆いたくなることばかりなのだ。

なにかが壊れてしまっている。

わたしたちのこころのなかのなにかが、壊れてしまっている。


誰かのせい、とは言わない。すべて生きるため、生き延びるためにわたしたちが歩んできた結果だ。身のまわりのすべてが生きてゆくには過酷、と赤信号を点滅しているとしても、生き物であるかぎり、わたしたちは生きる努力を続ける。それが人間の哀しさなのだ。


「愛と希望……、それが人間の弱点だ」

映画『マトリックス』の台詞だ。幻と知りつつ、人はそうやって生命をつないでゆく。かすかに浮かんでいる蜃気楼は確実に『ハーメルンの笛吹男』を想起させてはいるけれど。

もういちど、書いてみようか……。

［真実は勝つ］

かけねなくわたしたちがその言葉を語れた日はいったいいつ、どのように終わってしまったのか？　いや、はたして、そういう日がわたしたちにあったのか？

無謀にも六月に旅立つ。ドイツでサッカーのワールドカップ、ブラジル戦を観戦したのち、まずはポーランドとチェコを旅する。小野田さんと、会う。真実は、いまなお、チェコにおいて遠い言葉となってはいないのか？　たしかめに行く。

元気なら、元気が続けばわたしはその後も旅を続ける。

志をさがしだす旅の現場は近所の街角かもしれない。アジアや南米の小国かもしれない。

衰弱してゆくわたしの魂をかきたてる街角、都市、農村漁村、草原に身をおく。

静かにたたずみ、ささやかに茫々と考え、安易にまとめることなく、書いていこう。

故郷というものについて。

幸福ということ、について……。

2

七十歳を超えたゲーテは養生を兼ねてマリアンバードという温泉地を訪ねた。ドイツ国境に近いその地は歴史あるリゾート地として多くの文豪、芸術家、貴族が訪れ、滞在したことで名高い。ゲーテはそこで五十歳も年齢のちがう少女に本気の恋をした。ドイツ国内に彼が有するすべての財産を遺す、結婚を、と願った最後の老いらくの恋の地だ。肖像画とおぼしき絵が残っているが、それで見るかぎり、面長で美しい、やわらかい表情の少女だ。

三年をかけてゲーテは少女に思いを寄せたものの、彼女は拒む。ゲーテは最後に彼女と彼女の家族全員をとあるレストランに招き、そして追慕を諦めると伝えたという。

つまり、そういう逸話で有名な美しい土地なのだが、わたしたちはプラハからマリアンバードまでチェコの国有鉄道に乗った。

十数年前に乗ったままの重たく分厚い鉄のかたまり、ロコモーティブな電車だった。

ドイツを含め、チェコなどで鉄道に乗ろうとした日本人が必ず舌打ちする瞬間がいくつもある。まずは到着時間についての情報がきわめて曖昧だということ。どの駅にもプラットホームに幾枚かの掲示板がつるさがっているのだが、もちろんデジタルではない。その記述もなんともアバウト、大ざっぱなのである。行き先も曖昧だし、到着時間についての案内もきわめて不親切に見える。三時間遅れ、という表示はざらであり、とっくの昔に過ぎている時刻が到着時間として掲示されているときもある。駅員に聞けば「もうすぐ来る」とその誤差を意に介していない。あきれる。あてにならない。また、乗客もあてにしていない風なのだ。次に、プラットホームのどこに電車が止まるのか誰一人、駅員ですら予想がつかない、ということ。ドイツもチェコもプラットホームが広く、長い。軍用列車や貨物列車を想定して設計されているのか、とてつもなく長い。だいたいの人は駅のここらへんに止まるだろうと見当をつけ、電車の到着を待つ。大きく重たい旅行鞄をいくつも運んで旅している身にとってはかなりの賭けである。

だいたい予想ははずれる。電車が構内に入ってきてブレーキの音が軋むころ、乗客は脱兎のごとく荷物をひきずって走る。老いも若きも、男も女も自転車乗りも走る。次にたいていの日本人が舌打ちする、というか怒りを覚えるのは車内放送がないこと、である。次がどこの駅かわからない。時折、車掌が大声で駅名を告げながら大股で通路を通ってゆく親切に遭遇することもあるが、誰かに聞きまくらなければ次の駅がわからない。ほとんどの日本人はひとつ手前の駅を過ぎた直後から降りる準備を始める。だから、いつも次の駅がどこで、今自分はどこにいるのかを確かめなければいられないようにできている。

四つ目の苛立ちは事故、急停車である。わたしたちの乗った電車も突然、停車した。車内放送はもちろん、なにもない。しんと静まった電車でなにが起こったのか？　と不安に駆られる。大股に歩く車掌に聞いてもわからない、と素っ気ない。素っ気ないというより、わからないことに微塵の申し訳なさも感じていない。「原因がある。わたしはわたしのやるべきことがなにかを今さぐっている……」、ただ、それだけのことを言って、彼はその後も平然と不親切を続けた。

業を煮やして乗客たちが線路上に降り、事情を知ろうと動き出す。数十分たってようやく、なんらかの突発的な事故で線路上に大樹が転がり？電車が動けなくなっている、と朧気《おぼろげ》ながらの事情を知らされる。しかも、放送や公的な通告ではなく、それとない噂のようなものでわたしたちは知らされる。

最後の苛立ちはその対策である。わたしたちは線路が使えるようになるまで待ったらいいのか？　それともなにかべつの方策を誰かが考えてくれるのか？　誰一人教えてくれる人はいない。なんとはなしに一時間ほど経過して乗客たちがぼんやりと一方に流れ始め、行く手にバスが止まっているのを見てようやく、ああ、代替交通機関を用意してくれたのだ、とこれまた噂のようなうすぼんやりした感じでわたしたちは知るのだ。

決してチェコ語ができないことによってわたしが埒外に置かれていたのではない。それが証左にチェコ人自身がそれを甘受している。

バスに乗っても国鉄からのひとことの謝罪も説明もなかった。いったいなにが起きて、どういう経過と話し合いの末にバスでの代替輸送となり、バスはどのような経路でどこの駅まで行くのか？　乗客にはどのような選択肢があるのか？　遅れた結果としての責任、つまり日本で言うならば特急料金は返却されるのかどうか？　ひとことの説明もない。

粛々と、すべてが沈黙のうちに、以心伝心、暗黙の了解の元で進んでゆくのである。

がらんとした駅には小さなキオスクと呼ばれるバーがあるだけ。全国どこでも同じ味、品質の菓子、メニューのファーストフードがあるわけでもなく、地元のおばさんがフランスパンに安いハムとチーズをはさんでいるだけの素っ気ないサンドイッチとぬるいコーヒー、ビールしかおいていない。

恋人たちが抱き合い、再会の歓びを堪能している。ゆっくりと音もなく出発する列車の窓からホームを走る若者に涙ながらに手を振る老人の嗚咽が響く。電車に乗り込むなり、わたしに握手を迫り、網棚に載せた自分の荷物を見張っていてくれ、とビール片手に食堂車に駆け込む労働者のおじさんとの会話。隣の車両に乗っていた子連れのおばさんはインテリだった。カスピ海沿岸のいずれかの国から来ているどうやら闇商人の男たちのロシア語が理解できるらしく、顔をしかめながら、わたしには英語で事故に驚くことはない、あなたは必ず目的地に行けるわ、と小声で囁き安心を与えてくれた。リヤカーに荷物を積み込み、大きな犬を連れて乗り込んでいる十人ほどの若者たちはアマチュアの音楽家たちだった。地方公演への道中らしい。犬の口には噛みつき防止のマスクが被されているが、リヤカーと犬同席の車内の空気は穏やかだ。

わたしは、人間の人間らしさの内側にいまだおさまっている社会をそこに感じていた。

首都プラハに住むチェコ人に聞けば、鉄道の現在、そして事故が起きたときの乗客、車掌、鉄道会社の対応は共産主義時代の名残、そして公共の遅れ、と論評がかえってくる。御上に逆らわず粛々と耐え、順応したふりをし、嘲笑し、沈黙して生き延びる。

彼らの問題は彼らの問題だ。

わたしは日本の現実を深々と振り返る。

「あいつって、変」

「普通じゃない、あいつ」

という評価がおそらく日本人にとってもっとも恐れるひとつであるにちがいない。所属集団から逸脱すまい、捨てられまい、異端、はぐれ者の烙印を押されまい、とわが日本人が費やしているエネルギーは恐ろしいほどだ。こどもから老人にいたるまで家族、学校、地域、職場から排除されないために人格の摩滅、磨り減り、疲労を要求されている。

欧米人がひそかにではあるが、よく囁く。

「日本はふしぎな社会主義国だ」


この十年あまりの間に数人の仕事仲間が痴漢行為や女性問題、軽犯罪で摘発され、免職、または週刊誌種となって社会的制裁を受けた。

おしなべて彼らはまず犯意を否定した。が、早めに決着をつけて社会復帰したい、と幾人かはやむなく、有罪判決を受け入れた。

やったかどうかは薮の中だ。

わたしにはやってない、と彼らは断じた。

わたしは彼らを信じる。

だが、わたしは彼らが（人が人であるかぎりにおいて）それをやりかねないと感じている。

まずは若い女性たちのファッション。人にどう見られるかでなく、自分がどう満足するか？　近年のファッションの主張である。形式、目的、規制は意味を失った。

それを理解してなお、自由だが、不快だ。満員電車の座席で寝ぼけ眼をあけると目の前にジーンズからこぼれるまるまるとした白いお尻、ふくよかなおなか、臍。わが厚生大臣の「失言」を借りれば触りたくなる欲望は「男（人）として」「健全」（笑い）、とわたしは感じている。女性に関心のない人、考えることが他にある人は別として、欲望を抑える理性や知性は人の能力の一部でしかない。

わたしも焼きが回った。

時代についていけない。ついてゆく意欲も意志も失って久しいので、じつはどうでもいい。潔くこころと感覚の老化を認めよう（笑い）。

横道にそれすぎた。話は痴漢である。

巨大組織に勤める彼らの日常、管理、競争、分刻みの日程、労働現場での人間・社会関係を維持するために異様に神経を磨り減らしていると知っているからだ。生き物として心身の均衡を保つため生理機能が働くということもありうる。スキンシップ（時には暴力的にも映る組んずほぐれつ、遊び）は生き物の重要欠くべからざるストレス解消法だ。

記憶がないとしても不思議ではない。脳は防衛のため自ら記憶を排除することもある（がん患者に多くみられることだが、医師から聞いたはずのデータをすべて忘れる）。

直感的私見だが、そのほとんどが世間（同僚、上司）の視線を常に意識し、所属する組織に安住しきれぬ不安定な事情を抱え(契約社員、中途入社など)、自信がない眼差しを瞬間的に垣間見せるものの、組織から逸脱できない、いわゆる真面目な青年たちだった。

わたしは痴漢・軽犯罪やむなし、と言っているのではない。それを増やすなにかが社会に潜んでいる？　痴漢・軽犯罪の質、理由、目的、人に変化があるのでは？　と直感する。携帯に暴力のように着信するセックスセールの案内を削除しながら、直感は確信に変わる。

もちろん、わたしも痴漢の被害にいくども遭遇し、その傷は未だ癒えていない。ただし、わたしの場合の傷は痴漢そのもの以上に、痴漢に遭うのはあなたに隙があるから！　という当時の世間の視線、評価によっている。

媚びを売ったのでは？　誘ったのでは？　世間は暗黙にそう断じた。多くの少女、女たちはそうした評価に晒されぬため沈黙した。

当時の痴漢、セクハラの実態は表面化してはいない。だから比較・証明はむずかしい。

かつて路線バスにはバスガイド、車掌がうろうろしていた。紺色のスーツを着て帽子をかぶり、大きな黒い革鞄を腰に下げ、揺れる車内でつり革を片手で操りつつ絶妙なバランスをとり、人波を縫うように歩き、切符を売り、穴開け鋏で検札のパンチを入れ、降りる人から笑顔、ひと言声をかけながら切符を受け取る……。戦後誕生した三木鶏郎作詞の次の歌謡曲がその光景を活写している。

田舎のバスはおんぼろ車
タイヤはつぎだらけ　窓はしまらない
それでもお客さん　ガマンをしてるよ
それは私が美人だから

田舎のバスは牛がじゃまっけ
どかさにゃ通れない　細い道
いそぎのお客さん　ブーブー言ってるが
それは私のせいじゃない

田舎のバスは便利なバスよ
どこでも乗せる　どこでもおろす
たのまれものも　とどけるものも
みんな私がしてあげる

四十年ほど前の日本のバスである。現在では首都をはずさなければもはやアジアやアフリカだってなかなかお目にかかれない。幼いわたしに運転手さんはとても偉く見えた。運転手さんの一挙手一投足に見惚れた。車中は和やかだった。車掌さんと客が一体となって交わす会話に運転手さんがにやりと笑う。

いつごろだっただろうか？　車掌が消えた。ワンマンという和製英語のシステムが導入された。運転手は運転に専心するだけですまなくなった。安全運転に集中しながらお金の授受、車中のもめごとに気配りする。

そんなこと不可能、労働過重、と少女のわたしはあきれた。それまで二人でやってきた仕事を一人でこなすのだ。路上の車の数も増え、混雑もひどくなり、信号は複雑になった。暴走もある。ただでさえ運転手は神経を使わなければならなくなったにもかかわらず、である。でも、人間はすごい。昨日まで不可能と思えたことを数日の訓練でなしてしまう。

できない人は配置転換かクビになる。車掌はリストラされ、乗客も粛々とそれに従った。またたくまに日本中、ワンマンが当然となった。運転手さんの給料が二人分に高くなったわけではない。バス代も安くならない。それどころか限度をこえた混雑も増えた。窓から車掌さんが「すみませーん！」と笑顔で謝りながらバス停で待つ人たちに挨拶し、バスがある程度をこえて混雑するのを危険、と避けることもなくなったからだ。車中の空気も変わる。よそよそしく張りつめた空気。バスから出会いが消えた。愉しみの場でなくなった。移動の箱となった。

正確に、早く、大量に。機械と化した「バスの運転手」は子どもたちの憧れの職業でなくなった。録音テープを操るようになって、ますます運転席は忙しい無機的な空間となった。その空気は車内に広がった。運転手さんはおしなべて不機嫌になった。切符を買うときに交わす冗談まじりのささやかな会話、車掌さんへの岡惚れ、運転手さんへの信頼……。すべてが消えた。痴漢も増えた。なぜか安心もがバスの車中から消えた。無関心がはびこる。

バスほど劇的ではないが、変化は電車にも同じようにあった。転換点は鉄道の民営化だったかもしれない。民営化初日、今も鮮明にあの異様な変化を覚えている。昨日まで聞いたことも見たこともない職員の平身低頭、相手かまわず「おはようございます」「行ってらっしゃい」「ありがとうございます」「おかえりなさい」の連呼。誰彼となくマクドナルドのように訓練されたアメリカ型笑顔をふりまく。民営化は改札口の偉そうなつっけんどんをなくしたが、職業としての対応を徹底させた。働く人と利用する人の素直な感情の交流を奪いさった。異様なまでに腰の低いサービス産業となった。

ホテル付き、デパート付き駅が全国津々浦々まで拡散する。にぎにぎしい制服、似合わぬ帽子。駅の敷地も金に換算され、壁も階段も床も、車体までもが広告収入の媒体と化した。安全を疑うアルミの軽い車体。人の座りかたまで計算され尽くした車内。運搬効率は風景を眺める姿勢を拒む。車窓を過ぎる風景を追うのは人の生理に反し、酔いを誘う。

駅も車内もうるさい。美辞麗句で扮飾されているものの、構内や車内の告知には肉体も魂も感じられない。すべてがコンピューターの合成音。飽きさせぬよう次々変わる文字ニュースや液晶画面の広告。到着、出発の合図。壁、天井、扉の上、ありとあらゆる空間と時間が情報と広告で埋まってしまった。

駅は涙ながらの別離の場ではなくなった。

愛する人との再会の場ではなくなった。

そうした人生の貴重な一断面はセピア色の古ぼけた映画のなかに残るのみとなった。

最近、義兄と京都駅で待ち合わせるとき、ふと、気づいた。かつて待ち合わせするためにわたしたちは手紙、電話で時間と場所を約束し、忘れぬようにメモをした。待ち合わせ場所に向かうときも時と場所が間違っていないか、どきどきしたものだ。会うまで、声を聞くまでの時間の不安と期待が入り交じったわくわくしたあの気分。逆に相手が来なかったときの落胆と心配。事故があったのではないか？　携帯電話を持つようになって、あの感覚は消えた、約束は無意味となった。「今どこ？」の電話で即、なにもかもわかる。

磁気カードでスルーする現在の検札法までの変化もめまぐるしかった。

プリペイドカードは一見便利なようで売り手が儲かるようにできている。労働力はさまざまに削減できるし、先払いして、失くす人も多い。

しかも信託会社と繫がった。

わたしたちは金を使わされる機械となった。

さらに、自動券売機が「改良」され、そのシステムに合うように検札機械が変わり、「改良」とともに古機はどこかに廃棄された。この十数年に廃棄された自動券売機、改札の山。わたしたちの「発展」で日本の森、海、アジアの何処かに化学物質が蓄積してゆく。

駅！　電車！

ファーストフード、チェーン店を駅構内に配置し、欲望の質も限定される。動線によって動きも限定され、駅は購買の場となった。

ホームも掲示板となった。

さまざまな記号や文字、数字が書いてある。急行は○印、特急は△印、女性専用席は後に、携帯電話の電磁波を避けるなら最前列と最後列に、病弱、老人、妊産婦のかたは□印……。

わたしたちは見えぬ力にその動きをこまごまと操作されるロボットとなった。操作している側が意図しているかどうかは知らない。同時に運転手は寸分狂いなく停車することを能力査定に加えられ、その訓練に日々、勤しむこととなった。数十cmちがった位置に停車すると客から投書が届く。定期的に査定され、数十cmの誤差が数度あれば再訓練、または異動が命じられる。給料と退職金査定に、響く。

時速三百キロの新幹線がピタッと数cmの誤差なく止まり、一分の誤差もなく走っている。

すごい。日本株式会社！

この流れは変えられないし、変わらない。

おそらくは加速をつけて先鋭化する。

ＪＲ西日本の事故は起こるべくして、起こった。

追伸

「女性は産む機械」発言にことさら怒る人たちにあきれた。発言者と内容へのわたしの嘲笑は別として、怒っている側の根拠も怪しく見えた。なんて幸福な人々なのか？

わたしたちはすでに機械にされて久しい。

彼らの怒りの的が小手先の政治でないとするなら、そもそもなぜ彼らは労働効率という言葉に反応しないのか？　購買・消費意欲、という言葉に怒り、恐怖を抱かないのか？

政治とは、そういう言語でものごとを捉えるということではないのか？

国家政策として少子化問題をとりあげたとき、人は数字、物体に変わる。いかに言葉で扮飾しても実態は変わらない。ことの本質は一国の将来以上により危機的だ。最貧国に少子化傾向はなく、成長社会でなぜ少子なのか？

生命がさらされている危機の在処は？

それにしても。

まったく珍奇で非道な考え方をしている人を相手に自分と同じ価値観、美学をもっているのが正しいと決めつけ、間違っている、謝れ、辞めろ、と当然のごとく迫る気楽さに唖然とする。

世界には非道でいながら権力をもつ人はいくらだっている。なにが非道なのか、非道の中身を議論で具体的にさらし、選挙民に評価させる。非道かどうか、間違いかどうかは選挙民が決める。彼らではない。民主主義とはそういうものではないのか？

わたしにはできない芸当だ。が、だからこそ政治はプロの仕事なのではないか。

リゾートに踊る国

二十年前、母は新興住宅地に建売住宅を買った。環状線建設を機に、地主が手放したいという私の生家を転売し、差額を母の癌の治療費にあてようという、苦肉の策だった。庭もなく、隠れん坊もできない家だった。ただ見かけだけは立派だった。それでも「長押」と「床の間」に母は涙を流した。母が喜び、命が買えるなら、と私たちは希望を持った。

三度目の入院の前日、庭が見たい、と母は窓を開けた。寒風にかすかに沈丁花が匂った。しかし、母の目には引越しのときにはなかったはずの巨大な関越高速の石塊しか見えなかった。列島改造のこれが幕開けだった。以来私は家に根をはれず、放浪を続けている。

一昨年、エチオピアから帰国したとき新宿駅で「二十一世紀まであと〇〇日」というネオンを見た。そしてエチオピアでは食料となる物資のゴミの山。飢餓をも商品にするメディアの凄さまじさ。にもかかわらず人々の顔は皆疲れている。異様な国だ、と思った。その印象にしばし社会復帰できずにいた。そんなときに日本中を回る仕事がまいこんだのである。

八ヵ月間、アメリカをはさんで前後二度日本全国を疾走した。

キーワードは「開発」「国際化」「リゾート」。それを理由づける「健康」「文化」。

一周目。全県庁所在地を航空機やＪＲで巡った。宿泊はビジネスホテル。予約も支払いもほとんど東京で行った。便利になった。県庁所在地である限り、日本中のどんな遠隔地であっても日帰りが可能となった。どこに行っても同じ暮らしが可能になったことを知る。駅前通りは、銀行、生保会社のビル、NTT、NHKなどのアンテナ、大手スーパーやデパートなど位置の違いだけで、どこも変わらない。ホテルの内装、居酒屋のメニュー、レストラン、コンビニエンスストアの棚、自動販売機、テレビの番組。公共と呼ばれるすべての業種が結束して、格差と変化に耐える苦しみが取り除かれた分、私たちの意識と感覚のオンライン化も極端に進んだ。NTTのおかげで私には秘密の時間が消えた。同じ風景と暮らしが続くかぎり、長い旅は難しい。二泊三日が現代の日本の旅の限度だと知る。

二回目は車だった。北海道や九州に顕著なのは、海辺や農村の疲弊とゴルフ場、スキー場、テニスクラブの盛況だ。長野や四国では古い道路の横にトンネルばかりの高速道路が建設されていた。山の切り崩しに加速がかかる。有明海も瀬戸内海もよどんであえいでいるのに、「新鮮ブランドの魚が発泡スチロールの箱に詰められ、全国に送られる。当の地元では新鮮な魚など食べられない。瀬戸内の離島や淡路島に誕生したリゾート地域は、いずこも同じテニス、プール、ゴルフ場、そして都会と変わらぬマンション。地元の人々はその横にあるよどんだ海で混雑を耐えて水遊び。モーターボートの爆音を気にしながらの休日だ。十歳の私の姪は、一刻も早く淡路島を出たいと、食欲を失い、疲労困憊。

リゾート法の適用を受けて、これらは全国に広がりつつあると聞く。東北では新幹線による首都圏化を目玉に、東京の流通資本によるテニス場やプールを囲んだ建て売りが完売。買ったのも東京人。そういえば、この東京資本、列島を買い占めている気配がある。そのブランドはどこにも出没している。そして道路わきには華美な連れ込みホテルとパチンコ屋。なぜか人里離れた海辺や山奥には必ずといっていいほど老人ホームと身障者、そして難民の収容施設、原発がある。各地方自治体がこぞって温泉を掘り、資料館や郷土館を建てているのだが、その展示がコピー写真数枚というお粗末な所もある。兵庫県のある町では一億円の金塊を飾っていた。世界一といわれる柏崎や全国十六基にまで増えた原発が支えている繁栄がこういう暮らしなのだとしたら、私たちが疲れ果てるまで金を使うように、誰かが仕組んでいるのではないか、と勘ぐりたくもなる。

圧巻は長崎県高島町。炭鉱の閉山したこの島には、千里に似た高層アパートが立ち並んでいる。そのことごとくが廃墟となり、人々は別の地に移動した。港では老人たちが花を植えていた。市場では、残った少ない人々が長崎の造船の盛況を噂して、移住の話に興じていた。たった一軒の食堂の「カラオケ」の機械が妙に輝かしかった。故郷は企業とともに移動する。隣の島ではたった一軒のザビエル派教会を目玉に白亜のレストランとマリーナを建設していた。しかし、高島は百年をもちこたえたが、新たに開発された現代の町は一体どれだけもつのか。仕組まれた遊びには、人間は飽きるようにできている。各地の道路わきの使い捨てられた安普請のレストランの廃屋が私の旅の残像だ。しかも、一度壊された列島は二度と元には残らない。

最後に神戸メリケン波止場で花火を見た。高速道路とビルに遮られ、とうとう空は完全な球形の花火を私に見せてはくれなかった。

さて、長押と床の間の家を老人向けに改造することとなった。壊して、驚いた。土台には段ボールがごっそり埋めてあった。家が傾くわけである。母の命と引き換えにした、これが列島改造の二十年だ。——泣き笑いの棟上げ式となった。

さよなら、日本――『日本列島を往く（4）』（鎌田慧／岩波現代文庫）解説より

大先輩、である。

「大」の文字をわざわざつけたのは年齢の開きではない。私にとって存在そのもの、が「大」なのである。そのことを、書こうと思う。

先輩、とはいっても、後輩の私が勝手に先輩に仕立て上げているだけで、一度の面識もない。しかし、旅暮らしの多い鎌田さんが通り過ぎた旅篭、料理屋、居酒屋の後を、私が二、三、後追いしている気配がある。地方の板前さんから「鎌田さんが来たよ」との、噂を耳にすることがある。社会を見つめる視線は常に禁欲的なのに、どうやら軟弱な私、ぜいたく貧乏の私同様、食いしんぼう、飲兵衛らしい、と妙に親近感を抱いたりしている。

しかも、鎌田さんは私のように世間、というか業界にちょっと迎合したノンフィクション作家、というような、考えてみたら不可思議で軟弱な肩書きを決して使わず、「ルポライター」という位置を崩そうとはしない。

彼にとってルポライターという肩書きを使うことは、現代日本のメディアと、取材する、書く自分に対するひとつの挑戦であり、静かな抵抗でもあり、確認でもあるようだ。（ノンフィクションとは文字通り、つくりごとではない、という言葉であり、作家というのは言葉で独自の

世界を生み出す職業である。矛盾がおわかりいただけるだろうか？）

そのことについて大先輩はあるところで書いている。

長い引用になるが、お許しいただきたい。

「ノンフィクション」の横行にたいして、あえて私が「ルポルタージュ」でこだわっているのは、事実を歴史にむけたい、との想いがあるからである。日常の中から、歴史にむかう現象や歴史を動かすちいさな動きをひろいだしてつたえていきたい。

例えば、わたしの『記録』（『鎌田慧の記録』岩波書店）の第一巻第一章は、川崎の電機工場ではたらく女性たちのルポルタージュである。この仕事を始めたばかり、三十代はじめのころの作品だが、彼女たちはその後、工場のロボット化によって姿を消してしまった。そして今、川崎には彼女たちの子どもの世代がはたらいている。「プログラマー」というのが、その子ども世代の名前である。

確かに、コンベアの流れの辺で顔を伏せ、懸命に指を動かしていた母親たちの仕事にくらべてみれば、プログラマーはコンピューター産業のなかで知的労働にみえないこともない。

しかし、かつてのコンベアのそばにいたのとおなじような、この若い労働者たちと話しあってみれば、やはり全体のなかのほんの一部分を受けもつだけの単調で、目の疲れるハードな仕事であるのがわかる。

そして、彼女たちは、私が二十年前にきいたのとおなじようにいったのだった。

「なんかもっと別なことをしてみたい」

ルポルタージュは、現状をつたえるためにある。異論を唱え、抵抗するひとたちがいる、さまざまな人生がある、わたしは取材でそのようなひとたちと出会い、励まされてきた。書くことによって、すこしでも歴史が動くのに参加できれば本望である。そんな想いで書きつづってきた。二十年たったいま、私が書いたものになにか意味があるとしたなら、これまでのような経済の発展だけをよしとするのではすまされない、大きな矛盾があらわれはじめていることとつながっていることかもしれない。

一過性と思われていたルポルタージュが、二十年たってなお通用するとすれば、望外の喜びというしかない。

（「矛盾と抑圧と差別が渦巻く現場で励まされ」『時代を刻む精神』七つ森書館）

そして、別のところで発言している。
鎌田　いま、そのようなルポルタージュが、衰退してしまって読まれないのか、ということと実はそういうことでもないいんですね。つまりこの時代の、日本の政治状況がこのように酷い状態になってきて、時代も変わってきましたが、それでも人びとが社会の根ッコに迫ろうとするルポルタージュにたいして、急激に関心がなくなったということはないんですよ。

それより、いまの大きな問題はむしろ書き手がいなくなった、ということにあると思うんです。もちろん、大きな事件や海外の数奇な人物の運命などを取り上げるノンフィクションの作家たちがいますが、今の社会の現状にあまり関係がないことが多いですね。だから、ノンフィクションはふえたけど現実の姿が見えにくくなってきていると思うんです。

もちろんいままで、ぼくがやってきたような労働者や農漁民の生活といったテーマで描くというのは、なかなか食べてゆきにくいということもあって、書き手はとても少ないですね。しかしそれを別としても、ぼくがこだわってきたルポルタージュというのは、たんに情報を伝えたり、話題を提供したりするだけではなく、批判的なものだって信じています。（「時代をこじあける」前掲書より）

あらゆるできごとの現場に立って批判的な眼差しを忘れず、事実を集める。そうして集めた小さな事実の集積として、時代を刻み、未来へとつなげてゆく。

鎌田さんのルポルタージュの骨格だけを短く、乱暴に切りとると、こうなる。

ノンフィクション作家が食えるかどうかは別として、同じように現場に立とうとして生きてきたノンフィクション作家という肩書きの私は、書き手がいなくなった、という鎌田さんの視線にはちょっと異義がある。

社会の経済原則を云々する以前に、経済原則で流されているメディアそのものが衰退、というよりも溶解しつつある、と思うからだ。

まあ、同業者に対しては、後輩に対しては厳しく育てよ、という気持ちはわかる。だが、他の領域では人間に対してあれだけ温かな視線を注ぎ、彼らを絶望に落しこめる背景にある社会、経済構造、組織に対して冷静な視線を保持してきた鎌田さんなのに、と少し哀しい。

仕事として現場に立つには、原則的に現場に立つ前の調査費、資料収集費、交通費や滞在費などの取材費、その間、留守となる自宅を膨大な時間維持するための費用が必要だ。

私は過去、すべての著作を世に送り出すために身銭を切って現場に立った。数年間かけたカンボジア難民少年の世界を描いたときも(『カンボジアの24色のクレヨン』)、世界六十五都市に住む日本人百人あまりへのインタヴュー(『「在外」日本人』)をまとめるときも身銭だった。出版社を説得できなかったからだ。志と夢と野心だけがいっぱいの無名のライターに投資するような無謀な出版社はない、と言えばそれまでだが……。当然、原稿料では足りない。取材費がなくなれば物乞い、アルバイト暮らしで食いつなぐ。仮に取材費が捻出できて現場に立ち、それを原稿に仕上げたとして、本または記事にしようとしても、出版には出版社の協力が必要だ。

それにしても、無名な作家に給料とりのサラリーマン編集者は会いたがらない。会えたとしても、そんな本は売れない、今なぜ、そのテーマなんですか？　と平然とのたまう。その編集者の過去の出版リストを眺めてもどこに時代性があるのか皆目見えるわけでもないのに、平然とものの書き志願者の若者の夢をつぶす。

売れない本は出せない、いい本でしょうが、売れないとねえ……。

社会を論評するときは声高に権力や政治権力を批判する同じ唇から、そんな言葉が恥ずかしげもなく漏れる。大物作家や有名人の冠がなければ、なかなか社会を真っ向から扱った本は出せない。

しかも売れなければ書き手の才能がなかった責任、売れたら出版社と編集者の力……。私が患っているがんの世界で横行している論理と酷似しているのだ。治ったら医学の勝利、治らなければ患者のがんと体力の限界……。正しいように見えて、この論理がどれだけ若者たちの現場に立ちたい、社会に貢献したい、時代、歴史を刻みたい、という志をつぶしてきたのか。出版業界は政治、医学、教育、芸能界、スポーツ界と変わらない。いや、それ以上に経済、人脈、血縁、肩書き優先なのである。鎌田さんの代表作で私のこころの教科書でもある『自動車絶望工場』ならぬ『絶望出版』と言い切ってもいい。

そんな中で鎌田さんは少なくとも表向きは泰然と、歪むことなく現場に立ち続けてきた。笑顔をたたえ、研ぎ澄まされた視線を維持したただ一人の人、と私は崇めてきた。

日本人がいま、なにをどう感じ、足掻き、抗い、生き延びようとしているのか、を脚を使って記録し続けてきた。いったいこの大先輩はどうやってこの哀しい、世の中で最も経済優先でありながら、しかも実は封建的なくせにリベラル然とした風情を保つ始末におえない業界で生きてきたのか、と嘆息する。

そして、思う。

彼を支え、待望してきたのは読者であり、彼の本に登場している人々と同じような暮らしを紡いで、ひそやかに一日一日をつなげている市井の人々なのだ、と。

彼が時代を読もうとしている現場に生きている、まさにその人々が選んでいる著者こそが鎌田さんなのである。

蒲田さんはそうした出会いと、待ち望む人々の顔がきちんと見えているからこそ、全身に鞭打ちながら、時に襲うであろう絶望のため息をエネルギーにかえて、今日も現場で汗流し、深夜まで鉛筆を走らせているにちがいない。

こんなふうに、実は解説の文章を書き始めていた。

しかし、まったく私事になるのだが、この解説文を書き始め、しばし別の仕事に追われて空白の時を過ごしてちょうど今から十日ほど前、六年半ぶりのがん再発、転移巣が発見された。約束の締め切り直前だった。なぜか、初発の時ほどの衝撃はなかった。

愛する家族と友との別離は哀しい。遺してゆく家族、友、愛する人の悲しみを思うと切ない。

けれど、ふしぎに未練が沸きおこってこない。仕事にも人生にも……。初発からの六年間に、日々わが身と心に自らいずれ来る再発と死について語りかけ続けた魂と精神の鍛錬の蓄積が功を奏したのか、それとも、フリーのライターという個人でものを書いて生きることへのしんどさによるものなのか……。

混乱と当惑は三日間だけで終わった。

死ぬのだな、と思った。

潔く、死のう。

いくどもいくども言葉で、自分自身に言い聞かせた。

もちろん、長期の生存を夢見られた検査前の私にはもどれない。

だが、ひとつひとつのこと、毎日毎日を恬淡と、淡々と生き抜いていこう、とこれもまた言葉で言い聞かせた。

間近に、現実となりつつある終末期医療をも含めて、納得ゆく医療を選択するための検査、資料集め、医師たちへの訪問などで忙殺されながら、鎌田さんの著作を読み返した。

鎌田さんのゲラは私とともにいくども東京と私の住まいのある京都を往復した。長い末期を宇都宮や大塚の病院のベッドで過ごす患者仲間の見舞いのバッグにも入っていた。

東北新幹線や東海道新幹線、山手線、中央線に乗って移動する日々。

車窓を流れる風景を眺めながら、なぜか、生まれた祖国への未練がない自分に気づいた。この国の未来に未練がない、と言いかえてもいい。東京―博多間の新幹線の走る地域で、私の懐かしさをかきたててくれる地域、と言えば岐阜のあたりだけかもしれない。

あとの地域はほとんどどこも同じに見える。

巨大な工場、ぎらぎらと輝くパチンコ屋、林立するビル……。それらをつなぐ街道沿いの華美でキッチュなデザインのモーテル、原色のレストラン、コンビニ……。

いずれも安普請をプラスチックなどでコーティングしてこぎれいを気取って造り上げたにちがいないのだが、ほんの少しの時間でどれも薄汚れてしまい、無残だ。ひとつひとつが自己主張しているようなのだが、結果として、判別のつかぬほどどの地域も酷似してしまっている。

仕事でもなければ、この町に途中下車したい、歩いてみたいな、と思うことがない。

かつて半世紀ほど前にはまだ片田舎だった東京の麦畑に囲まれた掘っ立て小屋で生まれた私は、その町の変貌と、お金を稼いでいる人々だけが幸福の幻を追える激しい競争社会についていけずに、わがふるさとの幻影を求めて京都に移り、暮らしている。

七年前のことだった。

しかし、京都も、すさまじい勢いで壊れつつある。

東京化（都心ではなく周縁の新興都市化と言ったほうがいい）している。

かつてのモノトーンの穏やかな時間の流れる佇まい、路地が消え、先ほど描写したカラフルなどこにでもある薄汚れた街並みに変わりつつある。

たとえば……。

京都の三条界隈に新しい建物が建った。そのデザインはモダンと懐古がないまぜで、古都に違和感がないように配慮されている。しかし、資材はペンキでごまかされてはいるが、おそろしいほど安価に量産された工業製品であり、再利用がきかないものばかりだ。少し古びた印象になってくると、壊して、捨てて、まっさらに建てかえる。

「儲かるようだったらこのままですが、儲からないようならすぐに壊してもいいような資材と造りにしてあるんです」

その建物の発注主らしき人はあるところで呟いていた。偶然に私は、その話を聞いてしまった。

……金をかけない。今の時代、どれが儲かるのか予測がたたない。いつでも壊して捨て、別の儲かる業種を商う建物を建てる。常に新しい印象を与える方がよく、そのためには金をかけない方がいい。金をかけずに新しい印象をいかに与えるか?

余談だが、出版界もまたこの数十年、同じだった。未来のために、人が歩くことに、地味な現場を丹念に紡ぐことに、金をかけない。派手に見せることで今を凌ぐだけだ。

その発想は、雇用する人(働く人々)に対しても貫かれている。

熟練を必要としない。笑顔の作り方、返事の仕方までマニュアル化されているから、誰だってできる。熟達した中年は給料も高いし、熟達までの教育費、訓練費もかかる。そんなものよりも誰もが同じように見えて、誰もが同じようにできる、マニュアルに忠実なアルバイトの若者の方がいい。新しく見えるし、すぐに辞める。正規に雇用しなければ、中年以降の高額な給料や家族の生活を保障しなくても済む。社会保障の費用も負担しなくて済む。

実はこうした発想は、日本社会にかつて表立っては見えなかったものだ。

ところで……。

東京生まれの私が京都に暮らすようになったもうひとつの理由は、使い捨てが横行するようになった東京に癒しようのない疲れを感じたからだ。私は京都にさまざまに学んだ。

中年を迎えた私は、弱さ、脆《もろ》さ、古さをかなぐり捨ててどんどんと新しく、元気に活躍して生産現場に従事していなければ、旬を生きているとされない東京に疲れ果てていた。

ノンフィクション作家の肩書きはかろうじて自称していたものの、私は万年失業状態だった。そんな者に、東京は孤独を強いる町だった。

古ぼけたものが幅を利かせている京都、現代では無用とされる過去が大切にされている古ぼけた京都が奇妙に私のこころを和ませてくれた、と言っていい。

その京都が、前記したように変貌しつつある。……めまぐるしく。

にもかかわらず、中世、江戸期の建物、鎮守の森、散歩道、雑木林、老舗、伝統をつないで残る食事、つつましい宴、昔ながらの家族の商いが、ほとんどパチンコ屋と安普請の高層マンション、そしてアメリカや東京発信の全国ネットチェーン店の陰に隠れ、消え去りそうになりながらも、厳然と点在している。

かつての日本建築は、庶民の暮らす町家であっても古くなればなるほど、時のやすりにかけられればそれだけ、風格ともいうべき力強さと美しさを放つ。そんな素材が使われ、技術が駆使された造りになっている。

なによりもちょっとやそっとでは見えないところ、底力を支えるようなところに職人たちの工夫、最高の技術、手間がかかっている。

そんな繊細なところのこだわりを発見したときのうれしさ。

織物の西陣はいま、衰退が著しく、数百年培った技術と伝統が消え去らんとしているが、日本の着物にもそうした魂、精神は表れている。

見えないところにかける壮烈なまでのエネルギーと時間とテクニック。なにげなく見えるふつうの布の裏にじんわりと、作り手と着る者が密かに楽しむ感動の刺繍の手仕事が隠されていたりする。

老舗の商法は、決して他を追随、真似しないこと。

つまりは独自性を保つことで小さいけれども他者を圧倒する強靭な商品を生み出す。その背景にあるのはソフトである。店構えはほんの二坪ほどしかないのに、全国を相手に商いを展開していたりする老舗がある。そんな老舗は共通して技芸の伝承、人を育てるために惜しげもなく時間と金をつかう。働いている人々の仕事は単調ではあっても、かつての当主は雇い人の家族まで丸抱えで面倒を見続けてきた。

商品になったときには隠れて見えなくなるような材料にこそ、生命を注ぎ込む。そして……、変えない。古さをこそ時間の蓄積として、誇る。

日本という国、日本人という民がもっていた力を私は京都で再発見した。

その京都が、前述のように大きな波のなかで木の葉のように揺れている。

経済、のひとことで私たちの国と人が根底からゆさぶられている。

京都よ、お前もか、というのが最近の私の漏らす苛立ち、愚痴の常套句である。

鎌田さんには、過去の日本の過酷さを観てはいない、と叱られるかもしれない。

高度経済成長という時間が日本と日本人をさもしいものにした元凶、と私は思う。

蒲田さんはそうした動きを当時は大事件でもなくささいなできごとであったはずの現場で、実に的確に、実に確実に捉え続けていたことがわかる。

鎌田さんは、経済偏重の時代の流れを働く人々の現実から予感していたのだ。

さて『日本列島を往く』である。シリーズ四作目の今回は孤島からの報告だ。

がんになった私は玄米菜食、一日十キロから二十キロの山歩き、太陽とともに起きて眠るという仙人のような暮らしにかつて二年間ほど篭もり続けていた。ある意味で、現代の象徴である便利さ、豊かさ、飽食、忙しさからまったく隔絶した、対立する生き方だった。

大きなもの、たくさんあるもの、強いもの、激しいものに背を向ける生き方だった。

どちらかといえば、生物として単純な暮らしである。

移動は徒歩、早寝だから電気はほとんど使わない。水と空気と土と米と野菜があれば十分という暮らしだった。

発がんの原因となりそうなもの（ストレス、忙しさ、化学物質、脂肪やたんぱく質、精製・精白の食品、ホルモン剤や抗生剤を用いて通常の数倍も早く成長させられている動物性の食品……）を身の回りから遠ざけていくと、どうしてもそうなる。

そうした暮らしは、現代社会が無駄、と言って切り捨てたものばかりで成り立っている（現代社会を私は別名コンビニ社会、と呼んでいる。コンビニエンスストアには、売れるものしか置いていない。必要なものしか置いていない）。

どちらかといえば社会の敗残者といわれて間違いのない暮らしぶりだった。一日にたった一人の人としか会わない。一日にたった一つの仕事しかしない。……だけど、たまらなく充足感があった。

そんな暮らしの中で私は、気づいたのだ。

玄米菜食で言うならば、戦後の動物性たんぱく質、脂肪、糖質といった三大栄養素中心の食事は多くの病のもとであり、実はそうした栄養学が無駄、と捨てていた繊維、胚芽に含まれるミネラル、微細な菌などが生命に重要な作用をもたらしていた、ということ。

大きな、巨大なものに視線を奪われていると、小さなところがないがしろにされ、しかし、それがいずれはものすごい力ですべてを崩壊させることとなる、ということ。

生命というのは実はささいなところにその危機の兆し、逆に生存への息吹きが最初に現れている、ということ。

小さなところにその萌芽、または逆に崩壊の兆しがくっきりと現れているのだ、ということ。一見、ささい、小さい、無意味と思えるようなできごとが実は後々に起こる巨大なできごとに深く関連がある、ということ。

たとえば、かつてはなかったアトピーや膠原病の蔓延。牛に起きている狂牛病。鯉に起きている鯉ヘルペス。子どもたちのひきこもり。保険金目当ての残虐な殺人事件。

ささいなこと、小さなことから見えることが実は大きい。

かつて私は瀬戸内や沖縄、五島列島を一人で歩いていた。なにか大事件でも起きない限り世間からひっそりと忘れられたそうした島から日本を見たら、東京という巨大で自分を中心だと確信して疑わない都市から見るのとはまったく異質な日本が浮かび上がるにちがいない、と直感したからだ。しかし、成し遂げることはできなかった。

それを鎌田さんはやり遂げてきた。もちろん、まだまだ途上、と彼は謙虚に呟くだろう。そういう人、と私は感じている。だから、大先輩なのである。

だが、やはり大先輩は日本列島を見つめながら単純な怒り、愚痴や批判、諦めのため息で終わらせなかった。人間の、個人のささやかな営みに、希望を読み取ろうとしている。

ゲラを読み終え、今、私はさっそく屋久島への飛行機を予約している。

抗がん剤治療の渦中だろう、とは思うが、死ぬまでに本書に描かれた屋久島を歩いてみよう、と決めた。そうした希望を、孤島の人々を描くことで鎌田さんは残そうとしている。

日本は今、ほんとうにおかしい。

未練なんかない、といいながら、私は日本人の行方がとっても心配なのだ。

だが、本書にはいくつもの救済の兆しが刻まれている。

人が壊してきたものを建てなおせるのもまた、人である、ということなのだ。


ありがとう、鎌田さん。

危機感と絶望の中で、希望を見出そうとする、それもなにげなく生きる人々に見出そうとしているあなたは、読者である私にこの国への未練をかろうじてつなぎとめてくれた。

こういうお金にもならない仕事をこつこつと続けていくことのしんどさに、後輩はこころから同情する。でも、一方で嫉妬している。

これは、ものすごい仕事、記録なのだ、と。

それを成し遂げていこうとしている、あなたの今に……。

やはり、鎌田さんはいつまでも大先輩である。

私は別の意味で遠くはない将来、この国ではない、どこの国でもない国に往く。あちらの国では、鎌田さんを師匠に、もういちどもの書きを、ノンフィクション作家ではない、ルポライターでもないもの書きを目指してみたいと思っている。

再見。

あとがき

人を愛し、好きになるとその人はするりとわたしの前から姿を消す。ほしいと願ったとたん、それは風塵に化す。夢を抱いた瞬間、夢はもろくも瓦解する。幸福なんて願ったら、それは願っただけ不幸を増すだけ……。あきらめたほうが自分も、周囲も傷つかない、傷つけない。どこかで、いつもそんなふうにしりごみするわたしがいた。いつもいつも所在なかった。わたしを決して手放さない誰か、わたしがそこにいていい強烈な理由、自分が生きている根拠、のようなものをいつもいつもさがしあぐねて不安にさいなまれていたような気がする。

がんを得て十年。繰り返し医療によって自分が死に接近していることを告げられ、ますますその傾向は強まった。同時に、いつも病状、治療が過酷であったためにがんから自由になれず、がんと医療に関する原稿ばかりを書くようになり、もの書きとしての自分の立ち位置まで見失いそうになった。わたしが生きている、生きてきた意味、理由を見失うばかりだった。

そんなとき、ロックや映画の世界で信奉されている渋谷陽一さんが主宰するロッキング・オン社の編集者高野夏奈さんが図書館に通いつめ、過去の雑誌や新聞に発表したわが小品を収集しはじめてくれた。初期の作品に久々に対面し、読み返すとなんと乱暴な文章、プロというには恥ずかしい文章だったのだろうと赤面し、絶句することもしばしばだった。売れないライターだったのは当然だった。でも、もの書きとしてのわたしの根、萌芽はすでに厳然と姿を見せていた。原石はまったく無残なほどに荒削りだったけれど、わたし自身がなんであるのかをしっかりと主張しているのを、改めて自覚した。年輪は文章の力を少しあげてはくれたけれど、語りたいことを曖昧にしつつある。向かうところ敵なし、といった若さゆえの傍若無人は、しかし、わたしにものを書く原点を思い出させてくれた。

寡作だったが、高野さんが集めてくれた小品はここに採録した文章の数倍あった。三十年近く生きて、歩いて、書いてきた日々がまぎれもなくあった、と噛みしめた。そしてわが愛する故郷日本についての流れでまとめてみようか、ということになった。

なにしろ若書きである。ただでさえ読者への配慮に欠けている。しかも一作一作の現場、テーマが途切れている。読者に申し訳ない、と改めて糊しろになる文章をいくつか書き下ろした。ある種自伝的要素をもったそれら小品を記しながら、わたしにつきまとい、苦しめてきた所在なさのルーツを自分なりにつかめたような気がして、えらくうれしかった。しばし、こころに重石が入ったような気分に浸った。

こういう贅沢な時間、機会を与えてくれた渋谷さん、高野さんにほんとに、こころから、ありがとう、と頭を下げたい。装丁は、敬愛する菊地信義さんにまたまたお願いした。できれば活版にしたかった。が、すでに活字は印刷の世界から消え、職人さんも希少となってしまっていた。

時代は（人は）進んでいるのか？　退化しているのか？

印刷の最前線で、本を愛する者としての最前線でそれを見つめてきた菊池さんは、しかし、そうしたわたしの呟きを逆の力にして、内容をはるかに超える造本力で仕上げてくれた。過去を読み返す小さなこころの旅は恥じらうことばかりだったが、しかし、至福の喜びも与えてくれた。仕事ができること、自分がまぎれもなくそこにあった日々を思い返す豊かな時。

ほんの少し自慢も許してほしい。わたしにつきまとい、苦しめつづけた所在なさ、孤独、不安はしかし、わたしの視線を研ぎ澄ますやすりの役割をはたしてくれていた、と知った。八〇年代前半、カンボジア国境で当時、ボランティア騒ぎ、ある種の「善意」の横行が後の自衛隊の海外派兵や就職活動の大きな資格、肩書きになる世の中を予見し、八〇年代後半に訪れたイスラエルでハマスの台頭を示唆し、東欧の瓦解が招き寄せる歯止めを失った欲深な社会の到来、への危惧。そしてリゾート列島、建売、マンション列島と化した故郷がいかに日本人の心身を衰弱、荒廃させるかを見通していた。これらは当時、多くの情報通や識者に嗤われた。

おそらくはわたしが集団、組織、仲間に囲まれ、時代の潮流に乗っていたとしたら実感できない、予感できないことだったにちがいない。はぐれていたからこそ、孤独に生きることに汲々としていたからこそ、吸い寄せられた現場ばかりだったから、現場が、そこで生きている人たちがわたしにそれを囁きかけてくれていたにちがいない。

個人としてあること、現場、この大切さを改めて思う。

ひとつのささやかな現場、ひとりのささやかな人生はまぎれもなく時代そのものを刻印している、という信念。

もちろん、知識、資料、統計、集団としての力、未来を模索する俯瞰した姿勢が重要であることを疑うものではない。が、書き手に限らず今、わたしたちが失おうとしているのはどのようなひとりであっても、そのひとりの生が現場であり、時代を刻印しており、今、呼吸をしている日々こそが現場であり、誰もがおそらくは時代を予見するなにかを確実に抱えている、感じている、という確信のようなものではないだろうか。

それをとりもどすためになにをなすべきか?

本書を小さな議論の種に使ってくれたら、と思う。

なによりもまた、本書を世に送り出すことができて、うれしい。

いくど目かの入院を控え、病床で初校を終えて今、こころから生きた、生きてきた幸福を噛みしめている。

ノンフィクション作家　柳原　和子

初出一覧

1945-70年　東京
家の庭——ノスタルジック・ジャパン　書き下ろし

1974-84年　カンボジア
あの頃　1　書き下ろし
雨 「朝日ジャーナル」1980年11月28日号
国境の笑顔 「朝日ジャーナル1980年5月9日号
タイに流入するもう一つの難民たち 「朝日ジャーナル」1980年9月12日号

1986-94年　放浪
あの頃　2　書き下ろし
故郷——イスラエル 「思想の科学」1993年12月号
裏庭——ニカラグア 「思想の科学」1993年3月号
盟友——キューバ 「思想の科学」1993年4月号、6～7月号
終末——ウクライナ 「思想の科学」1993年8月号
孤立——新ユーゴスラビア 「思想の科学」1993年10月号～11月号
崩壊——東・中欧 「思想の科学」1994年1月号

1995-96年　イタリア・南米
あの頃　3　書き下ろし
R・ドーアの戦後50年 「中央公論」1995年7月号
夕暮れの時間 「人文会ニュース」72号（1995年4月）

1997-2007年　大阪・京都
あの頃　4　書き下ろし
文明の敵 「京都新聞」2003年8月29日夕刊
無用の達人 「京都新聞」2003年11月4日夕刊
死の国の旋律 「京都新聞」2004年1月8日夕刊
さもしい国 「京都新聞」2004年4月30日夕刊
ヨンさま 「京都新聞」2004年12月16日夕刊
和時計 「宮崎日日新聞」2001年9月17日
消えゆきし人、あるいは故郷への挽歌 「SIGHT」28号（2006年5月）、31号（2007年2月）
リゾートに踊る国 「神戸新聞」2002年9月21日
さよなら、日本 『日本列島を往く（4）』解説（鎌田慧著／岩波書店／2003年12月）

※本書に登場する人物の肩書きは当時のものです。また、本書には差別的にとられるかもしれない表現が含まれていますが、執筆当時の時代背景と作品のつながりを考慮し、そのままとしました。

著者略歴／柳原和子(やなぎはらかずこ)　1950年東京生まれ。東京女子大学社会学科卒業。ノンフィクション作家。ボランティアで訪れたタイ・カンボジア国境の難民キャンプを皮切りに、アジアからのルポを『朝日ジャーナル』(現在は廃刊)などに執筆。以後、障害者の自立運動、医療過誤問題など幅広いテーマに挑む。90年には、世界40カ国で暮らす日本人204人の人生と体験をまとめ、日本と世界を読む大型インタビュー集『「在外」日本人』を発表、新しいかたちのノンフィクション作品として高い評価を得る。97年、がんを患い、以後10年にわたる闘病を続けている。
主な著書に『カンボジアの24色のクレヨン』、『夢遍路』、『がん患者学』、『がん生還者たち　病から生まれ出づるもの』、『告知されたその日からはじめる　私のがん養生ごはん』、『百万回の永訣』、編著に『二十歳もっと生きたい』など。

さよなら、日本
2007年7月14日　初版発行

著者　柳原和子
装丁・本文デザイン　菊地信義
発行者　渋谷陽一
発行所　株式会社ロッキング・オン
〒150-8569　東京都渋谷区桜丘町20-1　渋谷インフォスタワー19F
電話　03-5458-3031
http://www.rock-net.jp
印刷所　大日本印刷株式会社

Printed in Japan
ISBN978-4-86052-068-7
JASRAC出0707206-701

定価　本体2,100円＋税